धर्मो रक्षति रक्षितः

आलेख संग्रह

डॉक्टर सोमदत्त शर्मा

पूज्य पिताजी

स्वतंत्रता सेनानी पंडित श्री राममूर्ति शर्मा

ज्योतिषाचार्य एवं आयुर्वेदाचार्य

तथा

पूज्य माताजी

श्रीमती कुसुम शर्मा

के

श्री चरणों में सादर समर्पित

***डॉक्टर सोमदत्त शर्मा**

क्रम-सूची

प्रस्तावना	ix
भूमिका	xiii
आमुख	xvii
1. धर्मो रक्षति रक्षितः	1
2. भारत में पर्वों का महत्व-होली	7
3. पितृपक्ष	10
4. त्याग का महत्व	13
5. अमोघ औषधि--रामनाम	15
6. पतित पावन	18
7. प्रभु नाम की महिमा	21
8. अहंकार	24
9. भव सागर	26
10. मित्रता	28
11. मन मंदिर	31
12. पुरुषोत्तम मास की महिमा	33
13. मोह-ममता	35
14. प्रभु श्रीराम की उदारता	37
15. जीव का कर्ता भाव	39
16. सिद्धियां और निधियां	41
17. संत महिमा	44
18. आरती	49
19. भक्त शिरोमणि मीराबाईजी के अंतिम पल	55
20. होली-मंगल मिलन	59
21. जीवन की सार्थकता	64

क्रम-सूची

22. वसन्त पंचमी	69
23. कर्म-फल	72
24. गुरु पूर्णिमा	77
25. अपवर्ग	82
26. संत कृपा	86
27. शांत मन	92
28. प्रेम	96
29. अनूठे भक्त-कुंभनदास	101
30. अंत: चक्षु	108
31. संत श्रीसीतारामदासओंकारनाथ महाराज	113
32. सांवरिया सेठ	118
33. अक्षय तृतीया	123
34. श्रीराम नवमी	126
35. जीवन में विवेक का महत्व	129
36. माया रूप अपार	134
37. भगवत-कृपा	143
38. प्रभु मिलन की लालसा	145
39. कामना	148
40. अपरम्पार नाम की महिमा	150
41. भक्त की प्रार्थना	152
42. क्षमावाणी पर्व	154
43. भगवान से संबंध	156
44. माया का प्रभाव	158
45. प्रभु की शरण	159

क्रम-सूची

46. झूठे सब व्यवहार 162

47. प्रभु मिलन 163

48. अंत समय में पछताना 165

49. करुणानिधान प्रभु का स्वभाव 166

50. अनन्य भाव की भक्ति 168

51. प्रभु की शरण 169

52. विविध उपयोगी विचार 171

प्रस्तावना

संसार के सभी प्राणी अपने भाव तथा भावनाओं को किसी न किसी प्रकार अभिव्यक्त करते हैं, किन्तु मनुष्य कई प्रकार से ऐसा करने में सक्षम है। ऐसा ही एक माध्यम है लेखन। लेखन सदैव से ही अभिव्यक्ति की सशक्त विधा रही है। इसके माध्यम से हम अपने भावों को शब्दों के रूप में व्यक्त कर आत्म संतुष्टि की अनुभूति करते हैं। यह अनुभूति न केवल विचलित मन को संतुलित करती है, अपितु सुधार के लिए आधार भी तैयार करती है। इसी परिप्रेक्ष्य में मेरे मन में भी बाल्यकाल से ही भावों को व्यक्त करने की लालसा रही। मन में तरह-तरह के भाव नित्य उत्पन्न होते। इसकी पृष्ठभूमि में मेरे प्रथम एवं द्वितीय गुरु हैं, जिन्होंने बचपन में ही मेरे अंदर भक्ति भाव के संस्कारों का बीजारोपण कर दिया। प्रथम गुरु पूज्य माताश्री श्रीमती कुसुम शर्मा की गोद में, उनकी उंगली पकड़कर मथुरा जाता था क्योंकि मथुरा मेरी ननिहाल है। छोटी उम्र में ही उनके साथ मथुरा-वृन्दावन में महाराजाधिराज श्रीद्वारिकाधीश जी, ठाकुर श्रीबांकेबिहारी जी आदि मंदिरों का दर्शन लाभ प्राप्त हुआ,आनन्द की अनुभूति हुई। जब मैं आठ-नौ वर्ष का था तो द्वितीय गुरु पूज्य पिताश्री पंडित राममूर्ति शर्मा के साथ कथा तथा प्रवचन सुनने जाता। इन सब ने मेरे मन-मष्तिक को प्रभावित किया। जब मैं तीसरी कक्षा में पढ़ता था तो घर में रखी पिताजी की पुस्तक 'ज्ञान वैराग्य' को पढ़ा जिसकी अनेकों बातें आज भी मेरे चिंतन में हैं।

उपरोक्त बातों ने मेरे मन-मष्तिक को झकझोर दिया और इस बारे में बहुत कुछ जानने की उत्कंठा उत्पन्न हुई। फिर मैंने प्रातः स्मरणीय,वन्दनीय आदि जगद्गुरु शंकराचार्यजी, चैतन्य महाप्रभु, महाप्रभु वल्लभाचार्य,तुलसीदास, कबीर साहब, सूरदास, मीराबाई, नानकदेव, रैदास, मलूकदास, चरणदास, सहजोबाई, नामदेव, तुकाराम, रसखान,महाप्रभु वल्लभाचार्य के अष्टछाप के सभी भक्त-कवियों, उड़ियाबाबा, प्रभुदत्त ब्रह्मचारी आदि अनेकों संतों, भक्तों, महापुरुषों का जीवन चरित्र पढ़ा, उनके साहित्य का अध्ययन किया, चिंतन किया और यहां तक उनके पद, दोहों को नित्य गुनगुनाने की आदत पड़ गई जिससे बड़ी मानसिक शांति मिलती ।

छः दशक पूर्व जब मैं अलीगढ़ से दिल्ली आया। उस समय दिल्ली में लोगों की चका-चौंध भरी जिंदगी नहीं थी, कहीं भी कोलाहल नज़र नहीं आता था। सामान्यतः लोग सहज और सरल जीवन जीते । यहां मंदिर मार्ग पर स्थित

श्रीलक्ष्मीनारायण मंदिर में प्रायः धार्मिक उत्सव, कार्यक्रम होते रहते। लेकिन हर वर्ष चैत्र मास के वासंतिक और आश्विन मास के शारदीय नवरात्रों में श्रीमद्भागवत महापुराण के प्रतिपादक, विभिन्न आध्यात्मिक विषयों के मर्मज्ञ पूज्यपाद स्वामी अखंडानंद सरस्वती से श्रीमद्भागवत महापुराण की कथाएं सुनी और वे गंभीर विषयों को बहुत ही सहज रूप से समझाते जिसे सुनकर आनन्द आता। इसके अलावा संत प्रवर श्रद्धेय मानस मर्मज्ञ पंडित रामकिंकर उपाध्याय से श्रीरामचरितमानस की कई बार कथा सुनीं। पंडितजी मानस के मर्म को बहुत ही सहज और सरलता से समझाते । इन कथाओं को सुनकर मेरे अंदर अनेकों बातें जानने तथा संत, भक्त, महापुरुषों का जीवन चरित्र तथा उनके साहित्य का अध्ययन करने की उत्कंठा जागृत हुई। इसकी परिपूर्ति हेतु श्रीमद्भागवत महापुराण, श्रीमद्भागवत गीता, श्रीरामचरितमानस, भक्त माल और चौरासी वैष्णवों की वार्ता आदि सद्ग्रंथों का अध्ययन किया और मूर्धन्य विद्वानों द्वारा कथाएं एवं प्रवचन सुनने। एक बार मैंने अपने मित्र श्री रतनलाल अग्रवाल के आग्रह पर दिल्ली के आनन्द विहार में परम भागवत पूज्य श्री डोंगरे महाराज के प्रवचनों पर आधारित श्रीमद्भागवत महापुराण की कथा एक माह तक सुनाई और इसी बीच संकीर्तन तथा सत्संग हुआ और सभी श्रोताओं ने इसका खूब आनंद लिया।

इन सब बातों का मेरे ऊपर ऐसा प्रभाव पड़ा कि मंदिर, घर, पड़ोस में यहां तक कि पार्क में भी मेरा अधिकांश समय हरि चर्चा में व्यतीत होने लगा। वहां उपस्थित लोगों के साथ संत-भक्तों की चर्चा करना, उनकी वाणियों का सस्वर पाठ करते हुए भाव सहित विस्तृत व्याख्या करना। प्रभु कृपा से एक तरह यह मेरा शौक बन गया। इसके अतिरिक्त साहित्यिक, सामाजिक, धार्मिक संगठनों द्वारा देश के विभिन्न क्षेत्रों में आयोजित सम्मेलनों, सेमीनारों,कवि सम्मेलनों, संगोष्ठियों में अनेकों बार भाग लिया और सभाओं को संबोधित किया। आकाशवाणी के राष्ट्रीय चैनल तथा दिल्ली, मथुरा, लखनऊ और गोरखपुर केन्द्रों के विभिन्न चैनलों से अनेकों बार सामाजिक, धार्मिक विषयों पर आधारित वार्ताओं, कविताओं, कहानियों आदि का प्रसारण हुआ।

प्रभु की अहेतु की कृपा से तीस वर्ष पूर्व गोरखपुर में स्थित परमपावन गीता वाटिका के दर्शनों का लाभ प्राप्त हुआ। वहां दिव्य विभूतियों यथा रससिद्ध संत नित्यलीलालीन परम श्रद्धेय श्री हनुमान प्रसाद जी पोद्दार जिन्हें भाई जी के नाम से जानते हैं तथा प्रीति रसावतार महाभावनिमग्न पूज्य श्री राधाबाबा की कर्मभूमि, तपस्या तथा साधना की पावन स्थली के दर्शन कर भावविभोर होगया।

तद्उपरांत मैंने इन महान दिव्य आत्माओं के साहित्य का अध्ययन किया और इसके बाद मुझे आभास हुआ कि सद्मार्ग पर चलकर आध्यात्मिक जगत में सहज भाव से, निर्मल मन के साथ प्रवेश कर श्रीभगवान का साक्षात्कार संभव है-- "साधो सहज समाधि भली।" यहां से मेरे जीवन का नया अध्याय शुरू हुआ और मैंने अनेकों संतों, भक्तों, महापुरुषों का जीवन वृत्त पढ़े और उनकी वाणियों का गम्भीरता पूर्वक अध्ययन किया, विस्तृत व्याख्यायें कीं और आनन्द लिया । अब मेरे मन-मष्तिक में नित्य नये-नये विचार आने लगे। प्रभु के विशेष अनुग्रह तथा संतों की अहेतु की कृपा ने मुझे इन विचारों को लिपिबद्ध करने के लिए प्रेरित किया, जिनका लेखों के रूप में संकलन आपके समक्ष पुस्तक आकार में प्रस्तुत है। सुधी पाठक इसका मूल्यांकन करेंगे तो मुझे प्रसन्नता होगी।

यह सब प्रभु की असीम कृपा तथा संतों का आशीर्वाद ही है। मुझे तो उन्होंने केवल माध्यम बनाया है। यहां संत शिरोमणि तुलसीदास जी का कथन मेरे ऊपर भी लागू होता है--

"भाग छोट अभिलाषु बड़ करउं एक बिस्वास।
पैहहिं सुख सुनि सुजन सब खल करिहहिं उपहास।।"
"कबित बिबेक एक नहिं मोरे।
सत्य कहउं लिखि कागद कोरे।।"

इस लेखन कार्य में मेरी पत्नी श्रीमती मंजु शर्मा, पुत्र देवेन्द्र, राजेन्द्र शर्मा, पुत्री श्रीमती प्रतिभा गौड़, पौत्र-अभिषेक,कृषांग, पौत्री-सौम्या, प्रेरणा, अनुष्का और धेवती-मानवी का टाइपिंग आदि में विशेष सहयोग रहा। इस पुस्तक के प्रकाशन में प्रबुद्ध साहित्यकार डॉ० दिनेश पाठक 'शशि', मथुरा का विशेष सहयोग रहा। साथ ही मेरे सहृदय मित्रों का भी काफी सहयोग रहा इन सबका मैं हृदय से आभारी हूं।

डॉक्टर सोमदत्त शर्मा
सम्पर्कः B-97, आनन्द विहार, दिल्ली-110092
मोबाइल नं० 9953322541

भूमिका

किसी रचना अथवा कृति की ओर पाठकों की दृष्टि जाय, वे उसे देखें, समझें और पढ़ें। इस लक्ष्य की प्राप्ति हेतु लंबे समय से हमारे यहां पुस्तकों के प्रारंभ में प्राक्कथन या पूर्व कथन लिखने की परम्परा है। ये कथन ग्रंथ के प्रतिपादित विषय के मर्मज्ञ विद्वानों द्वारा दिये जाते रहे हैं। इनके औचित्य को भले ही कुछ न मानें या न भी पढ़ें तो ग्राह्य परम्परा तो है ही। 'विजुअल आर्ट' का सशक्त माध्यम फिल्म की समूची लागत का दशमांश धन निर्माता पहले ही उसके प्रचारार्थ निकाल रखते हैं। इसका प्रत्यक्ष लाभ है, फिल्म जब लोगों के समीप पहुंचेगी तभी वह अच्छी या बुरी होगी। यही बात पुस्तकों पर भी लागू होती है। इस पुस्तक का वर्ण्य-विषय गंभीर होने के कारण मांग करता है कि कोई विद्वज्जन उसका पूर्व कथन करें। इस तरह मैं इसका अधिकारी नहीं। परन्तु विषय सर्वमान्य के ज्ञान और व्यवहार से जुड़ा होने के कारण मेरे जैसे को भी अपनी दृष्टि रखने का मौका देता है, इसे ही ध्यान में रखकर कुछ संवाद का अधिकार देने की कृपा करें।

भारतवर्ष में वर्तमान समय में जो कुछ अति चर्चा के विषय हैं उनमें एक धर्म भी है। धर्म क्या है? इस पर बहुत कुछ कहा, लिखा-पढ़ा, सुना गया है। पहले यहीं से संवाद किया जाय। हमारी भाषा में या हमारे समाज में 'धर्म' शब्द का कैसे-कैसे प्रयोग किया जाता है। सामान्य जन से लेकर विद्वान इसका अपनी भाषा में किन-किन अर्थों में प्रयोग करते हैं, कुछ उदाहरण इस प्रकार हैं:

1. आप किस धर्म को मानते हैं। पूछा जा रहा है कि आपका ईश्वर में विश्वास है क्या? यहां धर्म ईश्वर का पर्याय है उसके मानने और न मानने वाले दोनों तरह के लोग क्रमशः आस्तिक और नास्तिक हैं।

2. आपका धर्म क्या है? मायने यह है कि ईश्वर उपासना के आप किस मार्ग या पद्धति को मानते हैं।

3. आप कुछ धर्म-कर्म करते हैं? यहां धर्म और कर्म पर्याय हो गया। इस प्रयोग में बात पूजा-पाठ से अलग हटी और अर्थ हुआ कर्म ही धर्म है ('वर्क इज़ वर्सिप')।

4. राष्ट्र धर्म, समाज धर्म, स्वधर्म आदि शब्दों के प्रयोग में धर्म का अर्थ कर्तव्य हो गया।

5. अग्नि का धर्म है दाहकता। यहां धर्म का अर्थ गुण है।

6. अमुक व्यक्ति ने यह कार्य धर्म संगत नहीं किया, यहां धर्म का अर्थ हुआ न्याय। यहां यह बताना अपेक्षित है कि प्राचीन भारत में न्यायाधीश को

धर्माधिकारी कहते थे।

7. वीर-धीर पुरुष कठिनाइयों में भी धर्म से विचलित नहीं होते। यहां धर्म में नैतिकता का अर्थ निकला।

8. आधुनिक लोगों का धर्म-कर्म में विश्वास नहीं रहा है। यहां धर्म-कर्म दोनों शब्द साथ मिलकर कर्मकाण्ड का अर्थ दे रहे हैं।

9. न्याय के लिए अपने भाई तथा स्वजनों को भी दण्ड देना धर्म है। इस वाक्य में धर्म का अर्थ निष्पक्षता या तटस्थता है।

10. धर्म मूल्य का भी वाचक है, जैसे आज तो सच बोलने का कोई धर्म ही नहीं रहा। लोग असत्याचरण को जीवन का अंग मानने लगे हैं। श्रीराम सत्य संकल्प ही नहीं वे स्वयं सत्य-स्वरूप हैं तभी तो उन्हें कहा गया---'रामो विग्रहवान धर्मः'। ऊपर कथित प्रयोग हिन्दी भाषा में प्रचलित है। यदि संस्कृत साहित्य का आश्रय लिया जाय तो धर्म शब्द के और कितने भी अर्थ निकलेंगे। 'धर्म' शब्द की चर्चा से तात्पर्य है कि धर्म विविध आयामी है। जीवन में हम एक कदम धर्म के बगैर आगे नहीं बढ़ सकते।

दुर्भाग्यवश वर्तमान में धर्म के प्रति संतुलित दृष्टि का अभाव हो गया है। एक तरफ या तो धर्म के नाम पर तरह-तरह के पाखण्डों को स्तवन मिल गया है या दूसरी तरफ धर्म की बात आते ही लोग वितृष्णा या तिरस्कार से भर जाते हैं। एक तरफ धार्मिक विश्वास और परम्पराओं को लोग अंधबुद्धि मानते हैं तो दूसरी तरफ धर्म को व्यवसाय बनाकर शोषण का अस्त्र के तौर पर प्रयोग करते हैं। धर्म में आई विकृतियां हमारे स्वार्थ और लोभ-लालच की देन है। दूसरों से स्वयं को श्रेष्ठ समझना और प्रदर्शित करना यह धर्म का अंग नहीं हो सकता। मूर्ति पूजा ही धर्म है, यह कदापि नहीं है। जैसे धर्म का एक अंग भक्ति है और भक्ति का एक तरीका मूर्ति पूजा भी है। वेद के तीन अंग हैं जिन्हें काण्ड कहा है--ज्ञान काण्ड, कर्म काण्ड और उपासना काण्ड। इन तीनों को मिलाकर वैदिक ज्ञान कहा गया है। जीव-जगत, प्रकृति और ईश्वर आपके अर्थों में संसार की उत्पत्ति, स्थिति और प्रलय संबंधी ज्ञान अथवा हमारे पर्यावरण का ज्ञान ही ज्ञान काण्ड है। आज हमने उपासना को तो पूरी तरह भुला दिया है। उपासना का अर्थ है नजदीक आसान लगाना। किसके समीप--परमात्मा के समीप। एकांत में रहना, तपोवन-जंगल में साधना करना। संत पुरुषों का सानिध्य करना जीवन के कोलाहल से ऐसा कोई दूरस्थ स्थान चुनना जहां हमें ईश्वरीय भाव की अनुभूति हो, वह उपासना है। प्रकृति को निहारना, उसके परिवर्तनों को आत्मसात करते हुए उससे किंचित भी छेड़छाड़ न करना भी उपासना है।

सनातन संस्कृति में कुछ का स्थान कितना ऊंचा है वह परमात्मा का मार्ग बताने वाला परमात्मा के समान ही माना गया है। हमने गुरु बनाये हैं, 'स्टेटस सिम्बल' की तरह। हम गुरु को मानेंगे लेकिन गुरु की बात, विचारों का अनुकरण नहीं करेंगे। उनसे अपनी सांसारिक कामानाओं की पूर्ति करायेंगे नहीं तो छोड़कर दूसरा गुरु पकड़ लेंगे। कुछ लोगों ने एक कहावत भी गढ़ ली है--"पानी पीवै छानकै, गुरु बनावै जानकै"।

हमारे जीवन में परम्पराओं का ऊंचा स्थान है। हम परम्पराओं में श्रद्धा रखते हैं परन्तु परम्परावादी नहीं। समय की कसौटी पर उन्हें परखते भी रहते हैं। हमारे व्रत, उत्सव-पर्व, त्यौहार जीवन में ऊर्जा प्रदान करते हैं। उनका महत्व क्या है, समय के साथ उनमें कौन सी विकृतियां स्थान बना बैठी हैं उसका हमें ज्ञान होना चाहिए।

आधुनिक जीवन का हमें स्वागत करना है परन्तु वहां भी विवेक जागृत रखकर आगे की अपनी संततियों को विसंगतियों से दूर रखना है। मानवीय चरित्र को विकसित करने हेतु सत्याचरण, त्याग, बलिदान, तप, दान, सत्संगति, सादगी, सदाचार, विद्या,विनय आदि का सहारा लेना है, इन्हें त्यागना नहीं। इन्हीं समस्त विषयों पर डॉक्टर सोमदत्त शर्मा की यह पुस्तक प्रकाश डालती है। विद्वानों ने इन विषयों पर बहुत लिखा-कहा है। इन गंभीर विषयों का अध्ययन-मनन करने से सामान्य जन कतराता है। वह खूब पढ़ा-लिखा होकर भी संस्कृत और संस्कृति की कक्षाओं से दूर रहने के कारण आधुनिक ज्ञान-विज्ञान की शिक्षाओं में पारंगत होते हुए भी अपने ऋषियों-संतों की अमूल्य विरासत से दूर है। ऐसे लोगों को बहुत बोधगम्य भाषा में यह पुस्तक समृद्ध करने वाली है। भाषा की रसमयता और सरलता के बाबजूद पुस्तक के सभी विषयों की सामग्री, जहां एक ओर शास्त्र सम्मत और परम्परा युक्त है तो दूसरी ओर आधुनिक जीवन जीने वालों को भी अपने जीवन को भारतीय वैदिक आर्य सनातन संस्कृति से संतुष्ट जीवन जीने की प्रेरणा देती है। पुस्तक में आवश्यकता अनुसार कथनों को पुष्ट करने हेतु विभिन्न उद्धरण दिये गये हैं जो विषयों को और भी अधिक प्रामाणिकता प्रदान करते हैं।

डॉक्टर सोमदत्त शर्मा कारयित्री प्रतिभा के धनी हैं। इन्होंने अपना जीवन मां भारती की सेवा में बिताया है। भारत सरकार के रेलमंत्रालय और गृहमंत्रालय के राजभाषा विभाग में रहकर इन्होंने शब्द-ब्रह्म की साधना की है इनके प्रतिभा, ज्ञान और अनुभव जन्य कार्य संलग्नता से प्रसन्न हो मां सरस्वतीजी आज भी इन्हें आशीष दे रही हैं। तभी तो पचहत्तर पार अवस्था में भी ये कर्मयोगी की तरह लेखन कार्य में व्यस्त रहते हैं। हमारे ऋषि भविष्य दृश्य थे। उन्होंने स्वयं बहुत

लम्बी-लम्बी उम्र पायीं परन्तु वे जानते थे कि विकृत मन और रुग्ण तन देने वाले इस कलियुग में व्यक्ति अधिक वय प्राप्त न कर पायेंगे तो भी उन्होंने हमें सौ वर्ष जीने की संभावना का द्वार अपने आशीर्वाद या वरदान से खोल दिया है। हमारा कर्तव्य है कि हम उनके आशीष को झूठा साबित न होने देने को प्रयत्नशील रहें।

"जीवेम शरदः शतम् पश्यामि शरदः शतम्।

श्रृणुयामि शरदः शतम् अदीनाः शरदःशतम्।।"

अर्थातः हम सौ वर्ष जीवित रहें, कानों से सुनते हुए और आंखों से देखते हुए, दीनता रहित सौ वर्ष जीवित रहें।

ऋषियों के उपर्युक्त आशीष को सच करने में प्रयत्नशील डॉक्टर सोमदत्त शर्मा इसी प्रकार कार्य करते रहें और स्वकल्याण के साथ-साथ दूसरों को प्रेरित करने का(इस मार्ग पर चलने का) परोपकार करते हुए धर्म सम्मत जीवन जीएं। इन्हीं मंगल कामनाओं के साथ, शुभं भूयात्।

डॉक्टर प्रभाकर शर्मा

एम.ए., पी.एचडी., डी.लिट्.

पूर्व विभागाध्यक्ष,

धर्म समाज कालेज, अलीगढ़

आगरा विश्वविद्यालय, आगरा

आमुख

संत समागम हरि कथा, तुलसी दुर्लभ दोय। संत शिरोमणि तुलसीदास जी ने रामचरित मानस में सत्संग और ईश आराधना को दुर्लभ बताया है।

प्रायः देखा भी यही गया है कि मनुष्य की प्रवृत्ति धर्म और पूजा पाठ के कार्यों की ओर तभी होती है जब वह वयोवृद्ध हो जाता है या फिर शारीरिक या आर्थिक दृष्टि से असहाय स्थिति में अपने आप को पाता है। विरले प्राणी ही होते हैं जिनका मन विषम परिस्थितियों के न होने पर भी धर्म-कार्यों की ओर उन्मुख हो, यह कहना अन्यथा न होगा कि जिस पर ईश्वर की अहैतुकी कृपा हो वही उसके नाम का जप अपनी जिह्वा से निरन्तर कर पाता है और डाक्टर सोमदत्त शर्मा एक ऐसे संत पुरुष हैं जिनपर ईश्वर की यह अहैतुकी कृपा जन्म से रही है।

भारत सरकार के रेलमंत्रालय में उच्च पद पर आसीन रहते हुए भी जिनको अहंकार ने दूर से भी छूने की हिम्मत न की हो और उस उच्च पद पर भी जिन्होंने अपनी संस्कृति व परिधान को न भुलाया हो, ऐसे कर्मयोगी संत ने सामाजिक कल्याण के निहित 'धर्मो रक्षति रक्षितः 'ग्रन्थ का प्रणयन किया है।

धर्म क्या है?

धर्म ईश्वर का पर्याय है, कर्म ही धर्म है, कर्तव्य ही धर्म है ,धर्म का अर्थ गुण है, धर्म का अर्थ न्याय है । नैतिकता का अर्थ ही धर्म है। निष्पक्षता या तटस्थता ही धर्म है।

यानि धर्म विविध आयामी है। धर्म शब्द में और भी अनेक अर्थ निहित हैं। डॉक्टर सोमदत्त शर्मा जी ने अपनी पुस्तक-'धर्मो रक्षति रक्षितः' में यह विस्तृत रूप से बताने का प्रयास किया है। इसके साथ ही उन्होंने अति आधुनिकता की दौड़ में शामिल, हांपते मानव को भारतीय संस्कृति के स्तम्भ विभिन्न पर्व, व्रत, उपवास, तीज-त्यौहार, आदि के विषय में भी अवगत कराते हुए उनके महत्व पर प्रकाश डालने का प्रयास किया है।

पितृपक्ष, त्याग का महत्व, अमोघ औषधि—रामनाम, प्रभु नाम की महिमा, पुरुषोत्तम मास की महिमा, जीव का कर्ता भाव, अहंकार, भव सागर, सिद्धियां और निधियां, जीवन की सार्थकता 'साधु-संतों का समागम, सत्संगति, यम, नियम, अहंकार का परित्याग, ईश्वर भक्ति के लाभ आदि ऐसे ही 53 शीर्षकों के मोतियों को पिरोकर बनाई गई -'धर्मो रक्षति रक्षितः' नामक यह ग्रन्थ रूपी माला देश और समाज के हितार्थ डॉक्टर सोमदत्त शर्मा जी द्वारा रचित एक उपहार है।

सन् 1996 में अपने कहानी संग्रह -''अनुत्तरित'' पर रेल मंत्रालय का 'प्रेमचंद पुरस्कार' प्राप्त करते समय मैं रेलमंत्रालय के सभागार में निन्यानवे दशमलव नौ प्रतिशत अंग्रेजी परिधान पहने अधिकारीगणों के बीच शुभ्र धोती-कुर्ता पहने सौम्य धवल तेजपूर्ण एक व्यक्तित्व को देखकर चौंका और मैं यंत्रवत् उनके चरणों पर झुक गया था। यह मेरा सौभाग्य है कि उस दिन के बाद संत शिरोमणि आदरणीय डॉक्टर सोमदत्त शर्मा जी का स्नेह मुझे निरन्तर मिलता रहा है। यह भी उनका बड़प्पन है कि मुझ अकिंचन से अपने इतने महत्वपूर्ण इस ग्रंथ में दो शब्द लिखने के लिए मुझसे आग्रह किया। उनके इस विशाल व्यक्तित्व और कृतित्व को व्याख्यायित करने की मेरी सामर्थ्य कहाँ।

पुस्तक सहज और सरल, भाषा में रची गई है। मुद्रण साफ-सुथरा और त्रुटिहीन है। 198 पृष्ठीय इस पुस्तक का शब्द-शब्द ब्रह्म की भाँति हितकर सिद्ध होगा, ऐसा पूर्ण विश्वास है।

डॉक्टर दिनेश पाठक 'शशि'
28, सारंग विहार, मथुरा-281006
मोबा-9870631805

1

धर्मो रक्षति रक्षित:

सर्वे भवन्तु सुखिनः, सर्वे सन्तु निरामया।

सर्वे भद्राणि पश्यन्तु मा कश्चिद् दुःख भाग्भवेत।।

अर्थात: सभी सुखी होवें, सभी रोगमुक्त रहें, सभी मंगलमय घटनाओं के साक्षी बनें और किसी को भी दुःख का भागी न बनना पड़े।

सामवेदीय शाखा के एक उपनिषद - महोपनिषद के अध्याय 4 श्लोक 71 में उल्लेख है :-

अयं निजः परोवेति, गणना लघु चेतसाम।

उदार चरितानां तु, वसुधैव कुटुम्बकम्।।

भावार्थ : उदार हृदय वालों के लिए सम्पूर्ण धरती ही परिवार लगता है।

यह वसुधैव कुटुम्बकम् भाव ही सनातन धर्म का मूल संस्कार है। इस वसुधा परिवार में देश, विदेश, सम्प्रदाय,पंथ, जाति, परंपरा, जीव का कोई भेद-भाव नहीं है। यहां सभी अपने हैं, पराया कोई है ही नहीं। वसुधा परिवार के सभी जीव सर्वविधि संपन्न,स्वस्थ एवं प्रसन्न रहें इस लिए हमारे ऋषि-मुनियों, मनीषियों ने आदिकाल से धर्म की स्थापना की जिससे सभी कार्य वेदविहित, शास्त्रसम्मत और मर्यादित हैं।

वेदानुसार धर्म की परिभाषा सबके लिए अलग-अलग है। जैसे अग्नि का धर्म है - किसी वस्तु को जलाना। राजा का धर्म है - प्रजा का पालन करना तथा उसकी रक्षा करना। जो धारण किया जाय उसे ही धर्म कहते हैं। वेद कहता है - मनुर्भव अर्थात मनुष्य बन। यहाँ धर्म के दस लक्षण कहे गये हैं :-

1. धृति - कठिनाइयों से न घबड़ाना, 2. क्षमा - शक्तिशाली होते हुए भी दूसरों को क्षमा करना, 3.दम -मन को वश में करना, 4. अस्तेय - चोरी न करना,यहां

तक कि मन, वचन, कर्म से किसी भी पदार्थ या धन का लालच न करना, 5. शौच - शरीर, मन एवं बुद्धि को पवित्र करना, 6. इंद्रिय निग्रह - इंद्रियों को अपने वश में रखना और वासनाओं से बचना, 7. धी- बुद्धिमान बनना, प्रत्येक कार्य सोच-विचार करके करना अर्थात अच्छी बुद्धि धारण करना, 8. विद्या - सत्य,

वेद-ज्ञान ग्रहण करना, 9. सत्य - सत्य बोलना और सत्य का ही आचरण करना और 10. क्रोध - क्रोध न करना तथा क्रोध को वश में रखना।

याज्ञवल्क्य स्मृति में धर्म के नौ लक्षण बताए गये है :-

अहिंसा, सत्यम्स्तेयं, शौचमिन्द्रिय निग्रहः। दानं, दमो, दया,शांतिः, सर्वेषं धर्म साधनम्।।

अर्थात - अहिंसा, सत्य, चोरी न करना, शौच (स्वच्छता),इंद्रिय निग्रह, दान, संयम, दया एवं शांति।

मनुस्मृति में मनु महाराज ने धर्म के निम्नलिखित लक्षण बताए हैं :-

धृतिः, क्षमा, दमोऽस्तेयं, शौचमिन्द्रिय निग्रहः।

धीर्विद्या, सत्यमऽक्रोधो, दशकं धर्मलक्षणम्।।

अर्थात :- धैर्य, क्षमा, संयम, चोरी न करना, शौच, इंद्रियों को वश में रखना, बुद्धि, विद्या, सत्य और क्रोध न करना, ये धर्म के दश लक्षण हैं।

पद्मपुराण में धर्म के निम्नलिखित लक्षण कहे गये हैं :-

ब्रह्मचर्येण सत्येन तपसा च प्रवर्तते।

दानेन नियमेन्यामि, क्षमा, शौचे न वल्लभम्।।

अहिंसया, सुशांत्या च अस्ते येन्यापिवर्तते।

एतैर्दशभिरत्रैस्तु धर्ममेव सुसूचयेत।।

अर्थात :- ब्रह्मचर्य, सत्य, तप, दान, संयम, क्षमा, शौच,अहिंसा, शांति और अस्तेय इन दश अंगों से युक्त होने पर ही मनुष्य को धार्मिक कहा जाता है।

जैन धर्म के विभिन्न ग्रंथों में भी धर्म के दश लक्षणों का उल्लेख मिलता है :-

श्री उमास्वामि विरचित मोक्षशास्त्र (तत्वार्थसूत्र सार्थ) के अनुसार :-

उत्तम-क्षमा-मार्दवार्जव-शौच-सत्य-संयम-तपस्त्यागा-किञ्चन्यब्रह्मचर्याणि धर्मः।।

उत्तम क्षमा, उत्तम मार्दव, उत्तम आर्जव, उत्तम सत्य,उत्तम शौच, उत्तम संयम, उत्तम तप और उत्तम त्याग।

विदुर नीति में महाराज विदुर ने धर्म के आठ लक्षण बताए हैं :-

इज्या (यज्ञ, याग, पूजा आदि), अध्ययन, दान, तप, सत्य,दया, क्षमा और अलोभ।

श्रीमद्भागवत् महापुराण के सप्तम स्कंध के अध्याय 11 में परम भागवत मुनि नारदजी ने धर्मराज युधिष्ठिर को धर्म के लक्षण निम्नानुसार बताये हैं :-

सत्यं दया तपः शौचं तितिक्षेक्षा शमो दमः।
अहिंसा ब्रह्मचर्य च त्यागः स्वाध्याय आर्जवम्।।
संतोषः समदृक् सेवा, ग्राम्ये हो परमः शनैः।
नृणां विपर्ययेदृक्षा मौनमात्मविवर्शनम्।।
अन्नाद्यादेः संविभागो भूतेभ्यश्च यथाहृति।
तेष्वात्मदेवता बुद्धिःसुतरांनृषु पांडवः।।
श्रवणं कीर्तनं चास्य स्मरणं महतां गतः।
सेवेज्यावनतिर्दास्यं सख्यमात्म समर्पणम्।।
नृणामयं परोधर्मः सर्वेषां समुदाहृतः।
त्रिंशल्लक्षण वान्राजन्सर्वात्मा येन तुष्यति।।

अर्थात :- हे युधिष्ठिर! धर्म के लक्षण शास्त्रों में कहे गये हैं :- सत्य, दया, तपस्या, शौच, उचित-अनुचित का विचार,मन का संयम, इंद्रिय-संयम, अहिंसा, ब्रह्मचर्य, त्याग,स्वाध्याय, सरलता, संतोष, समदर्शी, महात्माओं की सेवा,धीरे-धीरे सांसारिक भोगों की चेष्टा से निवृत्ति, मनुष्य के अभिमानपूर्ण प्रयत्नों का फल उल्टा ही होता है ऐसा विचार, मौन, आत्मचिंतन, प्राणियों को अन्नादि का यथायोग्य विभाजन, उनमें और विशेष करके मनुष्यों से अपने आत्मा तथा इष्टदेव का भाव, संतों के परमआश्रय

भगवान श्रीकृष्ण के नाम का गुणगान, लीला आदि श्रवण,कीर्तन, स्मरण, उनकी सेवा-पूजा और नमस्कार, उनके प्रति दास्य, सख्य और आत्मसमर्पण। यह तीस प्रकार का

आचरण सभी मनुष्यों का परम धर्म है। इसके पालन से सर्वात्मा भगवान प्रसन्न होते हैं।

श्रीरामचरितमानस में भी धर्म का विवेचन इस प्रकार किया गया है :-

रावण रथी विरथ रघुवीरा।
भयउ विभीषन देखि अधीरा।।
नाथ न रथ, नहिं तन, पद त्राना।
केहि विधि जितव वीर बलवाना।।

लंका में जब भगवान श्रीराम और राक्षसराज रावण के बीच घमासान युद्ध हो रहा था। उस समय विभीषण ने देखा कि युद्ध में श्रीराम नंगे पॉव हैं और रावण रथ पर आसीन है तब विभीषण अधीर होकर बोला :-

हे नाथ! आपके पास न तो रथ है, न शरीर रक्षा के

लिये कवच है, न आपके पैरों में चरणरक्षक हैं आप इस दुष्ट बलवान राक्षस पर किस तरह विजय प्राप्त करेंगे। विभीषण की स्थिति को भांप कर श्रीराम जी बताते हैं :-

सुनहु सखा कह कृपानिधाना।
जेहिं जय होइ सो स्यंदन आना।।
सौरज, धीरज तेहि कर चाका।
सत्य शील दृढ़ ध्वजा पताका।।
बल, विवेक, दम, परहित घोरे।
छमा, कृपा, समता, रजु, डोरे।।

हे सखा! जिससे विजय होती है वह रथ दूसरा ही है। शौर्य और धैर्य उस रथ के पहिये हैं। शील (सदाचार) उसकी मजबूत ध्वजा, पताका हैं। बल, विवेक, दम (इंद्रियों का वश में होना) और परोपकार - ये चार उसके घोड़े हैं जो क्षमा, दया और समतारूपी डोरी से रथ में जोड़े हुए

हैं। यही धर्म रथ है।

ईस भजनु सारथी सुजाना।
बिरति चर्म संतोष कृपाना।।
दान परसु बुधि सक्ति प्रचंडा।
वर विग्यान कठिन कोदंडा।।

ईश्वर का भजन ही उस रथ को चलाने वाला चतुर सारथि है, वैराग्य ढाल है, संतोष तलवार है और दान फरसा है। बुद्धि प्रचंड शक्ति है। श्रेष्ठ विज्ञान कठिन धनुष है।

अमल अचल तन त्रोन समाना।
सम जम नियम सिलीमुख नाना।।
कवच अभेद विप्र गुरु पूजा।
एहि सम विजय उपाय न दूजा।।

निर्मल (पापरहित) और अचल (स्थिर) मन तरकस के समान है। शम (मन का वश में होना), अहिंसा, यम और शौचादि नियम, ये बहुत से बाण हैं। ब्राह्मणों और गुरुजनों का पूजन अभेद कवच है। इसके समान विजय का कोई दूसरा उपाय नहीं है।

सखा धर्ममय अस रथ जाकें।
जीत न कहं न कतहं रिपु ताकें।।

अर्थात :- हे सखे विभीषण! ऐसा धर्ममय रथ जिसके पास हो उसके लिए जीतने को कहीं शत्रु ही नहीं है।

महा अजय संसार रिपु, जीति सकइ सो वीर।
जाकें अस रथ होइ दृढ़, सुनहु सखा मति धीर।।

हे धीर बुद्धि वाले सखा, विभीषण! सुनो जिसके पास ऐसा दृढ़ धर्मरथ हो, वह वीर संसार (जन्म-मृत्यु) रूपी महान दुर्जय शत्रु को भी जीत सकता है। रावण की तो बात ही क्या है?

श्रीरामचन्द्रजी ने अपने चौदह वर्ष के वनवास के दौरान पूर्णरूप से धर्म का पालन किया जिसके कारण वन में वनवासी भी सुख, शांति, समृद्धि आदि से संतृप्त हो गये।

राम वास वन संपति भ्राजा।
सुखी प्रजा जनु पाइ सुराजा।।
सचिव बिरागु बिबेकु नरेसू।
बिपिन सुहावन पावन देसू।।

अर्थात - धर्मपरायण श्रीरामचन्द्र जी के वनवास से वन की संपत्ति ऐसी सुशोभित है मानो अच्छे राजा को पाकर प्रजा सुखी हो। सुहावना वन ही पवित्र देश है। विवेक उसका राजा है और वैराग्य मंत्री है।

भट जम नियम सैल रजधानी।
शांति सुमति सुचि सुंदर रानी।।
सकल अंग संपन्न सुराऊ।
रामचरन आश्रित चित चाऊ।।

अर्थात - यम (अहिंसा, सत्य, अस्तेय, ब्रह्मचर्य और

अपरिग्रह) तथा नियम (शौच, संतोष, तप, स्वाध्याय और ईश्वर प्राणिधान मोक्षदा है। पर्वत रजधानी है संपत्ति और सुबुद्धि दो सुन्दर पवित्र रानियां हैं। वह श्रेष्ठ राजा राज्य के सब अंगों से परिपूर्ण हैं और श्रीरामचन्द्रजी के चरणों के आश्रित रहने से उसके चित्त में चाव (आनन्द, उत्साह) है।

परहित सरिस धर्म नहिं भाई।
परपीड़ा सम नहिं अधिकाई।।

अर्थात - परोपकार से बड़ा कोई धर्म नहीं है और दूसरों को पीड़ा देने से बड़ा कोई पाप नहीं है।

अठारह पुराणों में भी धर्म को सूत्र वाक्य में पारिभाषित किया गया है :-

अष्टादश पुराणानां व्यासस्य वचनद्वयम्।

परोपकाराय पुण्याय पापाय परपीड़नम्।।

महर्षि वेदव्यास के अठारह पुराणों में वर्णित उपदेशों का संक्षिप्त सार केवल यही है कि परोपकार से बड़ा कोई पुण्य (धर्म) नहीं है और किसी को कष्ट देने से बड़ा कोई पाप नहीं है।

भरत अपने सभी कार्यों को धर्म की मर्यादा के अंतर्गत ही करते हैं। इसीलिये उन्हें धर्म-धुरी कहा गया है :-

जौं न होत जग जनम भरत को।

सकल धरम धुर धरनि भरत को।।

महाभारत में सत्यवादिता एवं धार्मिक आचरण हेतु युधिष्ठिर धर्मराज के नाम से ही विख्यात हैं। कठिनतम परिस्थितियों में भी वे धैर्य, क्षमा और सत्य वचन की मूर्ति बने रहे। कभी मिथ्या भाषण नहीं किया।

योग धर्म - पिछले दो दशकों से पूरे विश्व में योग की

चर्चा घर-घर होने लगी है। लोग स्वस्थ रहने के लिए

घर, पार्क व्यायाम-शालाओं, क्लबों तथा होटलों आदि में भी योग कर रहे हैं। लेकिन यह केवल शारीरिक स्वास्थ्य तक सीमित है।

किंतु महर्षि पतंजलि के योगसूत्र के अनुसार 'योग चित्तवृत्ति निरोधः' अर्थात चित्त की वृत्तियों को नियंत्रित करना ही योग है। महर्षि के अष्टांग योग सूत्र को आठ चरणों वाला नहीं समझना चाहिये। यह आठ आयामों वाला धर्ममार्ग है। क्योंकि कहा गया है - शरीरमाद्यं खलु धर्म साधनम्। अर्थात सभी धर्मो के आचरण के लिये शरीर ही एकमात्र साधन है। अतः शरीर का स्वस्थ रहना नितांत आवश्यक

है। इस योग के आठ प्रकार हैं - 1. यम 2. नियम. 3.आसन 4. प्राणायाम 6. प्रत्याहार 6. धारणा 7. ध्यान और 8. समाधि।

इस तरह किसी भी मार्ग से धर्माचरण करने वाले सभी मनुष्य सुख शांति समृद्धि स्वास्थ्य और प्रसन्नता प्राप्त करते हैं। धर्माचरण से मनुष्य को सभी सिद्धियां सभी निधियां प्राप्त हो जाती हैं। इसके साथ ही सभी मनोवांछित कामनाएं सफल होती हैं, जीवन में सुख शांति और परम संतोष रहता है जो प्रत्येक मनुष्य के सुखी जीवन जीने का अंग है।

......

2

भारत में पर्वों का महत्व-होली

हमारे देश भारत में ऋषियों, मुनियों, महापुरुषों ने एक आदर्श समाज की स्थापना के लिए धार्मिक तथा सामाजिक पर्व-त्यौहारों की संकल्पना की है ताकि देश में सभी परिवार, समाज के लोग सुख-शांति, सुख-समृद्धि से सम्पन्न होकर सौहार्द पूर्ण वातावरण में प्रसन्नता पूर्वक अपना जीवन यापन करें। यहां तक उन्होंने "वसुधैव कुटुंबकम्" की भी धारणा की थी जिससे सम्पूर्ण विश्व को एक परिवार के रूप में देखा जा सके।

हमारा देश कृषि प्रधान है जब-जब नयी फसलें आती हैं तो इन्हीं खुशियों के अवसर पर अधिकतर हमारे पर्व-त्यौहार मनाये जाते हैं। इसी परिप्रेक्ष्य में होली का त्यौहार भी बहुत ही खुशी और उल्लास के साथ मनाया जाता है। होली उत्सव का संबंध अनेकों घटनाओं से जुड़ा हुआ है। लेकिन सबसे प्रचलित घटना है-- "होलिका-दहन"। श्रीमद्महाभागवतपुराण में उल्लेख है कि भगवान के परम भक्त प्रहलाद के पिता हिरण्यकश्यप जोअसुरों का राजा था वह अपने राज्य में किसी को भी भगवान श्रीनारायण का नाम नहीं लेने देता था और वह स्वयं को ही भगवान मानता था। जब भक्त प्रहलाद ने भगवान का नाम लेना नहीं छोड़ा तो उस राक्षस राज ने अपने पुत्र की हत्या करने का विचार किया और अपने बहिन होलिका को कहा कि तुम प्रहलाद को गोदी में लेकर प्रचंड अग्नि में बैठ जाओ तो प्रहलाद जलकर मर जायेगा और तुम सुरक्षित बच जाओगी चूंकि तुम्हें वरदान मिला हुआ है कि तुम्हें अग्नि नहीं जला सकती और वह अग्नि में प्रहलाद को लेकर बैठ गई। लेकिन हुआ इसके विपरीत अग्नि ने होलिका को जला दिया और भक्त प्रहलाद

सुरक्षित जीवित अग्नि से बाहर आ गये क्योंकि अग्नि विष्णु रूपा है और भगवान विष्णु सदैव अपने भक्त की रक्षा करते हैं। यह सभी जानते हैं कि भगवान तो भक्तों के वश में रहते हैं। लेकिन पता नहीं कि होली के दहन के समय कुछ लोग होलिका मैया की जय बोलते हैं जो कि उचित नहीं है। हमें इसके स्थान पर भक्त वत्सल भगवान की जय और भक्त प्रहलाद की जय बोलनी चाहिए।

हमारे देश में प्रथा है कि फसल आने पर सबसे पहले भगवान को अर्पित करते हैं। इसी तरह रबी की नयी फसल आने पर उसका स्वयं उपभोग करने से पूर्व भगवान विष्णु को अर्पित करते हैं जो अग्नि रूप में विराजमान हैं। फिर उसे प्रसाद रूप में ग्रहण करते हैं।

इस परम पावन अवसर पर हमें अपने अंदर बैठी आसुरी वृत्तियों यथा ईर्ष्या, विद्वेष, वैमनस्य,लोभ, अहंकार,क्रोध, कलुषित विचारों को भी अपने मन से निकाल कर उनको होली को अर्पित कर देना चाहिए ताकि हम सभी का मन, विचार पूर्णतः विशुद्ध तथा निर्मल हो जाय और हम सभी प्रसन्न रहें।

होली का त्यौहार हमें पूर्ण उल्लास के साथ समझदारी से मनाना चाहिए। यह खुशियों तथा प्रेम- मिलन का त्यौहार है। इस अवसर पर घर-घर में तरह-तरह के पूड़ी-पकवान विशेषकर गुजियां अवश्य बनाई जाती हैं। होली खेलने के लिए एक-दूसरे पर रंग डालने के लिए तरह-तरह के गुलाल,रंग इक्ट्ठे किये जाते हैं और होली खेली जाती है। इस मौके पर पूरे देश में ही नहीं, विदेशों में भी यह त्यौहार परम्परागत रूप से मनाया जाता है। होली के रसिया, गीत, भजन गाये जाते हैं और सभी मिलकर उसका आनंद उठाते हैं। विशेषकर ब्रज क्षेत्र में रसिया खूब गाये जाते हैं। गोपियां भगवान श्रीकृष्ण से प्रार्थना करती,गाती हैं कि हम पर अपने अगाध प्रेम का ऐसा चटक रंग डालो कि वह कभी नहीं छूटे और सदा के लिए हम केवल और केवल आपके हो जायं--"होली खेलो नंदलाल, मोपे चटक रंग डालो। मोरी चुनर रंग डालो, मोहन मारो पिचकारी----।" हमें भी होली खेलते समय एक दूसरे पर ऐसा प्रेम रंग डालना चाहिए जिसका रंग कभी नहीं छूटे और उसे प्रेम रूपी सागर में अच्छी तरह डुबना चाहिए तथा हमें भी उसके साथ प्रेम सागर में डुबकी लगानी चाहिए जिससे दोनों शरीर से, मन से प्रेम में पूरी तरह डूब जायं तथा प्रेम रंग सदैव रंगा रहे,जो कभी छूटे नहीं। इस प्रेम रूपी रंग के संबंध में कबीर साहब ने कहा--"लाली मेरे लाल की जित देखूं तित लाल। लाली देखन मैं गयी मैं भी होगयी लाल।।"

लेकिन कुछ लोग अज्ञानवश केमिकल के रंग-गुलालों से होली खेलते हैं जो शरीर के लिए बहुत ही खतरनाक है। इससे बहुत से लोगों की त्वचा ख़राब हो जाती

है और आंखों में पड़ने से आंखों में तरह-तरह की बीमारियां हो जाती हैं यहां तक कि कुछ की आंख की रोशनी समाप्त ही हो जाती है। और कुछ लोग मनचले भांग-शराब पीकर नशा करते हैं और नशे में मां-बहिनों से छेड़खानी भी करते देखे गये हैं। जब वैमनस्य बढ़ जाता है तो आपस में मारपीट करते हैं और हत्या तक हो जाती हैं। इस पवित्र त्यौहार को भी दूषित कर देते हैं जो बहुत ही शर्मनाक कृत्य है। हमें इस पर विचार करना चाहिए और इस बुराई को समाज से पूरी तरह समाप्त करने में ही हम सब का हित।

अतः हमें इस होली के परम पावन अवसर पर परिवार, समाज की खुशहाली के लिए अपनी बुराइयों को त्याग कर आपस में प्रेम, सद्भाव और सौहार्द वातावरण बनाना चाहिए ताकि यह त्यौहार हम सब के लिए सुख-शांति,सुख-समृद्धि, सम्पन्नता पूर्ण हो और सभी प्रसन्नता पूर्वक अपना जीवन यापन करें।

"सर्वे भवन्तु सुखिन सर्वे सन्तु निरामया। सर्वेभद्राणि पश्यन्तु मा कश्चित् दुःख भाग्भवेत।।"

......

3

पितृपक्ष

प्रत्येक मनुष्य के ऊपर अन्य सांसारिक ऋणों के साथ-साथ तीन ऋण अवश्य ही होते हैं यथा देवऋण, ऋषिऋण और पितृऋण। सभी जीवों के लिए पृथ्वी, आकाश, वायु,जल, अग्नि, प्रकाश, पेड़, पौधे, लता,बेल आदि सभी प्रकार की वनस्पतियां, दृश्य-अदृश्य वस्तुएं मौजूद हैं जिनका उपयोग करने से ही हम सब जीवित हैं। ये सभी वस्तुएं श्रीभगवान एवं देवताओं ने ही तो सभी जीवों को उपलब्ध कराई हैं। दूसरा ऋषियों ने हमें विद्या, ज्ञान दिया है और हमें सद् मार्ग पर चलने के लिए प्रेरित किया है। तीसरा हमारे शरीर के अंदर जो रक्त प्रवाहित हो रहा है वह हमारे पितरों का ही तो है, शरीर का निर्माण भी उनकी ही देन और हमारी हुलिया, कद, विचार आदि सब उनकी ही भांति तो हैं। प्रभु कृपा से हमारे लालन-पालन का माध्यम पूर्वज ही तो हैं। इसलिए उनके इन ऋणों से उऋण होना आवश्यक है।

मनुष्य सांसारिक ऋणों से उऋण होने के लिए पूरा जीवन, पूरी शक्ति लगा देता है। लेकिन वह इन तीन ऋणों से उऋण होने के लिए सामान्यत: कोई प्रयास नहीं करता है। यहां तक बहुत से लोगों को तो इस बारे में कोई जानकारी भी नहीं होती। इन्हीं ऋणों से उऋण होने के लिए हमारे महापुरुषों ने श्राद्ध की बात कही है। श्राद्ध एक गंभीर विषय है जो सोचने के लिए मजबूर करता है। लेकिन उसके बाद भी सामान्य मनुष्य इस पर विचार भी नहीं करता। इसी पक्ष को ध्यान में रखते हुए भारतीय वांग्मय में पितृपक्ष की चर्चा की गई है।

प्रत्येक वर्ष आश्विन मास के कृष्ण पक्ष के पंद्रह दिन पितृपक्ष के नाम से जाने जाते हैं। इसे पंद्रह दिवसीय महालय श्राद्धपक्ष अथवा महालय पितृपक्ष भी कहते हैं। इस पितृपक्ष में व्यक्ति अपने पूर्वजों की आत्मा के कल्याण हेतु

श्रद्धा,भाव से तिल,जल, पुष्प,दुग्ध, कुशा आदि से देवतर्पण, ऋषितर्पण और पितृतर्पण करता है। इसी पक्ष में चतुर्दशी के बाद अमावस्या आती है जिसे सर्वपितृ अमावस्या अथवा पितृ विसर्जन अमावस्या भी कहते हैं। वैसे तो सनातन धर्म परंपरा में प्रत्येक माह की अमावस्या को पितरों की पुण्यतिथि मानी जाती है। लेकिन आश्विन मास की अमावस्या पितरों के लिए विशेष फलदायक मानी गई है। जिन पितरों की पुण्यतिथि स्वजनों को ज्ञात नहीं होती या किसी कारणवश जिनका श्राद्ध तर्पण इत्यादि पितृपक्ष के पंद्रह दिन में नहीं हो पाता उनका श्राद्ध,तर्पण,दान आदि इसी दिन किया जाता है ।

पितृपक्ष के महात्म्य के संबंध में कहा गया है कि इस दौरान ऊपर की रश्मि तथा रश्मियों के साथ पितृ-प्राण पृथ्वी पर व्याप्त रहते हैं। इस पक्ष में पितृ अपने पुत्र, पौत्र, आदि की दहलीज पर आते हैं और अपने परिवार जनों के श्रेष्ठ कार्यों को देखकर प्रसन्न होते हैं। श्राद्ध की मूलभूत परिभाषा यह है कि प्रेत और पितृ के निमित्त उनकी आत्मा की तृप्ति के लिए श्रद्धा पूर्वक जो अर्पित किया जाय, वह श्राद्ध है। पितृपक्ष में जो तर्पण, ब्रह्म- भोज, दान आदि किया जाता है उससे पितृ तृप्त होते हैं।

हम जब से अपना होश संभालें,उसी दिन से माता-पिता, अपने से बड़ों की आज्ञा का पालन करें,शर्त यह है कि आज्ञा पालन करते समय उनका पूर्ण मान-सम्मान का सदैव ध्यान रखें। उनके भोजन, वस्त्र, इलाज, औषधि आदि का स्वयं पूरा ध्यान रखें। एक और विशेष बात है कि बहुत से बुजुर्ग कभी भी अपनी इच्छाओं का जाहिर नहीं करते ,ऐसी स्थिति में बहुत सावधानी पूर्वक उनकी भावनाओं का ध्यान रखना चाहिए। इसके अलावा अपने पितरों का स्मरण करना चाहिए और ऐसे कार्य करने चाहिए जिससे कभी भी उनके मान-सम्मान, नाम में धब्बा न लगे। सभी हमारे बुजुर्ग, पूर्वज अपनी भावी संतति से अपेक्षा करते हैं कि भावी पीढ़ी सतकर्म करे और उनका नाम रोशन करे। श्राद्ध पक्ष में अपने पूर्वजों का स्मरण करते हुए मन,कर्म, वचन के साथ शुद्ध भावना से श्राद्ध कर्म करें और अपने पितरों की प्रसन्नता हेतु निम्नलिखित मंत्र बोलें:

"ॐ देवताभ्यः पितृभ्यश्च महायोगिभम्य एव च।
नमः स्वाहायै स्वधायै नित्यमेव नमो नमः।।
ॐ पितृगणाय विद्महे जगत धारिणी तन्नो पितृरो
प्रचोदयात्।
ॐ आद्य भूताय विद्महे सर्व-सेव्याय धीमहि।
शिव-शक्ति-स्वरूपेण पितृ देव प्रचोदयात्।।

तद्उपरांत सामर्थ्य के अनुसार श्रद्धा पूर्वक एक ब्राह्मण अथवा बहुत से ब्राह्मणों को भोजन करायें, वस्त्र, भोजन सामग्री,दक्षिणा आदि अवश्य दें। इसके अलावा अन्न,जल ,वस्त्र आदि का दान करें। दीन-दुखियों की सहायता करें । मूक-बधिर, अंध विद्यालयों को यथा शक्ति दान दें। आम आदमी को पानी पीने के लिए प्याऊ लगवायें। धर्मशालाएं बनवाएं। खूब भगवान का भजन करे। सद् ग्रंथों का अध्ययन, मनन, चिंतन करें। इन कार्यों से आपके द्वारा किया गया श्राद्ध, पितृपक्ष में किये गये कार्य सिद्ध हो जायेंगे। फिर आपके ऊपर न तो कोई पितृ-दोष रहेगा, आपके पितृ सदैव आशीर्वाद देंगे। लेकिन एक बात बहुत महत्वपूर्ण है यदि आपने अपने जीवित माता-पिता, वृद्धों आदि को जाने अनजाने में भूखा रखा है, उन्हें यातनाएं दी हैं, अवज्ञा की है अथवा उनको वृद्धाश्रम भेजा दिया गया है तो पितृदोष की बात तो बहुत छोटी है। आपको अपने किये गये ऐसे गंभीर कृत्यों का फल अवश्य भोगना पड़ेगा। उसमें किसी भी पंडित, तांत्रिक अथवा ज्योतिषियों द्वारा बताया गया कोई भी उपाय,पाठ-पूजा काम नहीं आयेगा। हां, यदि आपने अपने माता-पिता, वृद्धों और पितरों का मान-सम्मान किया है, उनकी तन,मन,धन से सेवा की है तो निश्चित मानिए परिवार में सभी लोग स्वस्थ एवं प्रसन्न रहेंगे ,सुख-शांति, सुख-समृद्धि से सम्पन्न रहेंगे और खूब तरक्की करेंगे, जिसकी आपको अपने पूर्वजों, पितरों से ऐसे आशीर्वाद की इच्छा रहती है।

....

4

त्याग का महत्व

मानव जीवन में त्याग की महती भूमिका मानी गई है। यहां तक कि हमें दूसरी सांस लेने के लिए पहली सांस का त्याग करना पड़ता है। त्याग मात्र एक कर्म ही नहीं, अपितु यह एक भाव है। यह हमें सांसारिक मोह से अलग करने के साथ ही हमारे व्यक्तित्व का निर्माण करने में एक निर्णायक भूमिका निभाता है। हमारे प्राचीन वांग्मय में अनेकों दृष्टांतों के जरिए त्याग-वैराग्य की विशेष चर्चा की गई है। संत, तपस्वी, साधक, पुरुष अपने जीवन में त्याग-वैराग्य का अनुकरण करके महान पुरुष बन गये। महाभारत के शांति पर्व में कहा गया है कि:

'त्याग के समान कोई सुख नहीं है।'

स्वामी रामतीर्थ भी कहते हैं कि 'त्याग के सिवाय इस संसार में दूसरी कोई शक्ति नहीं है।' मनुष्य ही नहीं साक्षात ईश्वर को भी इस धराधाम पर अपनी लीलाओं को प्रकट करने के दौरान बिना त्याग के उन्हें भी यश एवं वैभव की प्राप्ति नहीं हुई। श्रीरामचन्द्रजी ने अपने पिता की आज्ञा पाकर बिना किसी परेशानी के तत्काल अयोध्या का राजपाट त्याग कर तापस भेष में सहर्ष चौदह वर्ष के वन गमन को वरीयता दी। वन गमन से पूर्व वह चक्रवर्ती सम्राट राजा दशरथ पुत्र श्रीराम थे। लेकिन वन गमन के उपरांत वह मर्यादा पुरुषोत्तम भगवान श्रीरामचंद्र के रूप में प्रतिष्ठित हुए। महाबाओ पांडव पुत्र अर्जुन ने भी चतुरंगिनी सेना को त्यागकर भगवान श्रीकृष्णचंद्रजी को चुना और आज इतिहास उनका स्मरण करता है। इसी प्रक्रिया के परिणामस्वरूप राजकुमार सिद्धार्थ भगवान बुद्ध बन गये।

हम सामाजिक जीवन में वर्षों से सुनते आ रहे हैं कि अमुक व्यक्ति त्यागी है उसने गंगा जी में या किसी विशेष तीर्थ स्थान में किसी विशेष वस्तु को छोड़ दिया

है और अब वह इन वस्तुओं का उपयोग नहीं करता है। यहां तक कि कुछ लोग उन्हें समाज में त्यागी कहकर पुकारते हैं। यदि वास्तव में इसकी गंभीरता से समीक्षा की जाए तो उन्होंने कुछ भी नहीं त्यागा है। त्याग में किसी तरह का प्रदर्शन नहीं होता, वह तो मन का संकल्प है। इसी तरह मनुष्य का वैराग्य उस समय ही दृढ़ रह सकता है जब वह त्याग की कसौटी पर खरा उतरेगा । श्मशान घाट में लोगों को क्षणिक वैराग्य होता है जैसे ही वह व्यक्ति श्मशान घाट से बाहर आता है उसका सारा वैराग्य छूमंतर हो जाता है क्योंकि वहां त्याग नाम मात्र के लिए भी नहीं होता है। जब मनुष्य मन,कर्म, वचन से किसी वस्तु,पद, संपत्ति पर अपना मालिकाना अधिकार स्वतः स्वेच्छा से पूर्णतः छोड़ देता है उसी को त्याग कहते हैं और इस तरह त्याग की शर्तों पर खरा उतरने वाले व्यक्ति को वैरागी कहते हैं। इसके लिए मनुष्य को अपने जीवन में 'अपरिग्रह' के सिद्धांत को अपनाना आवश्यक है। अपरिग्रह का मतलब है अपनी नितांत आवश्यकताओं की पूर्ति के लिए ही संग्रह किया जाय। इसी संबंध में कबीर साहब कह रहे हैं कि:

"साईं इतना दीजिए, जामें कुटुम समाय।
मैं भी भूखा ना रहूं, साधु न भूखा जाय।।"

वास्तव में जो भी व्यक्ति दूसरों के हित के लिए, देश, सृष्टि के कल्याण के निमित्त अपने सुखों का त्याग करता है। वही महामानव बनता है।

....

5

अमोघ औषधि--रामनाम

"राम नाम जपतां कुतो भयं सर्वतापशमनैकभेषजम्" (नृसिंह पुराण)

भावार्थ: भक्त प्रहलाद राम नाम के महत्व को मानते हुए अपने पिता हिरण्यकश्यपु को कहते हैं कि राम नाम जपने वालों को किसी भी तरह का भय व्याप्त नहीं होता है क्योंकि रामनाम तो सब तापों यथा कष्टों की निवृत्ति की एक मात्र औषधि है। राम नाम मनुष्य में आत्मविश्वास, उत्साह व पुरुषार्थ उत्पन्न करने की रामबाण औषधि है जो सभी रोगों पर विजय प्राप्त करने का सर्वश्रेष्ठ सिद्ध साधन है।

भारतीय वांग्मय के सद्ग्रंथों में, ऋषियों, मुनियों, संतों-भक्तों ने राम नाम की महिमा का गुणगान किया है। 'राम' नाम का महत्व इस प्रकार बताया है--

" 'रा' अक्षर के कहत ही निकसत पाप पहार। पुनि भीतर आवत नहिं देत 'म' कार किंवार।।" भावार्थ: 'रा' अक्षर के मुंह से निकलते ही सारे पाप शरीर से बाहर निकल जाते हैं और पुनः शरीर में उनकी प्रविष्टि नहीं हो पाती क्योंकि 'म' अक्षर तुरंत शरीर के सभी द्वारों (किवाड़ों) को बंद कर देता है। जीव द्वारा पूर्व में किये हुए कर्मों के फलस्वरूप ही प्रारब्ध बनते हैं जिनमें पाप पुण्य दोनों शामिल हैं और उन्हीं प्रारब्धों को भोगने के लिए यह शरीर प्राप्त हुआ है। जब सारे पाप ही शरीर से निकल कर बाहर आ जायेंगे तो रामनाम के प्रभाव से सभी मनुष्य पवित्र, स्वस्थ, प्रसन्न और आभा युक्त हो जायेंगे।

"राम नाम की औषधि खरी नियत से खाय। अंग रोग व्यापे नहीं महारोग मिट जाय।।" अर्थात: राम नाम का जप एक ऐसी औषधि है जिसे यदि अंतर्मन से जपा जाय तो मनुष्य की सभी व्याधियां दूर हो जाती हैं, असाध्य रोग भी मिट जाते हैं तथा मन को परम शांति मिलती है जिसकी मनुष्य को वांछा रहती है। फिर वह

स्वस्थ एवं प्रसन्न रहता है। भगवान श्रीरामजी ही केवल हमारे सर्वश्रेष्ठ वैद्य हैं और रामनाम ही रामबाण औषधि जिसका सेवन आशा और विश्वास के साथ किया जाय तो हर तरह की बीमारियां, व्याधियां ठीक हो जायेंगी तथा मनुष्य रोगमुक्त हो जायेगा।

श्रीरामचरितमानस में राम-नाम की महिमा के बारे में अनगिनत उल्लेख मिलते हैं। मर्यादा पुरुषोत्तम भगवान श्रीरामजी के राज्य अयोध्या में सभी जीव, मनुष्य सुख-शांति, सुख-समृद्धि से सम्पन्न थे और वे निरंतर भगवान का नाम जपकर सब व्याधियों से मुक्त होकर रहते --"दैहिक दैविक भौतिक तापा। राम राज नहिं काहु ब्यापा।।" अर्थातः अयोध्या में भगवान श्रीरामजी के प्रताप से राम राज्य में सभी जीव दैहिक, दैविक और भौतिक तापों से मुक्त थे।

"राम कृपा नासहिं सब रोगा। जौं एहिं भांति बनै संजोगा।। सदगुरु बैद बचन बिस्वासा। संजम यह न बिषय कै आसा।।" अर्थातः यदि श्रीरामजी की कृपा से इस प्रकार का संयोग बन जाय तो जीव के सब रोग नष्ट हो जायं। सद्गुरु रूपी वैद्य के वचन में विश्वास हो। विषयों की आशा न करें, यही संयम(परहेज) हो।

"रघुपति भगति संजीवन मूरी। अनूपान श्रृद्धा मति पूरी।। एहि बिधि भलेहिं से रोग नसाहीं। नाहिं त जतन कोटि नहिं जाहीं।।" अर्थातः श्री रघुनाथजी की भक्ति संजीवन बूटी है, श्रृद्धा से पूर्ण बुद्धि ही अनुपान (दवा के साथ लिया जाने वाला मधु आदि) है। इस प्रकार का संयोग हो तो वे रोग भले ही नष्ट हो जाएं, नहीं तो करोड़ों प्रयत्नों से नहीं जाते।

"भव भेषज रघुनाथ जसु सुनहिं जे नर अरु नारि। तिन्ह कर सकल मनोरथ सिद्ध करहिं त्रिसिरारि।। अर्थातः श्रीरघुवीर का यश तथा उनका नाम भव सागर यथा संसार के सभी कष्टों, रोगोंके निवारण हेतु तथा जन्म-मरण से मुक्ति के लिए अचूक औषधि है। जो पुरुष और स्त्री इसे सुनेंगे, राम नाम का जप करेंगे, त्रिशिरा के शत्रु भगवान श्रीरामजी उनके सब मनोरथों को सिद्ध करेंगे।

राम नाम की महिमा के संबंध में समर्थ गुरु रामदास जी का कथन है कि-- "सभी सांसारिक रोगों की एक दिव्य औषधि है--"राम-नाम"।

भक्त शिरोमणि मीराबाई जी कह रही हैं कि मेरा दर्द, अंतर्मन की पीड़ा, रोगों का इलाज कोई सांसारिक वैद्य नहीं कर सकता। उनके दर्द का निवारण तब ही हो सकेगा जब मुरली मनोहर,मोरमुकुटधारी भगवान श्रीकृष्ण वैद्य के रूप में आकर मेरा इलाज करेंगे। फिर मैं उनकी प्रेम रूपी दवा से तत्काल रोग मुक्त हो जाऊंगी-- "हे री मैं तो दरद दीवानी मेरो दरद न जाणै कोय। ....दरद की मारी बन-बन डोलूं बैद मिल्या नहिं कोय। मीरा की प्रभु पीर मिटेगी जद बैद सांवलिया होय।।"

श्री चैतन्य महाप्रभु ने "हरे कृष्ण हरे कृष्ण कृष्ण कृष्ण हरे हरे। हरे राम हरे राम राम राम हरे हरे" नाम संकीर्तन की भावपूर्ण मधुर ध्वनि से अनेकों कुष्ठ रोगियों तथा असाध्य प्रकृति वाले रोगों से रोगियों को रोग मुक्त किया।(श्री चैतन्य चरितामृत)

सुप्रसिद्ध वैज्ञानिक श्री जगदीश चन्द्र बसु की वैज्ञानिक खोज है कि--"पेड़-पौधे भी संकीर्तन की मधुर ध्वनि से निरोगी होकर अच्छी तरह बढ़ते हैं।

हमारे जीवन में भी इस तरह की घटनाएं निरंतर घटती रहती हैं।

यह बात भी सभी ने अपने जीवन में अनुभव की होगी कि जब हम किसी रोगी को देखने जाते हैं और उसके शीघ्र स्वस्थ होने की कामना करते हैं तो हम रोगी और उसके परिवार वालों को सलाह देते हैं कि भगवान का ध्यान-स्मरण करो, नाम जप भी अवश्य करो। भगवान इन्हें शीघ्र स्वस्थ करेंगे। इसके अलावा जब कोई रोगी नाजुक स्थिति में होकर अंतिम समय में अपनी बीमारी से जूझ रहा होता है तो इलाज करने वाले डॉक्टर, वैद्य भी कहते हैं कि हमने अपने सभी प्रयास तथा उपाय कर लिए हैं और अच्छी से अच्छी दवाएं भी दे ली हैं। अब इन्हें दुआ की आवश्यकता है इसलिए आप लोग भगवान का भजन करें और स्वास्थ्य लाभ के लिए भगवान से प्रार्थना करें, यही एक अंतिम उपाय है।

अतः मनुष्य सहित सभी जीवों के कष्टों, रोगों के इलाज लिए औषधियां तथा उपचार भी करना चाहिए क्योंकि ये सब औषधियां तथा उपचार भी तो प्रभु प्रदत्त हैं। साथ ही रोगी के शीघ्र स्वास्थ्य लाभ के लिए पूर्ण श्रद्धा, आशा और विश्वास सहित निर्मल मन से अनन्य भाव के साथ प्रभु का ध्यान,स्मरण,भजन- कीर्तन तथा निरंतर नाम जप अवश्य करना चाहिए। ताकि तत्काल रोगों का निवारण हो सके क्योंकि भगवान का नाम ही एक रामबाण अमोघ औषधि है इससे न केवल शारीरिक कष्ट तथा रोग दूर होंगे बल्कि जीव इहलोक तथा परलोक दोनों में स्वस्थ एवं प्रसन्न रहेगा। इससे हमारा मनुष्य योनि में जन्म लेना भी सार्थक सिद्ध हो जायेगा।

मंगल भवन अमंगल हारी।
द्रवहु सुदसरथ अजिर बिहारी।।

.....

6

पतित पावन

मनुष्य अपनी श्रृद्धा-भाव के अनुरूप भगवान से संबंध जोड़ता है,रिश्ते बनाता है और उन्हीं संबंधों के अनुसार उनको पुकारता है। भगवान को लोग दयानिधान, कृपा निधान, दीनदयाल, दीनानाथ, दरिद्र-नारायण, कृपालु,कृपा के सागर,पतित पावन आदि असंख्य नामों से पुकारते हैं कोई उन्हें माता-पिता, पति,सखा,भ्राता कहता है। सूफ़ी सम्प्रदाय में भगवान को पत्नी कहा गया है। इसलिए कहा गया है --

"त्वमेव माता च पिता त्वमेव,त्वमेव बंधुश्च सखा त्वमेव।

त्वमेव विद्या द्रविणम् त्वमेव, त्वमेव सर्वं मम देव देव।।"

अतः केवल प्रभु ही हमारे सच्चे संबंधी जिनसे हमारा हमेशा-हमेशा का सनातन संबंध है,स्थाई है। लेकिन मनुष्य इस संसार में माया के वशीभूत होकर असत्य को सत्य और सत्य को असत्य मान लेता है, इसी को मृगमरीचिका कहते हैं। सभी जीवों का कल्याण,हित केवल भगवान ही करते हैं और वे ही जानते हैं कि जीव की भलाई किस में है? वे पतितों को पवित्र कर उनका उद्धार करते हैं। उनकी इस दयालुता को भक्त शिरोमणि तुलसीदास जी कह रहे हैं--

"जाउं कहां तजि चरन तुम्हारे।

काको नाम पतित-पावन जग, केहि अति दीन पियारे।।

कौने देव बराइ-बिरद हित,हठि हठि अधम उधारे।खग, मृग, ब्याध,पषान,बिटप जड़,जवन कवन सुर तारे।।

देव,दनुज, मुनि,नाग,मनुज सब,माया-बिबस बिचारे।

तिनके हाथ दास तुलसी प्रभु,कहा अपनपौ हारे।।" व्याख्या: भक्त के तो सर्वेश्वर, परमेश्वर, जगदीश्वर सब भगवान ही हैं। भक्त का एकमात्र सहारा

भगवान ही हैं वैसे तो सभी जीवों का आधार भगवान ही हैं। जब भक्त का भगवान के अन्यत्र कोई है ही नहीं तो वह उनको छोड़कर किस के पास जाय। वहां उसे फिर क्या मिलेगा? यह सब लोग जानते हैं। तुलसीदास जी भगवान से अपने हृदय,मन की बात कह रहे हैं--हे नाथ! आपके चरणों को छोड़कर और कहां जाऊं? संसार में 'पतित-पावन' ,पतितों का उद्धार करनेवाला, दीनदयाल नाम और किसका है? आपकी तरह दीन,हीन,दुखियारे किसे बहुत प्रिय हैं और ऐसा कौन है जो उनके हित की बात सोच रहा है? आजतक किसी देवता ने अपने बाने को रखने के लिए हठ पूर्वक चुन-चुन कर नीचों यथा पतितों का उद्धार किया है? किस देवता ने पक्षी जटायु,पशु ऋक्ष-बानर आदि,व्याध वाल्मीकि, पाषाणरूपी अहिल्या,जड़वृक्ष यमलार्जुन और यवनों का उद्धार किया है? देवता, दैत्य, मुनि,नाग, मनुष्य आदि सभी विचारे माया के वश में हैं जो स्वयं माया के जाल में बंधा हुआ है वह दूसरों को इस बंधन से कैसे मुक्त कर सकता है? इस माया से छुटकारा केवल मायापति भगवान ही दिलाने में समर्थ हैं। हे प्रभो! अब मैं अपने को उन लोगों के हाथों में कैसे सौंपू? क्योंकि एक भिखारी दूसरे भिखारी को क्या देगा?

इसी तरह विनय पत्रिका में तुलसी बाबा भगवान श्रीराम जी की उदारता के बारे में कह रहे हैं--"ऐसौ को उदार जग माहीं। बिन सेवा जो द्रवै दीन पर राम सरिस कोउ नाहिं----।" श्रीरामचरितमानस में भगवान श्रीराम जी स्वयं कह रहे हैं-

"सनमुख होइ जीव मोहि जबहीं।
जन्म कोटि अघ नासहिं तबहीं।।"

भक्त शिरोमणि रैदास जी भगवान से प्रार्थना कर रहे हैं :

"जो तुम तोरो राम, मैं नाहि तोरौं।
तुम सो तोरि कवन संग जोरौं।।
तीरथ बरत न करौं अंदेसा।
तुम्हरे चरन कवंल को भरोसा।।
जहां-जहां जावों तुम्हरी पूजा।
तुम सा देव और नहिं दूजा।।
मैं अपनौ मन हरि सौं जोरियौ।
हरि सौं जोरि सवन सौं तोरियौ।।
सबहीं पहर तुम्हरी आसा।
मन क्रम वचन कहै रैदासा।।"

भक्त शिरोमणि सूरदास जी भी कह रहे हैं कि जीव के पापों को काटने में, नष्ट करने में केवल भगवन्नाम ही समर्थ है, और सब बेकार की बातें हैं:

"सब तजि भजिए नन्द कुमार।
और भजें तैं काम सरै नहिं,मिटै न सब जंभार।।
जेहिं जेहिं जोनि जन्म धारयौ, बहुत जोरियौ अघ कौ भार।
जिहिं काटन कौ समरथ हरि हौं,तीछन नाम कुठार।।
बेद पुरान भागवत गीता,सबकौ यह मत सार।
भव समुद्र हरि-पद-नौका बिनु,कोऊ न उतारै पार।।
यह जिय जानि,इन्हीं छिन भजि, दिन बीते जात असार।
सूर पाइ यह समौ लाहु लहि, दुर्लभ फिर संसार।।"

ध्यान दें हम सबका मनुष्य योनि में जन्म प्रभु की विशेष कृपा से हुआ है ताकि हम निष्काम भाव से सत् कर्म करते हुए भगवान की अनन्य भाव से भक्ति करें और मन,कर्म, वचन से भगवान का भजन-कीर्तन, ध्यान, स्मरण करें। साथ ही स्वयं को कर्ता भाव के अहंकार को त्यागकर सब कुछ प्रभु को समर्पित कर दें। ताकि यह जीवन सार्थक हो जाय। इसलिए मनुष्य योनि को चौरासी लाख योनियों में सर्वश्रेष्ठ योनि माना गया है जिसके लिए देवता भी तरसते हैं। श्रीरामचरितमानस में कहा गया है:

"बड़े भाग मानुष तन पावा।
सुर दुर्लभ सद ग्रंथहिं गावा।।
साधन धाम मोक्ष कर द्वारा।
पाई न जेहिं परलोक संवारा।"

7

प्रभु नाम की महिमा

"सच्चिदानन्दरूपाय विश्वोत्पच्यादिहेतवे। तापत्रयविनाशाय श्रीकृष्णाय वयं नुमः।। अर्थातः सच्चिदानन्स्वरूप भगवान् श्रीकृष्ण को हम नमस्कार करते हैं,जो जगत की उत्पत्ति, स्थिति और विनाश के हेतु तथा आध्यात आधिभौतिक तीनों प्रकार के तापों को नाश करने वाले हैं।(श्रीमद्‌भागवतमहापुराण)

"नाम राम को अंक है सब साधन हैं सून। अंक गएं कछु हाथ नहिं अंक रहें दस गून।।" भावार्थः श्रीरामजी का नाम अंक है और सब साधन शून्य (0) हैं। अंक न रहने पर तो कुछ भी हाथ नहीं लगता, परन्तु शून्य के पहले अंक आने पर वे दस गुने हो जाते हैं अर्थात रामनाम के जप के साथ जो साधन होते हैं वे दस गुने लाभदायक हो जाते हैं,परन्तु राम नाम से हीन जो साधन होता है वह कुछ भी फल नहीं देता है।

"नामु राम को कलपतरु कलि कल्यान निवासु। जो सुमिरत भयो भांग तें तुलसी तुलसीदासु।।" भावार्थः कलियुग में श्रीरामजी का नाम कल्पवृक्ष है जो मनचाहा पदार्थ देनेवाला है और कल्याण निवास (मुक्ति का घर) है, जिसको स्मरण करने से तुलसीदास भांग से (विषयमद से भरी और दूसरों को भी विषयमद उपजाने वाली साधुओं द्‌वारा त्याज्य स्थिति से) बदलकर तुलसी के समान (निर्दोष, भगवान का प्यारा, सबका आदरणीय और जगत को पावन करने वाला) हो गया और यही भगवान के नाम की महिमा हैः

"राम नाम मनिदीप धरु जीभ देहरीं द्‌वार।

तुलसी भीतर बाहेरहुं जौं चाहसि उजिआर।।" भावार्थः तुलसीदास जी अपने मन को समझाते हुए कहते हैं,जो हम-सब को भी सचेत कर रहे हैं कि यदि मन तू भीतर और बाहर दोनों ओर प्रकाश (लौकिक एवं पारमार्थिक ज्ञान) चाहता है

तो मुखरूपी दरवाजे की देहली पर रामनाम रूपी (हवा के झोंके अथवा तेल की कमी से कभी न बुझने वाला नित्य प्रकाशमय) मणिदीप रख दो अर्थात जीभ के द्वारा अखंड रूप से श्रीराम-नाम जप करता रह। इसी से मनुष्य का जीवन धन्य हो जायेगा, सार्थक हो जायेगा।

सभी सद्ग्रथों,संत, भक्त, ऋषियों, मनीषियों का केवल एक ही मत है , जबकि कहने के तरीके भिन्न- भिन्न हो सकते हैं। प्रभु नाम में ही सम्पूर्ण ब्रह्माण्ड समाया हुआ है। जब मनुष्य जब पूर्ण श्रद्धा, आशा, विश्वास के साथ अनन्य भाव से निष्काम होकर प्रभु नाम का स्मरण-ध्यान करता है, भजन- कीर्तन करता है तो उसकी सभी जरूरी सांसारिक आवश्यकताओं तथा आध्यात्मिक जगत की प्राप्ति अर्थात प्रभु प्राप्ति सहज ही प्राप्त हो जाती है-- "साधो सहज समाधि भली।" हम अपने तथा परिवार के भरण-पोषण के संबंध हर समय अनावश्यक रूप से चिंतित रहते हैं जिसका कोई अर्थ नहीं है। अतः हम अपने इस अमूल्य मनुष्य जन्म को नष्ट न होने दें। विश्वास कीजिए प्रभु हर समय सभी जीवों का योगक्षेम वहन करते रहते हैं हम अनावश्यक ही चिंता करते रहते हैं जिससे कुछ प्राप्त नहीं होने वाला है। प्रभु सभी जीवों का ध्यान रखते हैं, विशेषकर भगवान भक्तों का ध्यान रखते समय सभी मर्यादाओं को त्यागकर भक्त की सेवा में तत्पर हो जाते हैं। भक्त शिरोमणि सूरदास जी ने सूरसागर में भगवान के करुणामय रूप का वर्णन किया है--

"हम भगतन के भगत हमारे।

सुन अरजुन परतिग्या मोरी यह ब्रत टरत न टारे।। भगतन काज लाज हित धरिकैं पांय पियादे धायौ।

जहं-जहं भीर परै भगतनपै तहं-तहं होत सहायौ।।

जो भगतनसों बैर करत है सो निज बैरी मेरो।

देख बिचार भगत-हित कारन हांकत हौं रथ तेरो।।

जीते जीत भगत अपने की हारे हार बिचारों।

सूर स्याम जो भगत-बिरोधी चक्र सुदरसन मारों।।"

यह है भक्त वत्सल भगवान का करुणामय रूप।

मनुष्य योनि बहुत ही दुर्लभ है जो सहज ही बार-बार नहीं मिलती है। यह अनेकों जन्मों के पुण्य-प्रतापों के फलस्वरूप प्राप्त होती है इस योनि में जन्म लेने के लिए लिए देवता भी तरसते हैं, यह केवल भाग्यशाली लोगों को ही प्राप्त होती है। श्रीरामचरितमानसजी में उल्लेख है--

"बड़े भाग मानुष तन पावा।सुर दुर्लभ सद् ग्रंथन्हि गावा।।

साधन धाम मोक्ष कर द्वारा। पाई न जेहिं परलोक संवारा।।"

अतः हमें छल-कपट छोड़कर निर्मल मन से सभी सांसारिक कार्य निष्काम भाव से करने चाहिए क्योंकि प्रभु को तो सभी जीवों का केवल निर्मल मन ही भाता है।श्रीरामचरितमानस जी में भगवान श्रीरामजी स्वयं कह रहे हैं--

"निर्मल मन जन सो मोहि पावा।

मोहि कपट छल छिद्र न भावा।।"

यह विशेष रूप से ध्यान में रखने की आवश्यकता है कि परमात्मा परमेश्वर हमारे अच्छे-बुरे सभी कार्यों को पूर्ण रूप से देख रहे हैं। हम संसार के लोगों को धोखा देकर क्षण मात्र के लिए प्रसन्न हो लें,अपना कार्य सिद्ध समझलें लेकिन भगवान तो अंतर्यामी हैं वह घट-घट की सभी बातें जानते हैं। अतः मनुष्य को अपने सभी सांसारिक अथवा आध्यात्मिक कार्यों का निष्पादन निष्कपट, निश्चछल होकर करना चाहिए और अहं को त्याग कर भगवान नाम का जप करना चाहिए जिससे इहलोक और पारलोक दोनों सहज ही सुधर जायेंगे, यही मनुष्य का एकमात्र सहारा है और इससे मानव योनि में जन्म लेना भी सिद्ध हो जायेगा।

......

8

अहंकार

"मैं मैं बड़ी बलाइ है, सकै तौ निकसी भाजि।
कब लग राखौं हे सखी, रूई पलेटी आग।।"

व्याख्याः यह मनुष्य अनेकों विद्याओं से परिपूर्ण होते हुए भी उसके अंतःकरण में विभिन्न प्रकार के दोषों ने अपना अड्डा बनाया हुआ है और वे इतने प्रभावशाली होगये हैं कि इस मनुष्य को कुछ भी नहीं समझते जैसे किसी को अपने घर में रहने का ठिकाना दे दो तो कुछ दिन बाद उसे अपना ही घर बताता है यहां तक कि असली मालिक को भगाने का भी प्रयास करता है और कभी-कभी सफल भी हो जाता है। इन सभी दोषों में सबसे अधिक भूमिका मद अर्थात अहंकार की होती है, जो बहुत ही प्रबल है। वह मनुष्य द्वारा किए गए अच्छे कर्मों पर भी पानी फेर देता है। इस संबंध में कबीरदास जी कह रहे हैं कि यह अहंकार बड़ी भारी बला है। यदि संभव हो तो इससे निकल कर दूर भाग जाना चाहिए अथवा इसे ही अपने से दूर भगा देना चाहिए। हे सखी, अर्थात हे मन! ध्यान दे रुई में लपेटी हुई अग्नि कब तक रोकी जा सकती है? वह तो एक दिन सम्पूर्ण रूई को जलाकर भस्म कर देगी।

इसी प्रकार भक्ति और साधना में छिपी हुई अहंभावना भी किसी-न-किसी दिन इनको नष्ट कर देगी अर्थात मनुष्य द्वारा की गई कठिन साधना, तपस्या से प्राप्त भक्ति आपसे बहुत दूर चली जायेगी। पता नहीं पुनः उसका आगवन होगा कि नहीं? अतः मनुष्य को अन्य सभी विकारों यथा दोषों के साथ सर्वप्रथम अहंकार को इतना दूर भगाना चाहिए कि फिर वह कभी वापस न आ पाये। यही अहंकार सभी दोषों की जननी है और इन सभी के मूल में है अविद्या। श्रीरामचरितमानस में कहा गया है कि हे मनुष्य सावधान रह जिन दोषों को तू अपना रहा है ये सब नरक के मार्ग हैं--

"काम, क्रोध, मद, लोभ सब नाथ नर के पंथ"

अतः हमें अपने मन के अहं को निकालने के हर समय सावधान होकर तत्पर रहना चाहिए, तभी हम अपने अंदर पैर पसारे अहंकार को निकाल कर भगाने में सक्षम हो पायेंगे।

....

9

भव सागर

प्राय: जल के अथाह भंडार को सागर कहते हैं जिसकी कहीं-कहीं गहराई लगभग ग्यारह से चालीस किलोमीटर तक होती है और फैलाव हजारों किलोमीटर के बीच में होता है। इस सागर में भी एक अलग नजारा होता है यहां भी जलचर, पहाड़,वृक्ष,लता आदि होती हैं। लेकिन यहां भव- सागर का भाव जल के भंडार से बिल्कुल अलग ही है। यहां भव सागर का भाव है सांसारिक जीवन-रूपी कामनाओं का समुद्र। सभी जीव इंद्रियों के अधीन कार्यरत हैं, जिसमें मनुष्य भी शामिल है। इन इन्द्रियों की अनगिनत पिपासा हैं, कामनाएं हैं जिनकी पूर्ति के लिए वह अनेकों प्रकार से तरह- तरह के उपाय करता है। यहां तक कि उसकी एक कामना पूरी होती है तो तत्काल अनेकों कामनाओं उत्पन्न हो जाती हैं। फिर भी इतने प्रयासों के बाबजूद भी इंद्रियों की तृप्ति कभी नहीं हो पाती और मनुष्य निरंतर इंद्रियों की पिपासा को शांत करने के लिए अपना यह अमूल्य जीवन दांव पर लगा देता है अर्थात बर्बाद कर देता है। अंत में कुछ भी हासिल नहीं हो पाता। मनुष्य की इन अनगिनत कामनाओं को नष्ट करने के लिए परम दयालु, कृपा निधान भगवान ही सक्षम हैं उनके अन्यत्र और कोई नहीं है। जब तक मनुष्य की कामनाएं जीवत रहेंगी तब तक उसका उद्धार नहीं हो पायेगा। केवल प्रभु ही का सहारा है, भगवन्नाम के जप से ही भव सागर को पार किया जाना संभव है और दूसरा कोई उपाय नज़र नहीं आत। श्रीरामचरितमानस के सुन्दर काण्ड में कहा गया है--

"सकल सुमंगल दायक रघुनायक गुन गान।
सादर सुनहिं ते तरहिं भव सिंधु बिना जल जान।।"

अर्थात: श्रीरघुनाथजी का गुणगान सम्पूर्ण सुंदर मंगलों को देने वाला है जो इसे आदर सहित विश्वास के साथ सुनेंगे और श्रृद्धा और विश्वास के साथ नाम जप

करेंगे उनकी कामनाएं समाप्त हो जायेंगी और बिना किसी प्रयास के इस भवसागर को पार कर जायेंगे अर्थात मोक्ष की प्राप्ति हो जायेगी। लेकिन यह सब तभी संभव है जब जीव पूर्ण विश्वास के साथ अनन्य भाव से भगवान की शरण में चला जाए और किसी तरह की कामना शेष न रह जाए। मनुष्य की अनन्त कामनाओं के संबंध में भक्तशिरोमणि मीराबाई जी कह रही हैं:

"भव सागर अब सूखि गयौ है
फिकर नहीं मोइ तरनन की।"

अब प्रश्न उत्पन्न होता है कि इस कामना रहित संसार में उसका भरण-पोषण कैसे होगा और उसका किस तरह उसका विकास होगा? तो श्रीमद्भगवद्गीता में भगवान स्वयं कह रहे हैं कि जीव तू मेरी शरण में आजा तेरा पालन-पोषण में सदैव से निरंतर कर रहा हूं और आगे भी करूंगा:

"अनन्याश्चिन्तयन्तो मां ये जनाःपर्युपासते।
तेषां नित्याभियुक्तानां योगक्षेम वहाम्यहम्।।" अर्थातः जो अनन्यप्रेमी भक्त जन मुझ परमेश्वर को निरंतर चिंतन करते हुए निष्काम भाव से भेजते हैं,उन नित्य निरंतर मेरा चिंतन करने वाले पुरुषों का योगक्षेम मैं स्वयं प्राप्त करता हूं।

अतः सभी जीवों का सृजन करने वाला, पालन-पोषण करने वाला सदैव तेरी सेवा के लिए तत्पर है तो मनुष्य तू पूर्ण आशा-विश्वास के साथ निष्काम तथा अनन्य भाव से प्रभु का ध्यान, स्मरण, भजन-कीर्तन कर। उससे निश्चित रूप से तेरे द्वारा इस जन्म तथा पूर्व जन्मों में किये गये सभी पाप समाप्त हो जायेंगे और इस मानव योनि में जन्म लेना सार्थक हो जायेगा।

10

मित्रता

सृष्टि में सामान्यतः सभी जीव प्रकृति प्रदत्त स्वभाव के अनुसार आपस में मिलजुल कर रहना पसंद करते हैं और वे अपने जीवन में अन्य संबंधों से जुड़े रहने के साथ-साथ यह भी चाहते हैं कि उसे मित्र भी मिले, जिसके साथ वह निःसंकोच होकर अपनी बात कह सके। इसके लिए सभी जीवों की, जिसमें सभी मनुष्य भी शामिल हैं, एक मात्र कामना रहती है कि उन्हें कोई मित्र मिले अथवा उन्हें कोई प्रेम करे, यह जीव की एक स्वाभाविक मांग होती है, इसको प्राप्त करने के लिए उसके मन में अंदर ही अंदर कुछ न कुछ विचार चलता रहता है और वह मित्र, प्रेमी की तलाश में दिन-रात तरह-तरह के स्वप्न देखता रहता है और उन्हें कार्यान्वित करने के लिए प्रयास करता रहता है। लेकिन न उसे कोई मित्र मिलता और नहीं प्रेमी। क्योंकि जिनसे वह मित्रता करना चाहता वे मित्रता का भाव ही नहीं जानते और नहीं वह स्वयं भी इसकी गंभीरता को समझता है। वास्तव में दोनों प्रेम करना ही नहीं जानते अथवा प्रेम की कला को नहीं जानते। वे लोग बड़े भाग्यशाली होते हैं जिन्हें जीवन में मित्र, प्रेमी मिल जाता है। वे तो केवल प्रेम का प्रदर्शन ही करते हैं, वास्तविकता कुछ अलग ही है, उनके सभी संबंध केवल स्वार्थ से परिपूर्ण होते हैं। स्वार्थ चाहे धन का हो, शारीरिक आवश्यकताओं का हो अर्थात इंद्रियों के भोगों से संबंधित हो, आदर-सत्कार, आदर-सम्मान का हो इन सब में केवल और केवल स्वार्थ ही निहित होता है। इसमें कहीं भी मित्रता अथवा प्रेम की सुगंध नहीं आती है। मित्रता अथवा प्रेम का भाव है प्रेमास्पद पर अपना सर्वस्व लुटा देना और उसके बदले में किसी भी तरह की कोई कामना न हो, किसी तरह की कोई इच्छा न रखना यही मित्रता, प्रेम की कसौटी है। मित्रता की कसौटी पर कौन खरा उतर सकता है, इस संबंध में श्रीरामचरितमानस में उल्लेख है:

"जे न मित्र दुःख होहिं दुखारी।
तिन्हें बिलोकत पातक भारी।।
निज दुःख गिरि सम रज करि जाना।
मित्रक दुःख रज मेरु समाना।।"

भावार्थः जो लोग मित्र के दुःख से दुःख नहीं होते, उन्हें देखने से ही बड़ा पाप लगता है। जो लोग अपने सुमेरु के समान दुःख को धूल के कण के समान मानते हैं और मित्र के धूल के समान दुःख को बड़े भारी पर्वत के समान समझते हैं। वे ही लोग मित्रता की कसौटी पर खरे उतरते हैं।

इसी तरह मित्र के संबंध में महाभारत के उद्योग पर्व में उल्लेख है:

"यः कश्चिदप्यसम्बद्धो मित्र भावेन वर्तते।
स एव बन्धुस्तन्मित्रं सा गतिस्तत् परायणम्।।"

अर्थातः जिसके साथ पहले कोई संबंध न हो परन्तु वह मनुष्य मित्र की तरह व्यवहार करता है। वही मनुष्य मित्र, सहायक और सहारा होता है।

इन सब बातों की वास्तविकता का पता केवल व्यवहार से ही संभव है:

"न कश्चित कस्यचितमित्रं न कश्चित रिपुः।
व्यवहारेण जायन्ते, मित्राणि रिप्वस्तथा।।"

अर्थातः न कोई किसी का मित्र होता है, न कोई शत्रु होता है। व्यवहार से ही मित्र अथवा शत्रु बनते हैं।

इसीलिए कहा गया है कि मित्र अथवा प्रेमी विरले लोगों को ही प्राप्त होते हैं। कबीर साहब ने कहा है--

1. "प्रेम न बाड़ी उपजे, प्रेम न हाट बिकाय।
राजा परजा जो रुचै सीस देउ लै जाय।।
2. प्रेम पियाला जो पिये, सीस दक्षिणा देय।
लोभी सीस न दे सकै,नाम प्रेम का लेय।।
3. जा घट प्रेम न संचरै,सो घट जान मसान।
जैसे खाल लुहार की,सांस लेतु बिन प्रान।।
4. प्रेम भाव एक चाहिए, भेस अनेक बनाया।
चाहे घर में बास कर, चाहे वन को जाय।।
5. जब मैं था तब हरि नहीं, अब हरि हैं मैं नाय।
प्रेम गली अति सांकरी, जा मैं दो न समाय।।"

यदि मनुष्य इस जीवन में सुखी, प्रसन्न रहना चाहता है तो अपना अहंकार त्याग कर सभी जीवों से निःस्वार्थ भाव से प्रेम करे तो सभी अपने मित्र बन जायेंगे

और कोई पराया दिखाई नहीं देगा, न कोई पराया होगा, चाहे वह सांसारिक प्रेम हो अथवा आध्यात्मिक क्षेत्र में प्रभु प्रेम हो। बस सब जगह आनन्द ही आनन्द अनुभव होगा।

"सियाराम मय सब जग जानी।
करहुं प्रनाम जोरि जुग पानी।।

11

मन मंदिर

सामान्यतः मनुष्य की प्रवृत्ति होती है कि वाह्य दुनिया में बहुत साफ-सुथरा दिखाई दे और लोग उसकी प्रसंशा करें कि उसके मन में कोई मैल नहीं है, बहुत ही भला आदमी है। लेकिन वास्तविक स्थिति उसके बिल्कुल विपरीत होती है। उसका मन मन्दिर में तो स्वच्छता के स्थान पर गंदगी का अंबार लगा हुआ है। लेकिन मनुष्य कभी भी इस गंदगी की सफाई करने के लिए न तो कोई विचार करता है और नहीं उसके पास इन सब बातों के लिए समय है? केवल बातें ही करता है। इसे अन्यथा न लें उसकी सूकर जैसी स्थिति हो जाती है और वह विष्ठा को खाता है और उसमें ही सुख का अनुभव करता है, प्रसन्न रहता है। यदि उसे स्वच्छ भोजन खाने को दिया जाय तो उसका वह भक्षण नहीं करेगा। इसी तरह यदि नाली के कीड़े को नाली से बाहर निकाल देते हैं तो वह भी पुनः धीरे-धीरे नाली में पुनः घुस जायेगा। इसी तरह मनुष्य भी नाकारात्मक प्रवृत्तियों से ग्रस्त रहता है और उसके चिंतन में सकारात्मक भाव दूर-दूर तक भी दिखाई नहीं देते हैं। यहां तक इस संबंध में वह किसी का सुझाव मान के लिए भी तैयार नहीं होता। इसके लिए सद्गुरु, स्वच्छ वातावरण की नितांत आवश्यकता है। जब तक हम अपनी गलतियों को महसूस नहीं करेंगे और उनको मन से नहीं निकालेंगे तब तक हमारा भला नहीं होगा। यदि कोई व्यक्ति हमारी कमियों को उजागर करता है तो हमें उसका स्वागत करना चाहिए और उसके द्वारा बताई गई कमियों को दूर करना चाहिए।इस संबंध में कबीर साहब कह रहे हैं:

"निंदक नियर राखिये, आंगन कुटी छवाय।
बिन पानी साबुन बिना, निर्मल करे सुभाय।।"

हमें इस बात पर बहुत गंभीरता से विचार करना चाहिए कि हम तो संसार में साफ-सुथरे वातावरण में रहना पसंद करते हैं। लेकिन हमारे मन मंदिर से गंदगी का अंबार लगा हुआ है और मन में सकारात्मक सोच की तो कोई बात ही नहीं है। मनुष्य इस मन मंदिर स्थित गंदगी के अंबार में ही प्रभु को बिठाना चाहता है, जो संभव ही नहीं विरोधाभास है।

अतः मनुष्य को अपने मन मंदिर की नित्य सफाई करनी चाहिए जैसे वह अपने घर में दिन में कई बार झाड़ू-पोंछा लगाता है कि घर के किसी भी कोने में गंदगी नहीं रह जाय। इसी बात को ध्यान में रखते हुए हमें अपने मन मंदिर की प्रतिदिन सफाई करनी चाहिए ताकि मन मंदिर के अंदर किसी भी कोने में कहीं भी भूल से गंदगी न इकट्ठी न हो जाए और वह सदैव निर्मल रहे--

"बैठ अकेला दो घड़ी तू ईश्वर के गुण गाया कर। मन मंदिर में गाफिला तू झाड़ू रोज़ लगाया कर।।"

इसका परिणाम यह होगा कि जीवन स्वतः ही निर्मल हो जायेगा, आनन्दमय हो जायेगा और साथ ही बिना किसी भटकाव के प्रभु का मिलन निश्चित हो जाएगा, जिसकी, मनुष्य कामना करता है। श्रीरामचरितमानस में भगवान श्रीरामजी स्वयं जीव को बता रहे हैं कि यदि मुझे तू प्राप्त करना चाहता है तो पहले मन को स्वच्छ रख मुझे केवल निर्मल मन ही भाता है, छल-कपट नहीं। इसलिए जीव तू अपने मन को स्वच्छ रख। इसी में तेरा भलाई है और इसी में कल्याण है:

"निर्मल मन जन सो मोहि पावा।
मोहि कपट छल छिद्र न भावा।।"

अब आप स्वयं निर्णय करें कि अपने जीवन में आप कौन सा मार्ग अपनाना है?

12

पुरुषोत्तम मास की महिमा

खगोल शास्त्र तथा ज्योतिष शास्त्र के अनुसार जिस मास में सूर्य संक्रांति नहीं होती है उस मास को पुरुषोत्तम मास माना जाता है जिसे अधिक मास अथवा मल मास भी कहते हैं। इस वर्ष विक्रमी संवत् 2077, शक संवत् 1942 में यह अधिक मास पितृपक्ष की समाप्ति के बाद 18-9-2020 से प्रारंभ होकर शारदीय नवरात्र शुरू होने से पहले 16-10-2020 को समाप्त होगा ऐसा संयोग 160 वर्ष बाद बना है। पुनः ऐसा संयोग सन् 2039ई० में होगा। हमारे देश में ऋषियों, मुनियों, महापुरुषों ने हर दिन की महिमा का गुणगान किया है। लेकिन इस पुरुषोत्तम मास विशेष महात्म्य बताया है। मनुष्य को इस मास में पूर्ण आशा-विश्वास, निष्काम तथा अनन्य भाव से नित्य श्रीपुरुषोत्तम मास की कथा, श्रीमद्भगवद्गीता, श्रीमद्महाभागवत पुराण, श्रीरामचरितमानस आदि सद्-ग्रंथों का पाठ तथा श्रवन करना चाहिए।इसके अतिरिक्त मन,कर्म, वचन से ध्यान-स्मरण, नाम- संकीर्तन करना अत्यंत आवश्यक है। भगवन्नाम संकीर्तन की महिमा सभी संतों, भक्तों ने गाई है और बताया कि मनुष्य का हित केवल श्रीभगवान के नाम जप से ही संभव है। इसी संदर्भ में भक्त शिरोमणि सूरदास जी कह रहे हैं:--

"सब तजि भजिए नन्द कुमार।

और भजें तैं काम सरै नहिं मिटै न सब जंभार।। जिहि जिहि जोनि जनम धारियौ बहुत जोरियौ अघ को भार।

यहि काटन कौ समरथ हरि हैं तीझन नाम कुठार।। बेद पुरान भागवत गीता सब को यह मत सार। भव समुद्र हरि-पद-नौका बिनु कोऊ न उतारे पार--।"

अतः इस मास में तो नाम संकीर्तन बहुत ही आवश्यक है लेकिन यह अपने जीवन में निर्बाध रूप से निरंतर होता रहना चाहिए। इसके अलावा अन्न, वस्त्र, सद्ग्रंथों आदि का दान करना भी अपेक्षित है जिसमें अन्न दान का विशेष महत्व बताया गया है क्योंकि अन्न से जीव के प्राणों की रक्षा होती है। इसलिए अन्न को भगवान कहा गया है। इस महीने में रोजाना दीपदान भी करना चाहिए जिससे मनुष्य को धन-वैभव की प्राप्ति होती है। तीर्थों में जाकर, पवित्र नदियों में स्नान करके भजन-कीर्तन का और अधिक फल प्राप्त होता है। जिसका मुख्य कारण यह है कि ये सभी तीर्थ स्थल, पवित्र नदियों के तट ऋषियों, मुनियों, तपस्वियों, साधकों तथा भक्तों की कर्म भूमि रही है और वहां साधना करके ऋद्धि, सिद्ध की प्राप्त होती है। भक्तों ने यहां साक्षात् भगवान के दर्शनों का लाभ उठाया है। इसीलिए साधकों, भक्तों को यहां सकारात्मक ऊर्जा प्राप्त होती है जो परम आवश्यक है। ऋषियों, मुनियों ने इस मास में मांगलिक कार्यों को वर्जित बताया है लेकिन इस माह में धार्मिक अनुष्ठान, यज्ञादि कार्य करने बहुत ही आवश्यक हैं। ये सभी धार्मिक अनुष्ठान विशेषकर फलदायिनी होते हैं।

अतः मनुष्य को अपना इहलोक और परलोक सुधारने के लिए पुरुषोत्तम मास में मन,कर्म, वचन से व्रत, उपवास,दान, पूजा-पाठ, अनुष्ठान,यज्ञ-हवन, ध्यान-स्मरण,नाम जप खूब करना चाहिए क्योंकि इनके करने से उसके पाप कर्मों का क्षय होता है और पुण्य की प्राप्ति होती है जिसकी मनुष्य को निरंतर अभिलाषा रहती है।

13

मोह-ममता

संसार के सभी जीव प्राकृतिक रूप से किसी न किसी रूप में स्नेह,प्रेम की प्राप्ति के लिए लालायित रहते हैं जो सात्विक पृवत्ति है और जब यह प्रेम राजस,तामस पृवत्ति में प्रवेश कर जाता है तो मोह-ममता का रूप धारण कर लेता है। जिससे मनुष्य माया के वशीभूत हो जाता है और उसके विवेक पर अतिशय मोह-ममता का पर्दा पड़ जाता और उसके जाल में बुरी तरह फंस कर उसे नीति-अनीति और धर्म-अधर्म का भी ज्ञान नहीं रहता। वह दोनों आंखों के होते हुए भी सूरदास बना रहता है और बड़े-बड़े ज्ञान की चर्चा करता है। लेकिन उसके सभी कार्य ज्ञान, नीति और धर्म विरुद्ध होते हैं चाहे यह मोह-ममता संतान,स्त्री, धन-दौलत,वैभव,राजसक्ता, आदि के प्रति हो। इतिहास साक्षी है कि अयोध्या में रानी कैकेई के अतिशय पुत्र मोह-ममता की वजह से चक्रवर्ती राजा दशरथ की मृत्यु हुई तथा श्रीराम, सीता,लक्ष्मण का चौदह वर्ष के लिए वनवास हुआ। अयोध्या की सारी जनता की खुशियां तत्काल शोक-कष्ट में बदल गयीं। द्वापर युग में भी अंधे राजा धृतराष्ट्र ने भी पुत्र मोह में अनीति और अधर्म का सहारा लेकर अपने छोटे भाई पांडु के पुत्रों को उनके अधिकारों से वंचित रखा जिसके फलस्वरूप कुरुक्षेत्र में महाभारत का युद्ध हुआ और अंत में गंगा पुत्र भीष्म, कृपाचार्य, द्रोणाचार्य, आदि अधर्मी दुर्योधन का साथ देने वाले तथा धृतराष्ट्र के सभी सौ पुत्र काल के ग्रास बन गये।

संत शिरोमण तुलसीदासजी कह रहे हैं कि मनुष्य पर ममता किस प्रकार प्रभाव है:

"ममता तू न गई मेरे मन तें,
पाके केस जनम के साथी,लाज गई लोकनतें।
तन थाके कर कम्पन लागे, ज्योति गई नैननतें।।

सरवन बचन न सुनत काहु के बल गये सब इंद्रिनतें। टूटे दसन बचन नहिं आवत सोभा गई मुखनतें।।

कफ पित बात कंठ पर बैठे सुतहिं बुलावत करतें। भाइ-बंधु सब परम पियारे नारि निकारत घरतें।।

जैसे ससि-मंडल बिच स्याही छुटै न कोटि जतनतें। तुलसीदास बलि जाउं चरनते लोभ पराये धनतें।।"

भावार्थः तुलसीदास जी सभी मनुष्यों को अप्रत्यक्ष रूप से चेतावनी देते हुए स्वयं को संबोधित कर, कह रहे हैं कि इस मोह-ममता ने मेरे मन को काबू में कर लिया है। इसके जाल में फंसकर मेरा विवेक शून्य हो गया है। बुढ़ापा आ गया है, उसके सभी संकेत प्रकट हो रहे हैं जैसे जन्म के समय के मेरे सुन्दर केश अब पक गए हैं अर्थात सफेद हो गये हैं। समाज में जो इज्ज़त-आबरू थी सब समाप्त हो रही है। शरीर क्षीण हो गया है, हाथ-पांव कांपने लगे हैं। आंखों से दिखाई नहीं देता है। अब किसी की बात सुनाई नहीं देती है और सभी इंद्रियां क्षीण हो गई हैं। सभी दांत टूट गए हैं,मुंह से बोला नहीं जाता है और मुंह की आभा सुन्दरता धूमिल हो गई है। कफ,पित,वात कंठ पर आगये हैं अर्थात सन्निपात हो गया है अब मृत्यु निकट है। फिर भी पुत्र को इशारे से बुला रहा हैं क्योंकि मोह तो मन मंदिर में पैर पसार कर बैठा हुआ है। मृत्यु के उपरांत सभी भाई-बन्धु, मित्र तथा पत्नी घर से, जिसको तू सदैव अपना बताकर इठलाता था, निकाल कर जलाने के लिए श्मशानघाट ले जा रहे हैं। यह मोह-ममता का जाल बड़ी मुश्किल से छूटता है जैसे शशि मंडल का स्याह रंग बड़ी मुश्किल से छूटता है। संत-भक्त शिरोमणि तुलसीदास जी कह रहे हैं कि जैसे पराये धन पर लोगों का मोह होता है उसी भांति मुझे भगवान के श्रीचरणों में मेरी श्रृद्धा हो,प्रेम हो।

यदि मनुष्य को अपना घर, परिवार और समाज को सुव्यवस्थित रखना है तो प्रभु से नाता जोड़ो और मोह-ममता के स्थान पर सभी से स्नेह,प्रेम करो और अनीति,अधर्म का मार्ग छोड़कर नीति और धर्म का मार्ग पर चलकर भगवत भजन करो। केवल इसी में हमारी भलाई निहित है।

"सियाराम राम में सब जग जानी।
करहुं प्रणाम ज़ोर जुग पानी।।"

......

14

प्रभु श्रीराम की उदारता

"रीति महाराज की, नेवाजिए जो मांगनो, सो दोष-दुख-दारिद दरिद्र कै-कै छोड़िए।
नामु जाको कामतरु देत फल चारि, ताहि 'तुलसी' बिहाइ कै बबूर-रेड़ गोड़िए।।
जाचै को नरेस, देस देस को कलेसु करै देहैं तौ प्रसन्न ह्वै बड़ी बड़ाई बौंड़िए।
कृपा-पाथनाथ लोकनाथ नाथ सीतानाथ तजि रघुनाथु हाथ और काहि ओड़िए।।"

भावार्थ: यह सब जानते हैं कि परमपिता परमेश्वर श्रीराम सब का भरण-पोषण करते हैं और सभी जीवों, जिसमें में मनुष्य भी शामिल है उनकी सभी वास्तविक आवश्यकताओं की पूर्ति सदैव बिना मांगे ही अपने आप करते रहते हैं। इसके बदले में वह कुछ भी नहीं चाहते। लेकिन मनुष्य माया के वशीभूत होकर शीघ्र ही उनकी दयालुता को भूल जाता है। उसके बाबजूद भी वे सदैव अपनी कृपा बरसाते रहते हैं यही उनकी दयालुता, उदारता है --

"ऐसो कौ उदार जग माहीं।
बिनु सेवा जो द्रवै दीन पै, राम सरिस कोउ नाहि।।"

पहले तो याचक को कुछ भी किसी से मांगना नहीं चाहिए क्योंकि जिन प्रभु ने हमें जन्म दिया है वह हर समय हमारा ध्यान रखते हैं। यदि मांगने की ही बहुत इच्छा है तो प्रभु श्रीराम से मांगो जो आपकी आवश्यकता को पूरा करने में सक्षम हैं। प्रभु श्रीराम जी की यह रीति है कि जिस याचक को अपनाते हैं उसके दोष, दुःख और दरिद्रता को तत्काल समाप्त कर देते हैं क्योंकि उनका एक नाम दुःख भंजन भी है। जिनका नाम रूप कल्पवृक्ष है जो चारों फलों अर्थात धर्म, अर्थ,काम,मोक्ष का देने वाला है। भक्तशिरोमणि संत तुलसीदासजी कहते हैं कि उन्हें त्यागकर बबूल और रेड़ कौन रोपे? उन राजाओं, धनिकों, सेठों से कौन याचना करे जो स्वयं याचक

हैं दूसरों से मांगने के लिए हर समय हाथ जोड़कर खड़े रहते हैं। ध्यान दीजिए एक भिखारी दूसरे भिखारी के सामने हाथ पसार कर खड़ा रहेगा तो उसे क्या मिलेगा? और इधर-उधर, देश-विदेश घूमने का कष्ट कौन भोगे? यदि ये सांसारिक लोग बहुत प्रसन्न होकर देंगे तो अधिक से अधिक एक दमड़ी यथा एक रुपया दे देंगे जिस से तेरा कुछ भी भला नहीं होगा। जो जीव, मनुष्य कृपा के समुद्र,लोकपालों के स्वामी सीतानाथ श्रीरामचन्द्र जी को छोड़कर और किसके के आगे हाथ फैलाया जाय? अतः इस बात पर हमें गंभीरता से विचार करना आवश्यक है कि हम क्या कर रहे हैं? और हमें कार्य करने अपेक्षित हैं।

....

15

जीव का कर्ता भाव

जब प्रभु ही सृष्टि की रचना करते हैं, उसका पालन करते हैं और उसका संहार आदि सभी कार्यों का निष्पादन वे सहज रूप से

करते रहते हैं और उसका आभास जीव को भी नहीं हो। लेकिन यह अपने को बहुत चतुर-चालाक समझने वाला मनुष्य अहंकार के वशीभूत होकर स्वयं को कर्ता समझे बैठे रहता है जबकि उसे खुद यह नहीं मालूम कि उसकी अगली सांस आयेगी अथवा नहीं। और अगले पल में वह किस स्थिति में होगा? उसका उसको कुछ भी पता नहीं है। यदि वह किसी प्रकार से पता भी लगा ले, जो संभव नहीं है। फिर भी वह कर्ता भाव रखकर अपनी इच्छा से कर्म करके संसार को चलाना चाहता है जो असंभव है और केवल अज्ञान से भरपूर है। प्रायः सभी लोग पुरुषार्थ करने के लिए मनुष्य को सदैव प्रेरित करते हैं और पुरुषार्थ करना भी अभीष्ट है, नहीं तो यह शरीर निष्क्रिय हो जायेगा। इसलिए जीव को इस शरीर से कर्म करने के लिए कहा गया है क्योंकि जीव, मनुष्य बिना कर्म के नहीं रह सकता है।

इसी पुरुषार्थ कर्म को ध्यान में रखते हुए श्रीमद्‌भगवद्‌गीता में अनासक्ति रहित कर्म करने के लिए कहा गया है:

"लोकेऽस्मिन्द्विविधा निष्ठा पुरा प्रोक्ता मयानघ।

ज्ञानयोगेन सांड्.ख्यानां कर्मयोगेन योगिनाम्।।"

भावार्थ: श्रीभगवान अर्जुन से बोले--हे निष्पाप! इस लोक में दो प्रकार की निष्ठा होती हैं (साधन की परिपक्व अवस्था अर्थात पराकाष्ठा का नाम 'निष्ठा' है)। उनमें से सांख्ययोगियों की निष्ठा तो ज्ञानयोग से होती है, जो माया से उत्पन्न हुए सम्पूर्ण गुण ही गुणों में बरतते हैं, ऐसे समझकर तथा मन, इंद्रिय और शरीर द्वारा होने वाली सम्पूर्ण क्रियाओं में कर्तापन के अभिमान से रहित

होकर सर्वव्यापी सच्चिदानन्दघन परमात्मा में एकीभाव से स्थित रहने का नाम 'ज्ञानयोग' है इसी को 'संन्यास', 'सांख्ययोग' आदि नामों से कहा गया है। और योगियों की निष्ठा कर्मयोग से होती है, जिसे फल और आसक्ति को त्यागकर भगवद् आज्ञानुसार केवल भगवदर्थ समत्व बुद्धि से कर्म करने का नाम 'निष्काम कर्मयोग' कहा गया है। इसी को 'समत्वयोग', 'बुद्धियोग', 'कर्मयोग', तदर्थकर्म', 'मदर्थकर्म', 'मतकर्म' आदि नामों से जाना जाता है।

श्रीरामचरितमानस के सुन्दरकांड में इसी संदर्भ में स्वयं श्रीहनुमानजी भगवान श्रीराम जी को कह रहें कि हे भगवन! लंका में जो कुछ भी घटनाएं घटी इसमें मेरा कुछ भी प्रयास नहीं है, कोई योगदान, नहीं है। यह सब आपकी ही प्रभुता है, प्रताप है --

"सो सब तव प्रताप रघुराई।
नाथ न कछू मोरि प्रभुताई।।"

अर्थातः हनुमानजी भगवान श्रीराम जी कह रहे हैं-- हे रघुनाथजी! यह सब तो आप ही का प्रताप है। हे नाथ! इसमें मेरी प्रभुता,बड़ाई कुछ भी नहीं है।

सामान्यतः यह कहा जाता है कि बिना प्रभु की इच्छा के पत्ता भी नहीं हिल सकता तो फिर मनुष्य भी अपनी इच्छा से कुछ भी करने में समर्थ नहीं हो सकता। सम्पूर्ण ब्रह्माण्ड में, लोकों में सभी कार्य प्रभु की इच्छा से ही सम्पन्न हो रहे हैं। जीव जिसमें यह अहंकारी मनुष्य भी शामिल है, तो केवल मात्र माध्यम है जैसे कठपुतली का खेल लोगों ने अवश्य देखा होगा। खेल करने वाली कठपुतली का सूत्रधार कोई और ही व्यक्ति होता है और कठपुतली उसी सूत्रधार के इशारे पर काम करती है। इसी तरह मनुष्य कर्म तो करता है लेकिन उसके, सभी जीवों के कर्मों को कराने वाला सूत्रधार केवल परमपिता परमेश्वर ही हैं। मनुष्य तो केवल निमित्त मात्र ही है। अतः मनुष्य को किसी भी कार्य का निष्पादन करते समय उसमें कर्ताभाव कभी भी नहीं आना चाहिए और उसे अपना कर्ताभाव के अहं को त्यागकर निष्काम भाव से सभी कर्म करने चाहिए।

....

16

सिद्धियां और निधियां

भारतीय संस्कृति और सभ्यता में विभिन्न सात्विक उद्देश्यों की प्राप्ति के जप,तप, ध्यान-स्मरण,यज्ञ, अनुष्ठान आदि का बहुत महत्व है। इसके लिए हमारे ऋषि, मुनि,संत और महापुरुषों ने बहुत ही कठोर नियमों का पालन करते हुए तरह-तरह की साधनाएं की हैं, तपस्याएं की हैं। यहां तक कुछ साधकों ने घर-परिवार त्याग कर, बीयाबान जंगलों में, हिमालय की कंदराओं-गुफाओं, गंगा, यमुना, कावेरी, नर्मदा आदि पवित्र नदियों के तटों पर रहकर,ऐकांत वास किया और शरद, ग्रीष्म और वर्षा ऋतुओं में होने वाले भयंकर कष्टों की परवाह न करके अपनी निर्विघ्न साधनाओं में वर्षों लगाये। केवल क्षुधापूर्ति के लिए भिक्षा करके थोड़ा सा आहार ग्रहण किया ताकि जीवन चल सके और यहां तक कि सांसारिक सुखों की बात करने का तो कोई औचित्य ही नहीं, उन्होंने तो अपने वस्त्रों को भी त्यागकर वृक्षों के पत्तों की कोपीन धारण कर ली। बहुत से साधकों ने कोपीन को भी तिलांजलि दे दी, जिसका जीता जागता उदाहरण है--जैन धर्म में दिगम्बर साधुओं की कठोर साधना और तपस्या। इन्हीं साधनाओं, तपस्याओं के माध्यम से साधकों ने अनेकों लक्ष्यों को प्राप्त किया और यहां तक कि प्रभु के साक्षात दर्शन किए और उन्हें साक्षात्कार भी सुलभ हुआ। इन्हीं साधनाओं, तपस्याओं के जरिए उन्होंने प्रभु की विशेष कृपा से आठों सिद्धियां और नौ निधियां भी प्राप्त कीं। श्री हनुमानजी ने भी जगद्जननी मां सीताजी की असीम कृपा से आठ सिद्धियां और नौ निधियां प्राप्त कीं--"अष्ट सिद्धि नौ निधि के दाता। अस बर दीन जानकी माता।।"

यहां आठ सिद्धियों और नौ निधियों के संबंध में संक्षिप्ति विवरण प्रस्तुत किया जा रहा ,जो इस प्रकार है:

अष्ट सिद्धियां

1. अणिमा--इससे बहुत ही छोटा आकार अथवा लघु रूप धारण किया जा सकता है।

2. लघिमा--इससे लघु और बहुत ही हल्का बना जा सकता है।

3. महिमा--इससे बड़ा व विशालकाय रूप धारण कर कठिन और दुष्कर कार्यों को किया जा सकता है।

4. गरिमा--इसका शरीर के वजन बढ़ाने में प्रयोग किया जाता है।

5. प्राप्ति--इससे अपनी इच्छा शक्ति के अनुसार मनोवांछित फल प्राप्त किया जा सकता है।

6. प्राकाम्य--इसका कामनाओं की पूर्ति और लक्ष्य प्राप्त करने हेतु प्रयोग किया जाता है।

7. वशित्व--किसी को वश में करने के लिए इसका प्रयोग किया जाता है।

8. ईशित्व--इससे इष्ट की सिद्धि और ऐश्वर्य की प्राप्त होती है।

नव निधियां

1.पद्म निधि--यह सात्विक प्रकार की होती है। जिसका उपयोग साधक के परिवार में पीढ़ी दर पीढ़ी चलता रहता है, बशर्ते परिवार का सात्विक जीवन रहे।

2. महापद्म निधि--यह भी सात्विक प्रकार की निधि है। इसका प्रभाव सात पीढ़ियों के उपरांत नहीं रहता है, इसमें भी शर्त यह है कि परिवार सात पीढ़ियों तक सात्विक जीवन का निर्वाह करे।

3. नील निधि--यह सत्य व रज दोनों गुणों से मिश्रित होती है जो व्यक्ति को केवल व्यापार हेतु ही प्राप्त होती है।

4. मुकुंद निधि--यह राजसी स्वभाव वाली निधि है। इससे साधक का मन विषय-भोग आदि में लगा रहता है और इसका प्रभाव एक पीढ़ी के बाद समाप्त हो जाता है।

5. नन्द निधि--यह रज-तम गुणों वाली निधि है जो साधक को लम्बी आयु व निरंतर तरक्की प्रदान करती है।

6. मकर निधि--यह तामसी है जो साधक को अस्त्र-शस्त्र से सम्पन्नता प्रदान करती है। परन्तु उसकी मृत्यु भी इसी के कारण होती है।

7. कच्छप निधि--इससे साधक अपनी सम्पत्ति को छुपाकर रखता है। वह न तो स्वयं उसका उपभोग करता है और न किसी को करने देता है।

8. शंख निधि--इस निधि को प्राप्त करने वाला व्यक्ति स्वयं तो धन कमाता है। परन्तु उसके परिवार वाले गरीबी में जीते हैं।

9. खर्व निधि--इस निधि को प्राप्त व्यक्ति विकलांग व घमंडी होता है जो समय आने पर लूट-पाट कर चल देता है।

उपरोक्त सभी आठ सिद्धियों और नौ निधियों का प्रयोग केवल राज-धर्म, संत,साधु,ऋषि, मुनि, गुरु,गाय, ब्राह्मणों तथा दीन-हीन, विकलांग, परोपकार,,असाय व्यक्तियों और जीवों की रक्षा हेतु किया जाना चाहिए। यदि कोई व्यक्ति इनका प्रयोग अपने निजी स्वार्थों यथा अपनी प्रसिद्धि, अस्मिता, धन-दौलत आदि के सृजन के लिए करता है और चमत्कार दिखाकर व प्रदर्शन करके लोगों को मूर्ख बनाता है तो निश्चित मानिए कि वह एक बहुत बड़ा अपराधी है और वह इस पाप का फल अवश्य भोगता है।

यह आठ सिद्धियां और नौ निधियां भी मनुष्य की कामनाएं ही तो हैं जो मनुष्य को मुक्ति प्राप्त करने के मार्ग में बाधा उत्पन्न करती हैं। इसलिए भक्त शिरोमणि रसखान तो भगवान श्रीकृष्णजी के दर्शन प्राप्त करने और उनकी लीलाओं को प्रत्यक्ष साक्षात्कार कर आनंद लेने के लिए वह इन आठ सिद्धियों और नौ निधियों के सुख को तत्काल छोड़ने के लिए तत्पर हैं, जिनकी प्राप्ति हेतु लोग कठिन से कठिन साधना-तपस्या करते हैं:

"मानुष हों तो वही रसखान,
बसौं मिलि गोकुल गांव के ग्वारन।
जो पसु हौं तो कहा बस मेरौ,
चरौं नित नंद की धेनु मंझारन।।
पाहन हौं तौ वही गिरि कौ,
जो धरियौ कर छत्र पुरंदर धारन।
जो खग हौं तो बसेरो करौं,
मिलि कालिंदी कूल कदम्ब की डारन।।
या लकुटी अरु कामरिया पर,
राज तिहूं पुर कौ तजि डारौं।
आठहुं सिद्धि नवौ निधि कौ सुख,
नंद की धेनु चराइ बिसारौं।।
रसखान कबौं इन आंखिन सौं,
ब्रज के बन बाग तड़ाग निहारौं।
कोटिक हूं कलधौत के नाम,
करील के कुंजन ऊपर बारौं।।"

17

संत महिमा

'संत' शब्द हिन्दी भाषा में एक वचन में प्रयुक्त होता है। परन्तु यह मूलतः संस्कृत भाषा के शब्द 'सत्' का बहुवचन है। 'संत' शब्द का मूल अर्थ--'शुद्ध अस्तित्व' का बोध कराता है। इसलिए इसका प्रयोग उस परमतत्व के लिए उपयुक्त होगा, जो अविनाशी है, जो सदा समरस तथा निर्विकार रूप में विद्यमान है जिसे सत्य के नाम से भी अभिव्यक्त किया जा सकता है। 'संत' शब्द का प्रयोग भारतीय वांग्मय में भी किसी न किसी रूप में मिलता ही है। वैदिक साहित्य में ब्रह्म के लिए 'सत्' का प्रयोग किया गया है। प्राचीन भारतीय साहित्य में ऋग्वेद, छान्दोग्योपनिषद् तथा तैत्तिरीय उपनिषद् में भी 'सत्' शब्द का प्रयोग एक वचन में एवं अद्वितीय परमतत्व के लिए हुआ है।

मत्स्य पुराण में 'संत' शब्द की परिभाषा इस प्रकार की है:

"ब्राह्मणाः श्रुति शब्दाश्च देवतानां व्यक्त मूर्तः।
सम्पूज्या ब्रह्मणा ह्येतास्तेन सन्तः प्रचक्षते।।"

अर्थातः ब्राह्मण ग्रन्थ और वेदों के वाक्य, ये देवताओं की निर्देशिका मूर्तियां हैं जिनके अंतःकरण में इनका और ब्रह्म का संयोग बना रहता है, वह संत कहलाते हैं।

श्रीमद्भागवत महापुराण में 'संत' शब्द का प्रयोग पवित्रता के लिए किया गया है।

व्युत्पत्ति की दृष्टि से 'संत' शब्द संस्कृत के 'सन्' शब्द का बहुवचन है। 'सन्' शब्द भी अस्युवि(अस--होना) धातु से बने हुए 'सत्' शब्द का पुलिंग है जो 'शतृ' प्रत्यय लगाकर प्रयुक्त किया जाता है, जिसका अर्थ है केवल 'होने वाला' अथवा 'रहने वाला' हो सकता है। इस प्रकार 'संत' शब्द का मौलिक अर्थ है--'शुद्ध

अस्तिव' वाला। अर्थात जिस व्यक्ति में ईश्वरीय गुणों का आभास है या झलक नजर आती है, वही संत है। इसका अभिप्राय है एक मात्र सत्य में विश्वास करने वाला अथवा पूर्णत: सत्य का अनुभव करने वाला व्यक्ति समझा जाता है। इसके अतिरिक्त 'संत' शब्द' की व्युत्पत्ति शांत, शांति, सत् आदि से भी बताई गई है।

सामान्यत: सभी ऋषियों, मुनियों, भक्तों, सद्ग्रंथों ने संतों की महिमा का गुणगान किया है और उनके लक्षणों का भी उल्लेख किया है। भक्त शिरोमणि महाकवि सूरदास ने संतों की महिमा और उनकी कृपा के बारे में कहा है:

"जा दिन संत पाहुने आवत।
तीरथ कोटि स्नान करै फल जैसौ दरसन पावत।।
नयौ नेह दिन-दिन प्रति उनके चरन कमल चित लावत।
मन-बच-कर्म और नहिं जानत,सुमिरत और सुमिरावत।।
मिथ्यावाद-उपाधि रहित है,बिमल-बिमल जस गावत।
बंधन कर्म कठिन जे पहिले,सोऊ काटि बहावत।।
संगति रहै साधु की अनुदिन,भव-दुख दूरी नसावत।
'सूरदास' संगति करि तिनकी,जे हरि सुरति करावत।।"

प्रभु प्राप्ति का एक मात्र साधन है--भक्ति। भक्ति की प्रेरणा और उत्साह प्रदान करने वाली होती है--सत्संगति। इसी सत्संगति और इसको देने वाले संत जनों का यशगान करते हुए भक्त सूरदासजी ने उनका गुणगान किया है। किसी व्यक्ति के यहां जिस दिन संतजनों का पदार्पण अतिथि के रूप में होता है तो उस दिन उस व्यक्ति को करोड़ों तीर्थों में स्नान करने का फल उनके दर्शन मात्र से प्राप्त हो जाता है। केवल इतना ही नहीं वरन् उनके कमल रूपी चरणों में चित लगाने से दिन-प्रतिदिन उनके प्रति नया प्रेम उमड़ता है। ऐसे संत जन मन,कर्म,वचन से अर्थात सभी ज्ञान तथा कर्म और इंद्रियों से और कुछ नहीं जानते, वे तो केवल प्रभु का स्मरण करते हैं और दूसरों को स्मरण कराते हैं। वे माया-मोह आदि असत्य विकारों से रहित होकर एकदम पवित्र भाव से प्रभु का विमल यश गाते हैं तथा पूर्व जन्मों से चले आ रहे माया जन्य कठिन बंधनों को काटकर सदैव के लिए नष्ट कर देते हैं अर्थात दूर कर देते हैं। संतों, साधुओं की प्रतिदिन की संगति में रहने से सांसारिक दु:ख दूर हो जाते हैं। अत: ऐसे जनों की संगति करें जो हरि का स्मरण-ध्यान, भजन कराते हैं और मोह माया जनति राग-द्वेष से छुटकारा दिलाकर प्रभु भक्ति की ओर अग्रसर करते हैं।

संत शिरोमणि कबीरसाहब का मत है कि जिस मनुष्य का कोई शत्रु नहीं है,जो निष्काम है, ईश्वर से प्रेम करता है और विषयों से असंपृक्त रहता है, वही संत है:

"निर बैरी निह कामना, साईं सेति नेह।
विषयां सूं न्यारा रहै, संतक के अंग एह।।"

संत कवि दूलनदास संतों को उपवन के पुष्प समान मानते हैं, जिस प्रकार उपवन का एक पुष्प दूसरे से कोई भेद-भाव नहीं रखता और सर्वत्र सुगंधि फैलाता है, वैसे ही संतों का भी ऐसा ही स्वभाव होता है:

"दुलन साधु एक सवा, एक है बागफूल समतूल।
कोई कुदरती सुबास है, और धूल धूल के फूल।।"

संत पलट्टू साहब भी संतों को तीर्थों से भी अधिक महत्व देते हैं:

"पलटू तीरथ को चला, बीचे मिलिओ संत।
एक मुक्ति के कारने, मिल गई मुक्ति अनन्त।।"

श्रीरामचरितमानस में भी संतों की महिमा तथा उनके गुण, लक्षणों का विस्तार से वर्णन किया गया है। अरण्य काण्ड में भगवान श्रीराम-नारद संवाद के माध्यम से संतों के लक्षणों का निरूपण किया गया है। मुनि नारदजी भगवान श्रीरामजी से प्रश्न करते हैं:

"संतन के लच्छन रघुबीरा।
कहहु नाथ भव भंजन भीरा।।"

भगवान श्रीरामजी मुनि नारदजी की जिज्ञासा को समझकर उनकी बातों का उत्तर देते हैं:

"षट विकार जित अनघ अकामा।
अचल अकिंचन सुचि सुख धामा।।
अमित बोध अनीह मित भोगी।
सत्यसार कबि कोबिद जोगी।।
सावधान मानद मद हीना ।
धीर धर्म गति परम प्रबीना।।"

अर्थात: वे संत काम,क्रोध,मद,लोभ,मोह और मत्सर इन छः विकारों, दोषों को जीते हुए पाप रहित, कामना रहित,निश्चल(स्थिर बुद्धि), अकिंचन(सर्व त्यागी), बाहर-भीतर से पवित्र, सुख के धाम, असीम ज्ञानवान, इच्छा रहित,मिताहारी, सत्यनिष्ठ,कवि, विद्वान,योगी, सदैव सावधान रहने वाले, दूसरों को मान-सम्मान देने वाले, अभिमान रहित, धैर्यवान, धर्म के ज्ञान और आचरण में निपुण होते हैं।

इसके अलावा जो अपने गुणों का श्रवण करने में संकोच करता हो और दूसरों के गुण-श्रवण में आनन्दित होता हो, कभी भी नीति का परित्याग न करता हो,

सभी प्राणियों में प्रेम भाव रखता हो। श्रृद्धा,क्षमा,दया,विरति, विवेक आदि का पुंज हो, उसे संत कहते हैं। संत इतने उदार ह्रदय होते हैं कि वे कभी भी किसी का दुःख नहीं देख सकते। यदि कोई व्यक्ति विपत्ति में है तो संत उसका दुःख दूर करने का समाधान ढूंढते हैं:

"संत ह्रदय नवनीत समाना।
कहा कबहिं परि कहै न जाना।।
निज परिताप द्रवह नवनीता।
पर दुःख द्रवहिं संत सु पुनीता।।"

अर्थात: संतों का ह्रदय मक्खन के समान होता है, ऐसा कवियों ने कहा है; परन्तु उन्होंने असली बात कहना नहीं जाना। क्योंकि मक्खन तो अपने को ताप मिलने से पिघलता है और परम पवित्र संत दूसरों के दुःख से पिघल जाते हैं।

श्रीरामचरितमानस में संत-असंत के भेद को उत्तर काण्ड में भलीभांति परिभाषित किया गया है:

"संत सहहिं दुःख पर हित लागी।
पर दुःख हेतु असंत अभागी।।
मूर्ज तरु समसंत कृपाला।
परहित सहबिपि बिसाला।।
संत उदय संतत सुखकारी।
विश्व सुखद जिमि इंदुत भारी।।"

भावार्थ: संत दूसरों की भलाई के लिए दुःख सहते हैं और अभागे असंत दूसरों को दुःख पहुंचाकर प्रसन्न होते हैं। कृपालु संत भोज के वृक्ष के समान दूसरों के हित के लिए भारी विपत्ति सहते हैं यथा अपनी खाल तक उधड़वा लेते हैं। यह उल्लेख करना आवश्यक है कि प्राचीन काल में भोजपत्र पर लेखन कार्य किया जाता था जिसके लिए भोज के वृक्ष की छाल(पत्र) काटी जाती थी। महर्षि दधीचि ने राक्षस राज वृतासुर के आतंक से देवताओं की रक्षा करने के लिए उन्होंने स्वयं अपने प्राण त्यागकर अपनी अस्थियां दान में दे दीं। इन्हीं अस्थियों से वज्र नामक अस्त्र का निर्माण किया गया और इसी से बाणासुर का वध हुआ और इस तरह देवताओं की रक्षा हुई। संतों का अभ्युदय सदा ही सुखकर होता है। जैसे सूर्य अपने प्रकाश, गर्मी से और चंद्रमा अपनी शीतलता से बिना किसी भेद-भाव के विश्वभर के लिए सुख देते हैं।

मानव जीवन की सार्थकता के लिए सत्संग अत्यंत आवश्यक है। सत्संग से ही ज्ञान, भक्ति, सत्कर्मों की शिक्षा प्राप्त होती है और प्रभु के मिलन का मार्ग प्रशस्त

होता है। सत्संग केवल संतों के संग को ही कहते हैं। सत्संग के बिना मनुष्य का विवेक जागृत नहीं होता और सत्संग श्रीभगवान की कृपा के बिना सुलभ नहीं है। संतों की संगति आनन्द और कल्याण का मार्ग है। संतों की संगति ही परम-सिद्धि का फल है। भगवान की असीम कृपा निष्काम भाव से अपना कर्तव्य समझकर कर्म करने से प्राप्त होती है। इसका अर्थ यह है--बिना अच्छे संग के, बिना अच्छे मित्रों के, बिना सत्य बोले आपको विवेक नहीं मिल सकता। यहां विवेक का भाव है--परमात्मा और सत्य को समझने की योग्यता और शक्ति। संत तुलसीदास जी मनुष्य को विवेक और सत्संग के संबंध में बता रहे हैं कि ये केवल श्रीरामजी की कृपा से प्राप्त होते हैं और इसके अनन्त लाभ हैं:

बिनु सत्संग बिबेक न होई।
राम कृपा बिनु सुलभ न सोई।।
सतसंगत मुद मंगल मूला।
सोई फल सिधि सब साधन फूला।।
तात स्वर्ग अपवर्ग सुख, धरिअ तुला एक अंग।
तूल न ताहि सकल मिलि,जो सुख लव सतसंग।।

मनुष्य जीवन में है सत्संग और भगवान की लीलाओं की कथा भी प्रभु की विशेष कृपा से भाग्यवान लोगों को ही नसीब होती है:

"संत समागम हरि कथा तुलसी दुर्लभ दोय।
सुत दारा अरु लक्ष्मी पापी घर भी होय।।"

अतः संसार में संतों का स्थान सबसे ऊंचा है। देवता और मनुष्य, राजा तथा प्रजा सभी संतों को अपने से बहुत बड़ा मानते हैं, सम्मान देते हैं। संतों की संगति से प्राप्त होने वाला सत्संग मनुष्य जीवन को सार्थक बनाता है और चौरासी लाख योनियों में सर्वश्रेष्ठ मानव योनि प्राप्त मनुष्यों को मोक्ष प्राप्ति के लक्ष्य की पूर्ती कराता है और मृत्यु उपरांत उसे मोक्ष की प्राप्ति होती है। भगवत कृपा से ही संतों का संग मिलता है। इसलिए मनुष्य को निष्काम भाव से श्रीभगवान का ध्यान-स्मरण और भगवन्नाम जप करना चाहिए जिससे उन्हें प्रभु कृपा सहज ही प्राप्त हो जाय।

.....

18

आरती

हिन्दू धर्म में पूजा में आरती का विशेष महत्व माना जाता है। सच्चे मन, श्रद्धा भाव से की गई आरती बहुत ही कल्याणकारी होती है। भगवान की पूजा से मन को शांति और आत्मा को तृप्ति मिलती है। पूजा-पाठ और साधना में इतनी शक्ति है कि मन, कर्म, वचन, से भावपूर्ण की गई ईश्वर की आराधना मनुष्य की चिंताओं को दूर कर एक असीम शक्ति का एहसास कराती है। लेकिन पूजा के दौरान ईश्वर की आराधना तब तक पूरी नहीं होती, जब तक आराध्यदेव भगवान कीआरती न की जाये। आरती के दौरान की जाने वाली स्तुति मन और वातावरण को शुद्ध और पवित्र करती है। आरती शब्द आर्त से बना है जिसका अर्थ है दुःखी मन से निकले कष्ट भरे शब्द। आर्तनाद शब्द का अर्थ है दर्द भरी आवाज, जो हृदय की आवाज होती है। आरती और स्तुति अथवा वंदना में भी अंतर है। स्तुति या वंदना में किसी देवी-देवता, आराध्य देवता के रूप, गुण, सौंदर्य, शौर्य, ज्ञान व उसकी शिक्षा की महिमा कही जाती है। लेकिन आर्तनाद आरती में अपने अंतर्मन की पीड़ा, कष्ट व दुखों को बताया जाता है।

श्रीरामचरितमानस, बालकाण्ड दोहा सं० 21-22 के बीच चौपाइयों में आरती के बारे में उल्लेख है -

जपुहिं नामु जन आरत भारी।
मिटहिं कुसंकट होहिं सुखारी।
राम भगत जग चारि प्रकारा।
सुकृती, चारिउ, अनघ उदारा।।
अर्थात - संकट से घबराए हुए आर्त्त भक्त नाम जप

करते हैं तो उनके बड़े भारी बुरे-बुरे संकट भी मिट जाते हैं और वे सुखी हो जाते हैं।

संसार में चार प्रकार के भगवान के भक्त होते हैं :- 1. अर्थार्थी -धनादि को चाहने वाले, 2 आर्त्त संकट की निवृत्ति के लिए भेजने वाले, 3. जिज्ञासु- भगवान को अपना जानने की इच्छा से भजने वाले और 4. ज्ञानी--भगवान को तत्व-तत्व से जानकर स्वाभाविक ही प्रेम से भजने वाले। ये चारों ही पुण्यात्मा,पाप रहित और उदार हैं।

स्कंदपुराण में आरती के महत्व की विशेष चर्चा की गई है। आरती हिन्दू धर्म में पूजा-पाठ परम्परा का एक महत्वपूर्ण अंग है। किसी भी पूजा, यज्ञ, अनुष्ठान के अन्त में आराध्यदेव भगवान, देवी देवताओं की आरती अवश्य की जाती है। सभी कार्य जब भावपूर्ण रूप से किये जाते हैं तो निश्चय

ही सफलता मिलती है जिसमें आरती भी शामिल है। जब भक्त भाव-विभोर होकर आर्त्तभाव से सस्वर आरती गायन करता है तो उसका आर्त्तनाद तत्काल प्रभु को सुनाई देता है। भगवान तो भक्त के भाव के भूखे हैं। आरती के थाल में दीपक, कपूर, पुष्प, स्वच्छ कपड़ा, गंगाजल युक्त शंख, सुगंधित धूपबत्ती आदि आवश्यक हैं। यह भी ध्यान रखने

की आवश्यकता है -

1. विष्णु भगवान को आरती में पीले पुष्प अर्पित किये जाते हैं।
2. देवीजी और हनुमान जी की आरती में लाल पुष्प अर्पित किये जाते हैं।
3. शिवजी की आरती में नीले रंग के पुष्प अर्पित किये जाते हैं।
4. घर में की जाने वाली पूजा में प्रायः पीले रंग के पुष्प अर्पित किये जाते हैं।

यदि पूजा-पाठ के दौरान मनुष्य से जाने-

अनजाने में कोई त्रुटि हो जाती है तो आरती करने से भगवान प्रसन्न हो जाते हैं, और उसकी भूल को क्षमा कर देते हैं। बहुत से लोग आरती की विधिवत प्रक्रिया को नहीं जानते हैं जिसकी वजह से जैसे-तैसे आरती का समापन कर देते हैं। वस्तुतः आरती तो पूजा की आत्मा बतायी गई।

इसलिए पूजा के दौरान की जाने वाली आरती के

विधिवत स्वरूप को जानना बहुत आवश्यक है।

आरती करने की विधिवत प्रक्रिया, इस प्रकार बताई गई है:

सर्वप्रथम मन, कर्म, वचन से पूर्ण श्रद्धा,

आशा-विश्वास के साथ निर्मल मन से भावविभोर होकर आरती गायन के स्वर मनुष्य के हृदय से निकल कर कंठ से बाहर आने चाहिए। जब यह

आर्तनाद,आर्तपुकार भक्त के अंतर्मन से निकलती है तो तुरंत दीनदयाल कृपानिधान इसे श्रवण करके अपने भक्तों के कष्टों का तुरंत निवारण करते हैं। भक्त सुदामा की पत्नी सुशीला, पांडव-पत्नी द्रौपदी, रुक्मणि, गजेन्द्र आदि की आर्तपुकार सुनकर भगवान ने तत्काल उनके कष्टों को दूर किया। ऐसे अनेकों उदाहरण हैं। हमें आरती निम्नलिखित तरीके से करनी चाहिये:

शंख-बाती आरती:

वर्तिकाः सप्त वा पंच कृत्वा वा दीप वर्तिकाम।
कुर्यात सप्त प्रदीपेन, शंख घंटादि वाद्यकैः।।

आरती के दौरान शंख का वादन अवश्य होना

चाहिये। घंटा, घंटी आदि बजाना भी शुभ माना जाता है। इनके वादन से समस्त नकारात्मक ऊर्जाऐं समाप्त हो जाती हैं। इसके अलावा इसकी गूंज भगवान तक पहुंचती है। इससे भगवान प्रसन्न होकर भक्त पर अपनी असीम कृपा की वर्षा करते हैं। साथ ही आरती में दीपों अथवा बत्तियों की संख्या सदैव एक, पांच, सात के क्रम में होनी

चाहिए। यह बढ़कर एक सौ एक, ग्यारह सौ एक भी हो सकती है। यदि आरती में कपूर का प्रयोग किया जाता है तो वहां भी यही नियम लागू होता है।

शंख जल आरती:

शंख जल आरती में शंख में गंगाजल भरकर आराध्य देव भगवान की आरती की जाती है। यह आरती देवी-देवताओं को बहुत प्रिय है। आरती के उपरांत सभी लोगों पर इस पवित्र जल को प्रसाद के रूप में शंख से छिड़कना चाहिए, ऐसा करने से सभी लोग स्वस्थ एवं प्रसन्न रहते हैं।

आरती में दीप घुमाने के नियम:

"आदौ पाद चतुष्तले च विष्णौः, नाभि देशे, मुखबिम्ब एकम्।
सर्वेषु चांगेषु च सप्तवराः, नारार्तिकम् भक्त जनस्तु कुर्यात्।।"

दीप आरती के दौरान दीप घुमाने की प्रक्रिया और संख्या का विशेष महत्व है। आरती शुरू करते हए सर्वप्रथम आराध्यदेव भगवान के श्रीविग्रह के चरणों में चार बार, नाभि के समीप दो बार,मुखमण्डल पर एक बार और समस्त अंगों पर सात बार आरती घुमानी चाहिए। यह भी ध्यान रखना चाहिए कि आरती घुमाते समय आरती को ॐ की आकृति में ही घुमाएं। इसी ॐ में त्रिदेव ब्रहमा, विष्णु, महेश विद्यमान हैं। इसी में सभी ब्रह्माण्ड एवं लोक निहित हैं। श्रीविग्रह की आरती भी चौदह बार घुमाने का अभिप्राय यही है कि चौदह भुवन भी इस परमपिता परमेश्वर में ही समाए हुए हैं। अर्थात हमने सबकी आरती की है।

सीयाराम मय सब जग जानी।
करहुं प्रनाम जोरि जुग पानी।।

आरती करते समय यह भी ध्यान रखें कि पूजा पाठ में जो अखण्ड ज्योति प्रदीप्त की गई है वह अखण्ड ज्योति आपके पूजापाठ में आपके एकाग्र मन भाव की साक्षी है, प्रतीक है। इसके अलावा यह अखण्ड ज्योति आपके परिवार को, समाज को सदैव अखण्डित रूप से प्रकाशित रखती है जिससे आपके यहां कहीं भी किसी के

मन विचारों में अज्ञानरूपी अंधकार शेष न रहे। इसलिए हमें अखण्ड दीप से आरती नहीं करनी चाहिए। उसे यथावत उसी स्थान पर रखा रहने दें, क्योंकि वह तो अखण्ड है। आरती का दीपक अलग से होना चाहिए।

आरती को नीराजन भी कहते हैं - निःशेषेण,विशेषेण, राजनम, प्रकाशनम् इति नीराजनम्।

सामान्यतः आरती रोजाना तीन बार किये जाने का विधान है। यथा - मंगला आरती, संध्या आरती और शयन आरती। इन तीनों समय की आरती का विधान एक जैसा ही है। लेकिन मंगला आरती में आराध्यदेव को दर्पण भी दिखाना अपेक्षित है ताकि वे दर्पण में अपना प्रतिबिम्ब

देख लें। इसके अलावा हर आरती में स्वच्छ कपड़ा भी हाथ मुंह पोंछने के लिए अर्पित करें, तीन बार पुष्प अर्पित करें। आरती के उपरांत प्रसाद रूप में भगवान की कृपा को ससम्मान वितरित करें। उसमें किसी भी प्रकार का भेदभाव न करें अन्यथा सब कुछ करते हुए भी प्रभु की कृपा से आप वंचित रह जाएंगे।

प्रायः यह देखा जाता है कि मंदिरों, कथा- वार्ताओं, आदि में आरती के दौरान अफरा-तफरी मच जाती है। आयोजकगण घोषणा करते हैं कि अमुक-अमुक व्यक्ति आरती के लिए आयें। लेकिन वहां उपस्थित सभी लोग आरती करने के लिये लालायित रहते हैं जिससे आरती करने के लिए भगदड़ जैसी स्थिति उत्पन्न हो जाती है। यह उचित नहीं है। इस संबंध में यहां उल्लेख करना आवश्यक हो जाता है कि न केवल आरती करने वाले बल्कि इसमें सम्मिलित होने वाले और आरती के दर्शन करने वालों को भी एक समान पुण्य मिलता है। यह केवल उनकी श्रद्धा-भावना पर आधारित है। आरती के बाद आराध्यदेवके समक्ष साष्टांग प्रणाम अवश्य करें।

साष्टांग प्रणाम इस प्रकार करें:

पद्भ्यां, कराभ्यां, जानुभ्यामुरसा, शिरस्तथा।
मनसा, वचसा, दृष्ट्या, प्रणामोष्टाङ्गमुच्यते।।

साष्टांग प्रणाम करते समय व्यक्ति की ठुड्डी, छाती, दोनों हाथ, दोनों घुटने और दोनों पैर अर्थात इन आठ अंगों द्वारा सिर से पैर तक पूरा शरीर पृथ्वी का स्पर्श करता है। इस तरह पृथ्वी पर सिर, आंख, हृदय, हाथ,पैर के साथ मन, वचन, भाव सहित समर्पण की भावना से किया गया प्रणाम साष्टांग प्रणाम कहलाता है। साष्टांग

प्रणाम करते समय पेट का स्पर्श जमीन से नहीं होना चाहिए। साष्टांग प्रणाम करने का मन्त्र है -

ॐ नमः सर्व हितार्थाय जगदाधार हेतवे।

साष्टाङ्गोऽयं प्रणामस्ते प्रयत्नेन मया कृतः।।

आरती एक विज्ञान है जिसके द्वारा दुःखी, पीड़ित, कष्ट व संकटों से घिरे हुए आमजनों की बुरी, काली,शैतानी शक्तियों तथा नकारात्मक ऊर्जाओं से रक्षा होती है। यहां तक कि आरती परिवार, समाज, घर-मकान,दुकान-व्यवसाय आदि की भी नकारत्मक शक्तियों से रक्षा करती है।

श्रीमद्भागवत के दशम स्कन्ध में उल्लेख है कि

जब पूतना बालकृष्ण भगवान को उठाकर ले जाती है तो कृष्णजी उसके प्राण हर लेते हैं तब माता यशोदा जी भी श्रीकृष्ण पर आये हुए संकट से उबारने के लिये उनकी आरती उतारती हैं। इसी प्रकार त्रेतायुग में जब भगवान श्रीरामजी रावण का वध करके और लंका पर विजय प्राप्त करके अयोध्या आते हैं तो उस समय कौशल्या, सुमित्रा और कैकेयी माताएं उनकी आरती उतारती हैं ताकि किसी भी आसुरी शैतानी शक्तियों तथा नकारात्मक ऊर्जा का उन पर कोई प्रभाव शेष न रहे। इस तरह मंगल कामना करती हैं।

यदि कोई व्यक्ति कर्मकाण्ड, मंत्र, पूजापाठ आदि की विधि नहीं जानता, लेकिन वह पूर्णभाव,आशा विश्वास के साथ भगवान की आरती करता है तो परम कृपालु भगवान उसकी पूजा को पूर्णरूप से स्वीकार कर अपनी कृपा से अनुगृहीत कर देते हैं।

रोजाना सुर-ताल के साथ आरती करना स्वास्थ्य के लिये भी लाभदायक है। गायन से शरीर के सभी अंग सक्रिय हो जाते हैं और आरती से व्यक्ति को सकारात्मक ऊर्जा प्राप्त होती है। हमारे परिवारों में सभी माताएं, बहिनें अपने भाइयों और पुत्रों की सुदीर्घ आयु, सुख-समृद्धि और मंगल कामनाओं के लिए उनकी आरती उतारती हैं। प्रायः रक्षा-बंधन, भैया-दूज, जन्म-दिवस,

विवाह-उत्सव, गृह-प्रवेश, पूजा-पाठ आदि के अवसर पर माता-बहिनें अपने पुत्र तथा भाइयों की आरती उतारती हैं। तिलक लगाती हैं, मिष्ठान्न खिलाती हैं।

तदुपरांत उन्हेंआशीर्वाद देती हैं।

यह परम्परा हमारे पूरे देश में सभी शुभ

अवसरों तथा मंगल कार्यों में अवश्य अपनाई जाती है। इसके अलावा जब हमारे परिवारजन किसी विशेष कार्य के लिये, ड्यूटी पर या विदेश यात्रा को जाते हैं अथवा हमारे वीर बहादुर जवान युद्ध के लिए या अपनी ड्यूटी पर जाते हैं तो माताएं, बहिनें मंगलकामनाओं के साथ उन्हें तिलक लगाती हैं, रक्षासूत्र बांधती हैं और उनकी आरती उतारती हैं। उनके स्वस्थ व प्रसन्न रहने के साथ विजयी भव का आशीर्वाद भी देती हैं। अंतरात्मा के समूचे शुभभावों से ओतप्रोत ये मंगलकामनाएं अवश्य फलदायी होती हैं।

......

19

भक्त शिरोमणि मीराबाईजी के अंतिम पल

महाराजाधिराज भगवान श्रीकृष्णचंद्र का प्राकट्य मथुरा के कारागृह में वसुदेव-देवकी के पुत्र रूप में भाद्रपद के कृष्णपक्ष की अष्टमी को हुआ। मथुरा में प्रकट हुए लेकिन उन्होंने बाल सुलभ लीलाएं गोकुल तथा नंदगांव में नन्द बाबा-मां यशोदा के यहां कीं। अपनी बाल लीलाओं से मां यशोदा और नंद बाबा के साथ-साथ सभी ग्वाल बालों, गोप-गोपियों के मनों में ऐसा प्रेम उड़ेला कि वे एक पल के लिए भी अपने कान्हा से दूर नहीं रहना चाहते थे। जब वे ग्यारह-बारह वर्ष के थे तो उन्होंने मथुरा में अपने पापी मामा कंस का मल्लयुद्ध के दौरान वध कर दिया, वैसे तो यह मल्लयुद्ध कंस द्वारा श्री कृष्ण को मरवाने के लिए आयोजित किया गया था। लेकिन दुष्ट कंस को यह नहीं मालूम था कि परम पिता परमेश्वर को कौन मार सकता है? और इस मल्लयुद्ध में स्वयं कंस मारा गया।

तदउपरांत बालकृष्ण भगवान श्रीकृष्ण ने उज्जैनी में संदीपनी गुरु के यहां शिक्षा ग्रहण की। शिक्षा ग्रहण करके वे मथुरा लौट आए और वहां कुछ दिन रुककर द्वारकापुरी चले गये और वे द्वारकापुरी के महाराजाधिराज द्वारिकाधीश होगये।

परम भागवत भक्त शिरोमणि मीराबाईजी अपने आराध्य देव भगवान श्रीकृष्णजी के दर्शनों के लिए चित्तौड़गढ़ के राजघराने और वहां के महलों के सुखों को त्यागकर प्रभु के दर्शनों के लिए वृन्दावन आगयीं और वृन्दावन में रहकर

उन्होंने इस पावन भूमि का आनंद लिया। कुछ समय वृन्दावन में रहकर हजारों किलोमीटर की पैदल यात्रा करके वे अपने आराध्य के दर्शनों के लिए द्वारिकापुरी पहुंच गईं। वहां वह प्रभु के दर्शनों के लिए इतनी लालायित थीं कि उन्हें बिना दर्शन के पलभर के लिए भी चैन नहीं पड़ता था। मीराबाई जी अपने आराध्य देव की आरती में शामिल होने के लिए द्वारिकाधीश मंदिर गयीं।

द्वारिकापुरी में द्वारिकाधीश की मंगला आरती हो चुकी थी और पुजारीजी द्वार के पास खड़े थे। दर्शनार्थी दर्शन करते हुये आ जा रहे थे ।राणावतों और मेड़तियों के साथ मीरा मंदिर के परिसर में पहुँची ।मीरा ने प्रभु को प्रणाम किया ।

पुजारी जी मीरा को पहचानते थे और उन्हें यह विदित था कि इन्हें लिवाने के लिए मेवाड़ के बड़े बड़े सामन्तों सहित राजपुरोहित आये हैं । चरणामृत और तुलसी देते हुये उन्होंने पूछा -" क्या निश्चित किया ? क्या जाने का निश्चय कर लिया है ? आपके बिना द्वारिका सूनी हो जायेगी ।"

हाँजी महाराज ! वही निश्चित नहीं कर पा रही। अगर आप आज्ञा दें तो भीतर जाकर प्रभु से ही पूछ लूँ !

हाँ हाँ ! पधारो बा ! आपके लिए मन्दिर के भीतर जाने में कोई भी बाधा नहीं ।" पुजारी जी ने अतिशय सम्मान से कहा।

पुजारी जी की आज्ञा लेकर मीरा मन्दिर के गर्भगृह में गईं । हृदय से प्रभु को प्रणाम कर मीरा इकतारा हाथ में ले वह गाने लगी। मीरा को प्रभु साँची दासी बनाओ।

झूठे धंधों से मेरा फंदा छुड़ाओ॥
लूटे ही लेत विवेक का डेरा।
बुधि बल यदपि करूं बहुतेरा॥
हाय!हाय! नहिं कछु बस मेरा।
मरत हूं बिबस प्रभु धाओ सवेरा॥
धर्म उपदेश नितप्रति सुनती हूं।
मन कुचाल से भी डरती हूं॥
सदा साधु-सेवा करती हूं।
सुमिरण ध्यान में चित धरती हूं॥
भक्ति-मारग दासी को दिखलाओ।
मीरा को प्रभु सांची दासी बनाओ॥

अंतिम पंक्ति गाने से पूर्व मीरा ने इकतारा मंगला के हाथ में थमाया और गाती हुईं धीमें-धीमें पदों से गर्भ गृह के भीतर वह ठाकुर जी के समक्ष जा खड़ी हुईं। वह

एकटक द्वारिकाधीश को निहारती बार बार गा रही थीं -" मिल बिछुरन मत कीजै" एकाएक मीरा ने देखा कि उसके समक्ष विग्रह नहीं बल्कि स्वयं द्वारिकाधीश वर के वेश में खड़े मुस्कुरा रहे हैं। मीरा अपने प्राणप्रियतम के चरण स्पर्श के लिए जैसे ही झुकीं , कृपा निधान, भक्तवत्सल , शरणागतों को अभय प्रदान करने वाले और ब्रह्माण्डों के सभी अचर-चर जीवों का पालन करने वाली सशक्त भुजाओं ने अपने आराध्य देव भगवान श्रीकृष्णजी से मिलने के लिए उत्कट आकांक्षा रखने वाली आर्त ,विह्वल और शरण माँगती हुई अपनी प्रिया को बन्धन में समेट लिया।

जय-जय मीरा गोपाल क्षण मात्र के लिए एक अभूतपूर्व प्रकाश प्रकट हुआ , मानों सूर्य -चन्द्र एक साथ अपने पूरे तेज़ के साथ उदित होकर अस्त हो गये हों । इसी प्रकाश में प्रेमदीवानी मीरा समा गई। जय-जय मीरा गोपाल की अद्‌भुत नाद से उसी समय मंदिर के सारे घंटे -घड़ियाल और शंख स्वयं ज़ोर- ज़ोर से एक साथ बज उठे। कई क्षण तक वहाँ पर खड़े लोगों की समझ में नहीं आया कि यह क्या हुआ ?

मीराजी की सखी चमेली --" बाईसा हुकम,बाई सा हुकम" पुकारती मंदिर के गर्भ गृह की ओर दौड़ी। पुजारी जी ने सचेत होकर हाथ के संकेत से उसे रोका और स्वयं गर्भ गृह में गये ।उनकी दृष्टि चारों ओर मीरा को ढूँढ रही थीं, लेकिन वे तो बाह्य चर्म चक्षु से देख रहे थे, यह दृश्य तो केवल अतः चक्षुओं से ही देखा जा सकता है।अचानक प्रभु के पार्श्व में लटकता हुआ भगवा -वस्त्र खंड दिखाई दिया। वह मीरा की ओढ़नी का छोर था। लपक कर उन्होंने उसे हाथ में ले लिया ।पर मीरा कहीं भी मन्दिर में दिखाई नहीं दी । निराशा के भाव से भावित हुए पुजारी ने गर्भ गृह से बाहर आकर न करते हुए सिर हिला दिया। उनका संकेत समझ सब हतोत्साहित एवं निराश हो गये ।

यह कैसे सम्भव है ? अभी तो हमारे सामने उन्होंने गाते हुये गर्भ गृह में प्रवेश किया है। भीतर नहीं हैं तो फिर कहाँ है ? हम मेवाड़ जाकर क्या उत्तर देंगें। वीर सामन्त बोले मैं भी तो आपके साथ ही बाहर था । मैं कैसे बताऊँ कि वह कहाँ गई ?

स्थिति से तो यही स्पष्ट है कि मीरा बाई प्रभु में समा गई , उनके विग्रह में हमेशा के लिए विलीन हो गईं। यह पुजारी जी ने बताया। इस पर चित्तौड़ और मेड़ता के वीरों ने पुजारी जी की आज्ञा ले स्वयं गर्भ गृह के भीतर प्रवेश किया। दोनों पुरोहितों ने मूर्ति के चारों ओर घूम कर मीरा को ढूँढने का प्रयास किया ।

सामन्तों ने दीवारों को ठोंका , फर्श को भी बजाकर देखा कि कहीं नीचे से नर्म तो नहीं !! अंत में जब वे निराश होकर बाहर निकलने लगे तो पुजारी ने कहा ," आपको बा की ओढनी का पल्ला नहीं दिखता , अरे बा प्रभु में समा गई है। "

दोनों पुरोहितों ने पल्ले को अच्छी तरह से देखा और खींचा भी , पर वह तनिक भी खिसका नहीं ,तब वह हताश हो बाहर आ गये ।

इस समय तक ढोल - नगारे बजने आरम्भ हो गये थे । पुजारी जी ने भुजा उठाकर जयघोष किया -" बोलो , मीरा माँ की जय ! द्वारिकाधीश की जय !!

भक्त और भगवान की जय !!! "

लोगों ने जयघोष दोहराया -जय-जय मीरा गोपाल

तीनों दासियों का रुदन वेग मानों बाँध तोड़कर बह पड़ा हो। अपनी आँखें पौंछते हुये दोनों पुरोहित उन्हें सान्तवना दे रहे थे । इस प्रकार मेड़ता और चित्तौड़ की मूर्तिमंत गरिमा अपने अराध्य में जा समायी

नृत्यत नुपूर बाँधि के गावत ले करतार,
देखत ही हरि में मिली तृण सम गनि संसार ॥
मीरा को निज लीन किय नागर नन्दकिशोर ,
जग प्रतीत हित नाथ मुख रह्यो चुनरी छोर ॥

दोनों की वांछा पूरी हुयी, न जाने कितने जन्मों की प्रतीक्षा के बाद आत्मा और परमात्मा का मिलन हुआ और दोनों एकाकार हो गए धन्य है प्रभु की लीला।

......

20

होली-मंगल मिलन

हमारे देश भारत में सभी पर्व, त्यौहार बड़े उमंग व उल्लास के साथ बड़ी धूमधाम से मनाये जाते हैं। इन सभी पर्व, त्यौहारों में भारतीय संस्कृति तथा सभ्यता की झलक प्रत्यक्ष रूप में दिखाई देती है। इन सभी त्यौहारों में न केवल धूमधाम दिखाई देती है बल्कि इनका मूल भाव है--सभी परिवार,समाज, देश यहां तक विश्व में भी सभी सुख-शांति,सुख-समृद्धि से सम्पन्न रहें और सभी आपस में सौहार्दपूर्ण वातावरण में प्रेम पूर्वक रहें। इसके अलावा इन त्योहारों से भारतीय संस्कृति में सर्वप्रकारेण आनंदपूर्वक जीने के लिए पुरुषार्थचतुष्ट यथा धर्म, अर्थ,काम,मोक्ष की प्राप्ति होती है। पुरुषार्थ का अभिप्राय है अपने अभीष्ट को प्राप्त करने के लिए किया गया प्रयत्न।

हमारे यहां मनाये जाने वाले सभी पर्व, त्यौहारों का महत्व है। लेकिन होली त्यौहार को सभी लोग धर्म,जाति, गरीब -अमीर, छोटे-बड़े के भेदभावों को मिटाकर एक साथ मिलकर मनाते हैं और खूब आनन्द लेते हैं। भारत में होली बहुत ही प्राचीन काल से मनाई जाती है। होली का परम पावन त्यौहार का आधार वैदिक कालीन व शास्त्रीय परम्परा है। इसी दिन हरिद्रोही राक्षसराज हिरण्यकशिपु द्‌वारा भक्त प्रहलाद को अग्नि में जलाने का षड़यंत्र किया गया था और बालकृष्ण भगवान श्रीकृष्ण द्‌वारा पूतना का वध भी किया गया था। इसी पावन अवसर पर महाराज मनु तथा चैतन्य महाप्रभु का इस धराधाम पर पदार्पण हुआ था। इसके अलावा इसी दिन भस्म हुए कामदेव का पुनर्जन्म हुआ और इसी अवसर पर बच्चों को भयभीत करने वाले असुर का बच्चों के ही द्‌वारा दहन कर दिया गया है।

हमारा देश कृषि प्रधान है। यहां पूरे वर्ष में छः ऋतुएं होती हैं यथा वसन्त, ग्रीष्म,वर्षा,शरद, हेमंत, शिशिर। हमारे ऋषियों, मुनियों, महापुरुषों ने इन सब

ऋतुओं और खेती-बाड़ी से उत्पन्न फसलों को ध्यान में रखकर ही पर्व तथा त्यौहारों का समय निर्धारित किया है। होली का परम पावन त्यौहार प्रत्येक वर्ष वसन्त ऋतु में फाल्गुन शुक्ल पक्ष की पूर्णिमा को मनाया जाता है इस दिन सभी लोग अपने-अपने मोहल्लों में, चाहे महानगर हो अथवा छोटा सा गांव बड़े उल्लास के साथ चौराहों पर उपलों, लकड़ियों से ऊंची-ऊंची विशाल होली रखते हैं और परिवार के सभी लोग होली का पूजन करते हैं जिनमें विशेषकर मां-बहिनें बहुत ही उत्साहित होकर पूजन करती हैं। होलिका पूजन के पीछे छुपा रहस्य यह कि राक्षस राज हिरण्यकशिपु अपने प्रिय पुत्र भक्त प्रहलाद की हत्या करना चाहता था क्योंकि भक्त प्रहलाद भगवान के भक्त थे और हर वक्त वे स्वयं भगवान का ध्यान-स्मरण और भगवन्नाम का स्वयं जप करते हैं और दूसरों से भी भगवन्नाम का जप करने के लिए प्रेरित करते। जबकि हिरण्यकशिपु के शासनादेश के अनुसार उसके राज्य में भगवान का नाम लेना अपराध माना जाता था। इसलिए राजा ने अपनी बहन होलिका को आदेश दिया कि तुम प्रहलाद को गोदी मे लेकर जलती हुई चिता में बैठ जाआओ ताकि अग्नि की ज्वाला से प्रहलाद जलकर भस्म हो जाएगा और तुम्हें कुछ भी नहीं होगा क्योंकि तुम्हें तो वरदान मिला हुआ है कि अग्नि तुम्हें जला नहीं सकती। लेकिन हुआ बिल्कुल इसके विपरीत भक्त प्रहलाद भगवन्नाम जपते हुए प्रसन्नतापूर्वक अग्नि से सकुशल बाहर निकल आये। इसी को भक्तवत्सल भगवान की भक्त पर कृपा कहते हैं और होलिका जल कर राख होगयी जिसे वरदान प्राप्त था कि तुम्हें अग्नि नहीं जला सकती। संतों का मत है--

"जाकूं राखै साइयां मारि सकै न कोय।
बाल न बांका करि सकै जो जग बैरी होय।।"

भगवान जिसकी रक्षा करते हैं उसे कौन हानि पहुंचा सकता है, उसे कौन मार सकता? वैसे तो हर जीव को भगवान अपनी असीम कृपा से अनुग्रहीत करते रहते हैं फिर भी वे अपने भक्तों का योगक्षेम स्वयं वहन करते हैं और उनका विशेष ध्यान रखते हैं। प्रहलाद तो भगवान के परमभक्त थे, अग्नि की क्या सामर्थ्य है कि वह भगवान के भक्त का बालबांका कर सके? इसी बारे में भक्त शिरोमणि सूरदासजी का कहना है:

"हम भगतनके भगत हमारे।
सुन अरजुन परतिग्या मोरी यह ब्रत टरत न टारे।।
भगतन काज लाज हित धरिकैं पांय पियादे धायौ।
जहं-जहं भीर परै भगतन पै तहं-तहं होत सहायौ।।
जो भगतन सों बैर करत है सो निज बैरी मेरो।

देख बिचार भगत-हित कारन हांकत हौं रथ तेरो।।
जीते जीत भगत अपने की हारे हार बिचारों।
सूर स्याम जो भगत-बिरोधी चक्र सुदरसन मारों।।"

होली त्यौहार के समय पर ही रबी की फसल पकने को होती है इस फसल से हमें गेहूं,जौ,चना, सरसों आदि की प्राप्त होती है। भारतीय संस्कृति, सभ्यता के अनुसार हम किसी भी अनाज,वस्तु आदि का उपयोग करने से पहले उसे भगवान को अर्पित करते हैं। इसलिए अन्न को खेत-खलिहान से घर, गोदामों में ले जाने से पहले इस नये अनाज यथा जौ,चना, गेहूं आदि के होला (अधपका अन्न) को होली की अग्नि में अर्पित करके प्रसाद के रूप में ग्रहण करते हैं। यह हमारी बहुत प्राचीन परम्परा है। इसी परिप्रेक्ष्य में हमारी मां बहनें भी रोजाना रसोई में भोजन तैयार करने के उपरान्त और परिवार को परोसने से पूर्व बनाये गये भोजन का ग्रास अग्नि को अर्पित करती हैं, एक रोटी गाय के लिए और साथ ही एक-एक रोटी पक्षियों, कुत्ते के लिए भी निकालती हैं। फिर भोजन को प्रसाद रूप में परिवार-जन ग्रहण करते हैं। इसका शास्त्रों में भी उल्लेख है कि अग्नि को अर्पित की हुई सामग्री अग्नि के माध्यम से देवताओं, भगवान के पास पहुंचती है और वे इस अर्पित सामग्री को स्वीकार करते हैं तथा अपनी कृपा की बरसाते रहते हैं, जिसे बाद में प्रसाद रूप में हम सभी एक-दूसरे को मिल बांटकर ग्रहण करते हैं। इसके वितरण से विशेषकर दो बातें स्पष्ट होती हैं कि नयी फ़सल से प्राप्त अन्न पर हम सभी का अधिकार है न किसी व्यक्ति विशेष का। इससे मनुष्य को अहंकार का स्पर्श भी नहीं होता है क्योंकि अहंकार ही मनुष्य को गर्त में ढकेलता है जिससे मनुष्य का इहलोक तथा परलोक दोनों बरबाद हो जाते हैं, जिसे कोई भी नहीं चाहता है। दूसरा जैन धर्म के चौबीसवें तीर्थंकर भगवान महावीर स्वामी जी के अपरिग्रह सिद्धांत का पालन भी होता है और इससे वस्तुओं पर किसी व्यक्ति विशेष का एकाधिकार नहीं रहता। इन बातों का अनुकरण करने से सभी लोग धन-धान्य से युक्त, सुख-समृद्धि से सम्पन्न रहते हैं। यहां तक इससे सभी जीवों का भरण-पोषण भी सहज रूप से होता रहता है। सभी जीवों के प्रसन्न रहने के संबंध में भारतीय संस्कृति, सभ्यता का मत है:

"सर्वे भवन्तु सुखिनः सर्वे सन्तु निरामया,
सर्वे भद्राणि पश्यन्तु मां कश्चित दुःख भाग भवेत्।"

अर्थातः सभी प्रसन्न रहें,सभी स्वस्थ रहें, सबका भला हो,किसी को भी कोई दुःख ना रहे।

मनुष्य के अंदर आसुरी वृत्तियों का प्रवेश अज्ञान से होता है। प्रथमतः इन आसुरी वृत्तियों की शुरुआत अहंकार से होती है। अहंकार शब्द की उत्पत्ति 'अहं' से हुई है जिसका अर्थ है--'मैं'। जब व्यक्ति में यह भावना आ जाती है कि 'जो हूं सो मैं, मुझसे बड़ा, ज्ञानी, विद्वान कोई दूसरा नहीं है' तभी व्यक्ति का पतन शुरू हो जाता है और धीरे-धीरे उसके अंतर्मन में आसुरी वृत्तियां पैर पसारने लगती हैं। श्रीभगवान का सबसे प्रिय आहार है अहंकार इसलिए वे सर्वप्रथम अपने भक्तों तथा सभी जीवों के अहंकार को आहार रूप में ग्रहण करते हैं ताकि वह आसुरी वृत्तियों से बच जाय और उसका मन निर्मल हो जाय। श्रीरामचरितमानसजी में भगवान स्वयं कह रहे हैं--

"निर्मल मन जन सो मोहि पावा।
मोहि कपट छल छिद्र न भावा।।"

अतः जिस तरह अग्नि में राक्षस राज हिरण्यकशिपु की बहन राक्षसी होलिका का दहन होगया उसी भांति हमें भी होली के दिन अपने अंतर्मन में विद्यमान आसुरी वृत्तियों को बाहर निकाल कर उनका दहन करना चाहिए ताकि आसुरी वृत्तियां पुनः हमारे अंतर्मन में प्रवेश न कर सकें और हमारा मन निर्मल हो जाय तथा निर्मल मन में सात्विक वृत्तियां सहज भाव से प्रवेश कर उसमें रह सकें जिससे हमारा जीवन सुख-शांति पूर्वक व्यतीत हो।

आज पूरा विश्व बारूद के ढेर पर बैठा हुआ है, बारूद ही नहीं अधिकांश विकसित देशों ने परमाणु बम भी बना लिये हैं। ये देश अहंकार, घमंड से भरे हुए हैं और कोई भी किसी की बात सुनने-समझने को तैयार नहीं है और विश्व युद्ध की धमकी से सभी को आतंकित कर रहे हैं और वे इन परमाणु बमों का प्रयोग करके समूल मानवजाति तथा जीव-जंतुओं को नष्ट करना चाहते हैं। उनसे पूछा जाय कि जब सब कुछ नष्ट हो जायेगा तो वे कैसे जीवित बचे रहेंगे? इसी तरह मनुष्य के इसी अहंकार के कारण परिवार, समाज में प्रेम के स्थान पर कटुता, ईर्ष्या, वैमनस्य आदि आसुरी वृत्तियों का समावेश हो रहा है जिसकी वजह से कोई भी सुखी नहीं है सब दुःखी हैं और विलाप कर रहे हैं लेकिन वास्तविकता को जानते हुए भी अनजान बन हुए हैं। यदि सभी लोग सुख-शाति, सुख-समृद्धि से जीना चाहता है तो उन्हें होली के पावन पर्व के महत्व को समझना होगा।

परिवार,समाज,देश, विदेश के जिन लोगों ने होलिका दहन के परम पावन पर्व के महत्व को समझ लिया और उन्होंने अपने अंतर्मन में विराजमान राग-द्वेष, वैमनस्य, अहंकार आदि आसुरी वृत्तियों को अपने अंतर्मन से निकाल कर उनका होली में दहन कर दिया है तो उनको सभी जगह प्रेम और खुशहाली ही

नजर आयेगी, क्योंकि अब उनका मन निर्मल हो गया है और उस निर्मल मन में सात्विक वृत्तियां का निवास कर रही हैं और वे सभी होलिका दहन के अगले दिन चैत्र कृष्णपक्ष प्रतिपदा को परिवार, समाज के लोगों के साथ उल्लास, उमंग से एक दूसरे पर प्रेम का ऐसा चटक रंग डालकर आनन्द ले रहे हैं जो पूरे जीवन में कभी भी नहीं छूटेगा। प्रेम के रंग में रंगे लोग विभिन्न साज-बाजों को बजाकर मधुर स्वर में रसिया गाते हैं और खूशी से झूम जाते हैं क्योंकि अब वे सबके हो गये और सभी उनके हो गये, अब उनकी इस प्रेम की डोरी में किसी तरह की गांठ नहीं है यदि कोई थी भी तो उसे सात्विक वृत्तियों तथा सौहार्दपूर्ण व्यवहार ने उस गांठ को बिना तोड़े ही खोल लिया। रहीमदास की यह कहावत भी लागू नहीं हुई---

"रहिमन धागा का प्रेम का मत तोड़ो चटकाय।
टूटे पे फिर ना जुड़े जुड़े तो गांठ पड़ जाय।।"

प्रेम में कभी भी धागा अथवा प्रेम की डोरी टूटती ही नहीं है क्योंकि प्रेम तो अमर है वह कभी नष्ट नहीं होता है।

इस समय समाज ,देश, विदेश के अधिकांश लोग अशांति के वातावरण में जी रहे हैं और एक दूसरे के खून के प्यासे नजर आते हैं। इसी कारण सम्पूर्ण मानवजाति यहां तक कि जीव-जंतु भी बारूद के ढेर पर बैठे हैं और सभी विकसित देशों ने परमाणु बमों का निर्माण कर लिया है और वे देश परमाणु से प्राप्त ऊर्जा का उपयोग मानव जाति के हित के लिए न करके वे इसके विपरीत मानव जाति के साथ सभी जीवों के विनाश करने के लिए तत्पर हैं और और निरंतर प्रयासरत हैं। पूरे विश्व में व्याप्त अशांति केवल आपसी सौहार्द पूर्ण वातावरण से ही समाप्त हो सकती है। अतः विश्व के सभी लोग शांति पूर्ण वातावरण तैयार करने के लिए होली मंगल मिलन का महत्व समझें और उसका अनुकरण करते हुए अपनी बुराइयों, आसुरी वृत्तियों को अंतर्मन से निकाल कर उसका होलिका में दहन करदें तो निश्चित मानिए सब जगह प्रेम, सद्‌भाव, सुख-शांति,सुख-समृद्धि ही नजर आयेगी और "वसुधैव कुटुंबकम्" का सिद्‌धांत भी चरितार्थ हो जायेगा।

.....

21

जीवन की सार्थकता

इस सृष्टि में सभी जीवों के शरीर की उत्पत्ति पंच महाभूत यथा आकाश,वायु, अग्नि,जल और पृथ्वी से होती है और जब इस शरीर से आत्मा विलग हो जाती है और यह शरीर मृत्यु को प्राप्त हो कर उन्हीं पंच महाभूतों में विलीन हो जाता है। यह उसका इहलोक जीवन है यहीं से शुरू होकर यहीं समाप्त हो जाता है। यह जीवन तभी सार्थक हो सकता है जब इस भौतिक जीवन के आगे मनुष्य अपने जन्म की सार्थकता के संबंध में चिंतन करे और उसको कार्यान्वित करे। प्रायः हम इस शरीर को ही सब कुछ मान बैठते हैं, यह हमारी बहुत बड़ी भूल है। लेकिन वास्तविकता यह है कि यह शरीर शरीरी (आत्मा) की यात्रा का केवल माध्यम है। हमें इस बात पर विचार करना चाहिए कि हमारा ज्ञान शरीर का है अथवा आत्मा का है? जैसे-जैसे हम ज्ञान के क्षेत्र में प्रवेश करते जाते हैं तो हम यह जान पाते हैं कि हमारा ज्ञान आत्मा का ही परम ज्ञान है।

मनुष्य जीवन के दो पहलू हैं-- भौतिक तथा आध्यात्मिक। इस भौतिक जीवन को आध्यात्मिक जीवन से भिन्न समझ लेने का परिणाम यह होता है कि इंद्रियों के इस भौतिक जीवन को हम सब कुछ समझ लेते हैं। मनुष्य इंद्रियों को केवल विषय भोग तक ही सीमित रखता है। इस स्थिति में मनुष्य इंद्रियों के वशीभूत होकर संमार्ग से हटकर दिशा विहीन होकर भटकता रहता है और इस भटकाव में उसे यह पता नहीं रहता है कि सत्य क्या है और असत्य क्या है? इस अज्ञानता में उसे इंद्रियों का स्वरूप केवल भोग ही सब कुछ नज़र आता है। लेकिन वह यह भूल जाता है कि यह भौतिक जीवन अंतिम अवस्था नहीं है। यह तो आगे के जीवन की एक कड़ी मात्र है। यदि हम यह दृष्टिकोण रखकर आगे की यात्रा करेंगे तो आध्यात्मिक मार्ग पर चल सकेंगे। मनुष्य जीवन में भौतिकता तथा

आध्यात्मिकता दोनों आवश्यक हैं। लेकिन इसके लिए जीवन में संतुलन बनाना भी नितांत आवश्यक है। भौतिकता साधन है और आध्यात्मिकता साध्य है। जीवन की सार्थकता इसी में है कि हम शरीर को साधन मानकर जीवन के कार्यक्रम का निर्माण करें। हमें अपने जीवन में केवल साधन ही नहीं जुटाने हैं बल्कि साध्य के मार्ग पर अग्रसर होकर आत्मोन्नति करनी है।

सामान्यतः आहार, निद्रा, भय,मैथुन आदि प्रवृत्तियां सभी प्राणियों में एक समान ही होती हैं; किन्तु मनुष्य की वैचारिक-ज्ञान सम्पन्नता ही उसे पशुता से पृथक करती है। ईश्वर की सृष्टि में सभी प्राणियों का आदर-सम्मान अपेक्षित है। अतः हमें अन्य प्राणियों से नहीं अपितु पाशविक, राक्षसी वृत्तियों से बचना चाहिए क्योंकि ये ही वृत्तियां मनुष्य को पतन के गर्त में ढकेलती हैं। संसार में कुछ लोग सांसारिक वस्तुओं को केवल भोग मात्र मानते हैं और चार्वाक दर्शन के मार्ग पर चलते हैं और वह इस श्रेष्ठ मनुष्य योनि को केवल भोग योनि ही मानकर खाओ-पीओ और मौज उड़ाओ के सिद्धांत को अपने जीवन में अपनाते हैं, चार्वाक एक अनीश्वरवादी और नास्तिक तार्किक थे, उनका कथन है:

"यावज्जीवेत् सुखं जीवेत् ऋणं कृत्वा घृतं पिबेत्। भस्मीभूतस्यहि देहस्य पुनरागमनं कुतः।।"

भावार्थ: जब तक जीओ सुख से जीओ, अगर अपने पास साधन नहीं हैं तो दूसरों से उधार लेकर घी पीओ और मौज करो। वह यह भी कहते हैं कि इस शरीर को मृत्यु उपरांत श्मशान में जला दिया जाता है और उसके बाद किसने इसे वापस आते देखा है?

भगवान ने मनुष्य को पशु, पक्षियों,कीट, पतंगों आदि को प्रकृति प्रदत्त प्रवृत्तियों के साथ-साथ एक विशाल मस्तिष्क भी प्रदान किया है जिसमें अपार बुद्धि का भंडार है और यही मनुष्य की विशेषता है, श्रेष्ठता है जिससे वह कोई भी कार्य शुरू करते समय स्वयं चिंतन करके गलत अथवा सही का आकलन कर सकता है। लेकिन इस मामले में वह बुद्धि का बहुत कम उपयोग करता है, चिंतन नहीं करता है इसके अभाव में महर्षि पतंजलि द्वारा बताए गए पंच क्लेश यथा अविद्या,राग, द्वेष, अस्मिता और अभिनिवेश के जालतंत्र में फंसकर प्रभु को भी भूल जाता है और यहां तक उसे प्रभु पर विश्वास ही नहीं रहता तथा स्वयं कर्ता बन बैठता है और सांसारिक वस्तुओं के अनावश्यक संग्रह में अपना जीवन बर्बाद करता रहता है और यह भूल जाता है कि सम्पूर्ण ब्रह्माण्ड अर्थात सभी लोकों के सभी जीवों का पालन ,भरण-पोषण और संहार तो केवल भगवान ही करते हैं जीव तो मात्र माध्यम है जिसका रिमोट भगवान के पास ही है। श्रीमद्भगवद्गीता में

भगवान श्रीकृष्ण बता रहे हैं कि सभी जीवों का योगक्षेम तो मैं स्वयं ही वहन करता हूं--

"अनन्याश्चिन्तयन्तो मां ये जनाः पर्युपासते। तेषां नित्याभियुक्तानां योगक्षेमं वहाम्यहम्।।"

फिर भी मनुष्य को समझ में नहीं आता और वह अहंकार के वशीभूत होकर भगवान पर भरोसा-विश्वास नहीं करता। इसी बारे में भक्त शिरोमणि सूरदासजी भी समझा रहे हैं--

"रे मन धीरज काहि न धरै,
शुभ और अशुभ करम पूर बले, रत्ती घटे न बढ़े।
होन हार होवै पुनि सोई चिंता काहि करै।।
पशु पंछी सब कीट पतंगा सबही की सुधि करै। गर्भवास में खबर लेत है बाहर क्यों बिसरै।।..."

संत शिरोमणि कबीरदास जी मनुष्य की अनंत कामनाओं के पक्षधर नहीं हैं और वे प्रभु से केवल अपने परिवार की वास्तविक आवश्यकताओं की पूर्ति के लिए अपेक्षित वस्तुएं प्राप्त करने के लिए कहते हैं--

"कबिरा इतना दीजिए जा में कुटुम्ब समाय।
मैं भी भूखा नहीं रहूं साधु न भूखा जाय।।"

जैन धर्म के चौबीसवें तीर्थंकर भगवान महावीरजी ने भी धन-दौलत आदि के संग्रह के संबंध में 'अपरिग्रह' की बात कही है उनका कहना है कि मनुष्य को केवल अपनी नितांत वास्तविक आवश्यकताओं की पूर्ति के लिए ही वस्तुओं का संग्रह करना चाहिए।

अब प्रश्न यह उठता है कि मनुष्य संसार में कैसे अपना जीवन यापन करे और कैसे रहे? इस संबंध में कबीर साहब बता रहे हैं कि संसार प्रभु मिलन में बाधक नहीं है केवल रहने कि तरीका आना चाहिए--

"जौं तिरिया पीहर बसे सुरति रहे पिय मांय।
ऐसे जन जग में रहें, हरि को भूलत नांय।।"

सामान्यतः जब मनुष्य के पास धन-दौलत का असीमित, अपार संग्रह हो जाता है तो वह इस दौलत के नशे में चूर होकर इसका सदुपयोग न करके व्यसनों की ओर अग्रसित हो जाता और उसकी यह क्रिया आत्मोद्धार के लिए बहुत बड़ी बाधक है। इसके परिणाम स्वरूप वह इसी उधेड़बुन में फंसकर चौरासी लाख योनियों में बार-बार जन्म लेता और मरता है। यदि मनुष्य जन्म-मरण के चक्कर से छुटकारा पाना चाहता है तो शुभ कार्य करते हुए भगवान का भजन करे। इसी बारे में प्रातः

स्मरणीय आदि गुरु शंकराचार्यजी कह रहे हैं--

"पुनरपि जननं पुनरपि मरणं,पुनरपि जननी जठरे शयनम्।
इह संसारे बहुदुस्तारे कृपयाऽपारे पाहि मुरारे।।
भज गोविन्दम् भज गोविन्दम्, गोविन्दम् भज मूढ मते।
नाम स्मरणादन्यमुपायं, नहि पश्यामो भवतरणे।।
भज गोविन्दम् भज गोविन्दम्, गोविन्दम् भज मूढ मते।।"

भावार्थ: बार-बार जन्म लेना, बार-बार काल के गाल में जाना यथा मरना, बार-बार मां के गर्भ में शयन करना अर्थात मां के गर्भ में रहना। इस तरह इस संसार से पार पा जाना बहुत कठिन है। हे कृष्ण! हे गोविन्द! कृपा करके मेरी रक्षा करो। रे मनुष्य तू यदि भगवान श्रीकृष्णजी की कृपा चाहता है और जन्मजन्मांतर के बंधनों से मुक्ति चाहता है तो केवल गोविंद से प्रेम कर और गोविन्द का ही भजन कर इसी में ही तेरा हित छुपा है।

सभी संत, भक्तों का मत है कि आत्मा परमात्मा में विलीन होने में ही अपने को पूर्ण मानती है और स्वाभाविक है कि अंश अंशी में ही मिलना चाहता और उसी में उसका परमानन्द है। अतः वह इसके लिए निरंतर प्रयास करती रहती है। इसी संबंध में किसी भक्त,साधक के उद्गार हैं---

"पंछी मनवा उड़ता चल तू प्रभु की ओर।
और दिशा में माया जाल है, भटक नहीं तू चंहु दिस ओर।।
पेड़ की जिस डाली पर बैठा जीवन गान सुनाये।
टूटेगी एक दिन वो डाली काहे को मोह बढ़ाये।।
जिस सरिता का तू जल पीकर अपनी प्यास बुझाये।
सूखेगी एक दिन वो सरिता काहे को प्यास बढ़ाये।।
चल हरि चरणामृत पी तू पंछी तृष्णा तेरी मिट जाये।
जन्म जन्म के आवागमन से मुक्ति तुझे मिल जाये।।
पंछी मनवा उड़ता चल तू प्रभु की ओर...

सृष्टि में मनुष्य योनि को चौरासी लाख योनियों में सर्वश्रेष्ठ माना गया है क्योंकि इस मानव शरीर से ही हम अपने जीवन का उद्धार कर सकते हैं। इसी बात को ध्यान में रखते हुए श्रीरामचरितमानस में उल्लेख है:

"बड़े भाग मानुष तन पावा।सुर दुर्लभ सद् ग्रंथनि गावा।।
साधन धाम मोक्ष कर द्वारा। पाई न जेहिं परलोक संवारा।।"

भावार्थ: यह मनुष्य शरीर बड़े भाग से प्राप्त होता है क्योंकि मानव शरीर पाना देवताओं के लिए भी दुर्लभ है यानी मानव शरीर पाने के लिए देवता भी तरसते

हैं, लालायित रहते हैं। ऐसा इसलिए कि मानव शरीर से ही सभी श्रेष्ठ, शुभ, पुण्य कार्य किये जासकते हैं और इसी शरीर से प्रभु का ध्यान, स्मरण, भजन-कीर्तन और नाम जप भी संभव है। इन्हीं सब कार्यों से यह शरीर जीव को मोक्ष के दरवाजे तक पहुंचाने के लिए समस्त मोक्ष साधनों का धाम अथवा उपाय कहा गया है। इस मानव शरीर को पाकर भी जो मनुष्य अपना परलोक संवार नहीं लेता यानी अपने जीवन का उद्धार तथा मुक्ति नहीं पा लेता वह व्यक्ति इहलोक और परलोक दोनों में अपार दुःख, कष्ट पाता है।

अतः इस मनुष्य जीवन को सार्थक बनाना हमारा परम कर्तव्य है क्योंकि इसी हेतु मनुष्य योनि में हमारा जन्म हुआ है। अतः हम सद्भावपूर्वक निष्काम भाव से सांसारिक कार्यों का निर्वहन करते हुए श्रीभगवान का ध्यान, स्मरण,भजन-कीर्तन, भगवन्नाम का जप करें, साथ ही सब जीवों के प्रति समभाव रखें ताकि हमारा मन निर्मल हो जाय और फिर परम दयालु, कृपालु परमात्मा की असीम कृपा से सहज ही उनका साक्षात्कार हो जायेगा और वे तत्काल जीव को अपना लेंगे। इससे जीव की जन्मजन्मांतर के बंधनों से मुक्ति हो जायेगी जिसकी मनुष्य हर समय कामना करता रहता है। अतः जीव का मनुष्य योनि में जन्म लेना सार्थक हो जायेगा और उसका जीवन धन्य हो जायेगा।

22

वसन्त पंचमी

हमारे देश भारत में धार्मिक तथा सामाजिक पर्व, त्यौहार, उत्सवों का विशेष महत्व है। यहां वर्ष का कोई ऐसा महीना नहीं होता जिसमें कोई पर्व, त्यौहार न आता हो। ये सभी त्यौहार पूरे देश में बहुत ही उल्लास के साथ साथ धूम-धाम से मनाये जाते हैं। पर्वों की इसी श्रृंखला में प्रत्येक वर्ष माघ मास के शुक्ल पक्ष की पंचमी को वसंत पंचमी का पर्व मनाया जाता है इस दिन विशेष महत्व है कि इसी दिन वाग्देवी मां सरस्वतीजी का प्राक्टय हुआ था। इसलिए इस तिथि को वाग्देवी मां सरस्वती जी का प्राकट्योत्सव, श्रीपंचमी, मां सरस्वती जयंती आदि नाम से पुकारा जाता है और भारत में इस महोत्सव को सभी लोग बड़ी श्रद्धा भाव तथा धूमधाम से मनाते हैं।

सामान्यत: इस दिन परिवार के सभी सदस्य स्नान, ध्यान करके स्वच्छ केसरिया,पीत वस्त्र धारण करके मां सरस्वती की प्रतिमा की पूजा-आराधना करते हैं, पीले पुष्प अर्पित करते हैं, हल्दी अथवा खाने योग्य पीला रंग डालकर मीठे चावल, मिष्ठान आदि का भोग लगाकर मां सरस्वती जी का प्रसाद ग्रहण करते हैं। इसी तरह पाठशालाओं,गुरुकुलों में आचार्य और विद्यार्थी पवित्र नदियों में स्नान करके अपने ग्रंथों, पाठ्य-पुस्तकों को मां सरस्वती जी के समक्ष रखकर पूजा-उपासना,यज्ञ आदि करते हैं और विद्या अध्ययन का संकल्प लेते हैं। इसी शुभ अवसर पर साधक,संगीतज्ञ अपने वाद्य यंत्रों को मां सरस्वती जी के समक्ष रखकर पूजा-अर्चना करते हैं और मंत्रमुग्ध होकर वाद्ययंत्रों को एक स्वर में बजाकर संगीत साधन करते हैं।

वाग्देवी मां सरस्वती जी की पूजा-अर्चना करते हुए प्रार्थना करते हैं:

"या कुन्देन्दुतुषारहारधवला या शुभ्रवस्त्रावृता या वीणावरदण्डमण्डितकरा या श्वेत पद्मासना। या ब्रह्माच्युतशंकरप्रभृतिभिर्देवैः सदावंदिता सा मां सरस्वती भगवती निःशेषजाड्यापहा।।"

भावार्थः जो विद्या की देवी भगवती सरस्वती कुंद के पुष्प , चंद्रमा, हिमराशि और मोतियों के हार की भांति धवल वर्ण की हैं और जो श्वेत वस्त्र धारण करती हैं, जिनके हाथ में वीणा दण्ड शोभायमान है, और श्वेत कमलों के आसन पर विराजमान हैं तथा जिनकी ब्रह्मा, विष्णु, शंकर आदि देवता सदैव पूजा करते हैं, वही सम्पूर्ण जड़ता और अज्ञान को दूर कर देने वाली मां सरस्वती हमारी रक्षा करें अर्थात हमारे अंदर जो अविद्या व्याप्त है उसको समाप्त कर विद्या प्रदान करें क्योंकि मनुष्य के जीवन में जितने भी क्लेश व्याप्त हैं यथा अविद्या,राग, द्वेष, अस्मिता, अभिनिवेश जिन्होंने मनुष्य का सुख-चैन छीन लिया है और वह मानव जैसी श्रेष्ठ योनि में जन्म लेकर अपने को स्वयं सदा ठगा-ठगा सा महसूस करता रहता है उसके मूल में केवल और केवल अविद्या ही है। इसलिए मां सरस्वती आप हमारी इस अविद्या को हर लो।

"शुक्लां ब्रह्मविचार सार परमामाद्यां जगद्व्यापिनीं वीणा पुस्तक धारिणींभयदां जाड्यान्धकारापहाम्। हस्ते स्फाटिकमालिकां विदधतीं पद्मासने संस्थिताम् वन्दे तां परमेश्वरीं भगवतीं बुद्धिप्रदां शारदाम्।।" आदि मंत्रों से स्तुति करते हैं।

भावार्थः शुक्लवर्ण वाली, सम्पूर्ण चराचर जगत में व्याप्त, आदिशक्ति, परब्रह्म के विषय में किये गये विचार एवं चिंतन के सार रूप परम उत्कर्ष को धारण करने वाली सभी भयों से अभयदान देने वाली, हाथों में वीणा,पुस्तक और स्फटिक की माला धारण करने वाली और पद्मासन पर विराजमान, बुद्धि प्रदान वाली, सर्वोच्च ऐश्वर्य से अलंकृत वाग्देवी मां शारदा, मां सरस्वती, मां भगवती की मैं वन्दना करता हूं, वह मेरी अविद्या को हर लें और सत्य के मार्ग की ओर ले जायें।

भारत एक प्राकृतिक सौंदर्य, संसाधनों से सम्पन्न देश है। यहां वर्ष में वसन्त, ग्रीष्म,वर्षा,शरद, हेमंत, शिशिर नामक छः ऋतुएं होती हैं। सब ऋतुओं का अपना-अपना महत्व है लेकिन वसन्त ऋतु का एक विशेष महत्व है इसी वज़ह से वसन्त ऋतु को सभी ऋतुओं का राजा ऋतुराज वसंत कहा जाता है। हमारे यहां शिशिर ऋतु के उपरांत पतझड़ होता है और सभी पेड़-पोधों के पत्ते झड़ जाते हैं अर्थात गिर जाते हैं और उसके बाद नयी कोपलें, नये पत्ते आते हैं जो बहुत ही सुन्दर नजारा होता है। यह प्राकृतिक पतझड़ और नयी कोपलें,नव पल्लव मनुष्य को यह संदेश

देती हैं कि हे मनुष्य! तू ने जो पूरे साल में बुराइयां ओढ़ी हैं,पाप कर्म किये हैं,अशुभ बातें की हैं उन्हें हमारी तरह नि:संकोच भाव से त्याग दो और अच्छाइयां ग्रहण करो जैसे हमने मलीन पत्तों को त्याग दिया है उसी तरह तुम भी अविद्या (असत्य) को त्याग कर सत् विद्या (सत्य का मार्ग) को अपने जीवन में अपनाओ। इसी ऋतु में लहराते हुए खेत सुंदर लुभाने वाले फूलों, बालों, फलों से सुसज्जित होते हैं जो सबका मन मोह लेते हैं और फलदार आम आदि वृक्षों पर भी बौर लगने लगता है, उनसे बहुत ही सुगंध आती है। इसी तरह मनुष्य भी अपने शुभ कर्मों की सुगंधि सब जगह फैलाये जब सभी लोग शुभ कर्म करके अपनी सुगंधि एक दूसरे को वितरित करेंगे तो निश्चय मानिये सभी स्वस्थ एवं प्रसन्न रहेंगे और सुख-शांति,सुख-समृद्धि से सम्पन्न रहेंगे। इन्हीं वृक्षों पर लगने वाले फूलों और बौरों, फलों पर पक्षी, तितलियां, मधुमक्खियां मंडराती हुई देखी जाती हैं इससे यह शिक्षा मिलती है कि हमें एक दूसरे के भरण पोषण के प्रति सजग रहना चाहिए। इसी तरह वसंत ऋतु में वृक्षों पर कोयल की मधुर आवाज़ सुनकर मन मस्त हो जाता है। क्योंकि अच्छी बातें सब ग्रहण करना चाहते हैं। कहावत है --"गुण के ग्राहक सहस नर, बिनु लहै न कोय "इसी वसंत पंचमी से ऋतुराज वसंत का आगमन हो जाता है। वसंत पंचमी का दिन बहुत ही शुभ दिन माना जाता है और लोग बिना किसी महूर्त के भी शुभ कार्यों की शुरुआत बड़ी प्रसन्नता से करते हैं।

अतः वसन्त पंचमी के पावन पर्व का भली-भांति महत्व समझें और अविद्या को त्यागकर सत्य के मार्ग पर अग्रसर होना मानव का परम लक्ष्य है।

ॐ असतो मा सदगमय, तमसो मा
ज्योतिर्गमय,मृत्योर्मामृतं गमय।

23

कर्म-फल

मनुष्य अपने जीवन में जो कुछ भी करता है, वह सब कर्म है। अतः हम क्रिया को ही कर्म कह सकते हैं। इसी कर्म को विभिन्न प्रसंगों में परिभाषित किया गया है। श्रीमद्भागवतगीता में उल्लेख है कि मनुष्य बिना कर्म के रह नहीं सकता:

"न हि कश्चित्क्षणमपि जातु तिष्ठत्यकर्मकृत्।
कार्यते ह्यवशः कर्म सर्वः प्रकृतिजैर्गुणैः।।"

अर्थातः निः संदेह कोई भी मनुष्य किसी भी काल में क्षणमात्र भी बिना कर्म किये नहीं रहता; क्योंकि सारा मनुष्य समुदाय प्रकृति जनित गुणों द्वारा परवश हुआ कर्म करने के लिए बाध्य किया जाता है।

उपरोक्त के अलावा श्रीमद्भागवतगीता में यह भी कहा गया है:

"शरीरवाङ्मनोभिर्यत्कर्म प्रारभते नरः।
न्याय्यं वा विपरीतं वा पञ्चैते तस्य हेतवः।।"

अर्थातः मनुष्य मन, वाणीऔर शरीर से शास्त्रानुकूल अथवा विपरीत जो कर्म करता है और इसके अलावा पूर्ववत के शुभ-अशुभ कर्मों के कारण कर्म करता है जिसे भाग्य भी कहा जाता है।

कर्म निम्न प्रकार के बताये गये हैं:

1. संचित कर्म
2. प्रारब्ध कर्म
3. क्रियामाण कर्म

और ये कर्म मनुष्य द्वारा चार प्रकार से किये जाते हैं:

1. विचारों के माध्यम से, जैसे किसी के बारे में सोचना।
2. शब्दों के माध्यम से, जैसे किसी को कहना।

3. क्रियाओं के माध्यम से, जो हम स्वयं करते हैं।

4. क्रियाओं के माध्यम से, जो हमारे निर्देश पर दूसरे करते हैं।

मनुष्य द्‌वारा जो कर्म किया जाता है उसका फल मिलना निश्चित है।

भारतीय वाङ्मय के अनुसार मनुष्य को अपने किये हुए शुभ अथवा अशुभ कर्मों का फल अवश्य भोगना पड़ता है। कर्म का सिद्‌धांत अत्यंत कठोर है। जहां अच्छे कर्म व्यक्ति को जीवन में प्रगति की दिशा में ले जाते हैं, वहीं बुरे कर्म उसे पतन की गर्त में ढकेल देते हैं। इसलिए यह नितांत आवश्यक है कि हम अपने कर्मों का लेखा-जोखा , स्वयं रखें, जिससे हमें अपनी वास्तविक स्थिति का भी पता चलता रहे। हमारा अगला जन्म किस प्राणी के रूप में किस योनि में होगा, यह सब हमारे कर्मों पर ही निर्भर करता है। यह भी ध्यान रखें कि अनेक जन्मों में किये हुए कर्म हमारे अंतःकरण में संग्रहीत रहते हैं, वे संचित कर्म कहलाते हैं और उनसे ही प्रारब्ध बनता है। इसलिए भगवान श्रीकृष्णजी ने श्रीमद्‌भागवतगीता में कर्म को प्रधानता देते हुए यहां तक स्पष्ट किया है कि व्यक्ति की यात्रा जहां से छूटती है, अगले जन्म में वह वहीं से प्रारंभ होती है। जो प्रकृति के नियमों का पालन करता है वह परमात्मा के क़रीब है। लेकिन ध्यान रहे यदि परमात्मा भी मनुष्य रूप में अवतरित होता है तो वह भी उन सारे नियमों का पालन करता है, जो सामान्य मनुष्य के लिए है। मनुष्य को लौकिक और पारमार्थिक कर्मों के द्‌वारा परमात्मा की सेवा-पूजा तो करनी चाहिए,पर इस पूजा-पाठ में किये हुए कर्मों और संसाधनों के प्रति अपनी आसक्ति न बढ़ायें और यह मानें कि जो यह सब मेरे पास है वह सब परमेश्वर का है, मैं तो केवल निमित्त मात्र हूं। आसक्ति की वज़ह से उसे शुभ-अशुभ कर्मों का ज्ञान नहीं रहता है और यही आसक्ति जीव के दुःख का कारण बनती है। इस दुःख के कारण के पीछे छुपी हुई है--अविद्‌या, राग-द्‌वेष, अस्मिता और अभिनिवेश। मनुष्य इन्हें जानता है लेकिन माया के वशीभूत होकर मानता नहीं है। यदि ये नहीं रहते तो मनुष्य का स्वभाव शुद्‌ध,निर्मल हो जाता है और उसको समूची वसुधा एक कुटुम्ब के रूप में दिखाई देती है इसके अभाव में उसे उचित-अनुचित का पता नहीं लगता तथा फिर अपने किये हुए कर्मों का फल भोगता है और दुःखी रहता है। इसके अनगिनत उदाहरण हैं।

कर्मों के फल के बारे में अयोध्या की उस घटना का उल्लेख करना आवश्यक प्रतीत होता

है जब भगवान श्रीरामचन्द्रजी चौदह वर्ष के वनवास को चले गए तब चक्रवर्ती सम्राट राजा दशरथ पुत्र वियोग में इतने व्याकुल होगये कि वे मृत्यु के कगार पर पहुंच गए और उस समय उन्होंने महारानी कौशल्याजी को बताया कि मुझे आज

अपने कर्म नजर आ रहे हैं। फिर उन्होंने युवा अवस्था में हुई उस घटना का रहस्य बताया जब उन्होंने शिकार के समय भूल से शब्द भेदी बाण छोड़ दिया जिसके लगने से माता-पिता भक्त श्रवण कुमार की मृत्यु हो गई और इस बात को सुनकर उसके अंधे माता-पिता ने श्राप दिया कि जिस तरह आज हम अपने पुत्र वियोग में तड़पते हुए प्राण त्याग रहे हैं उसी तरह एक दिन तुम भी पुत्र वियोग में तड़प-तड़प कर प्राण छोड़ोगे। यह सुनाते हुए वह विलख गये और उन्होंने कहा-- हे कौशल्ये! मुझे अपने कर्म दिखाई दे रहे हैं अब मैं भी तड़प-तड़प कर मरूंगा। मुझे अपने कर्मों के भोग भोगने दो अर्थात मरने दो। इस बारे में श्रीरामचरितमानस में उल्लेख है:

"बिलपत राउ बिकल बहु भांती। भइ जुग सरिस सिराति न राती।।
तापस अंध साप सुधि आई। कौसल्यहि सब कथा सुनाई।।"

अर्थातः राजा दशरथ व्याकुल होकर बहुत प्रकार से विलाप कर रहे हैं। वह रात युग के समान बड़ी हो गई, बीतती ही नहीं। राजा को अंधे तपस्वी (श्रवण कुमार के पिता) के शाप की याद आगयी। उन्होंने यह सब कथा कौशल्या देवी को कह सुनाई।

इसके बाद राजा दशरथ की मृत्यु हो गयी। भरत जी ने अपने पिता की अंत्येष्टि आदि सभी क्रियाएं कीं। तद्उपरांत मुनि श्रेष्ठ वशिष्ठजी अपने शिष्य राजकुमार भरत को व्यक्ति के कर्मों के फल के संबंध में तथा भावी यथा प्रारब्ध के भोगों के संबंध में समझाते हुए कह रहे हैं:

"सुनहु भरत भावी प्रबल बिलखि कहेउ मुनि नाथ। हानि लाभ जीवनु मरनु जसु अपजसु बिधि हाथ।।"

अर्थातः मुनि श्रेष्ठ वशिष्ठजी ने विलख कर (दुःखी होकर) कहा-- से भरत! सुनो, भावी (होनहार) बड़ी बलवान है। हानि-लाभ, जीवन-मरण और यश-अपयश- ये सब विधाता के हाथ में है।

अच्छे कर्म पुण्य और बुरे कर्म पाप कहलाते हैं। पुण्य का परिणाम सुख तथा पाप का परिणाम दुःख होता है। श्रीरामचरितमानस यह भी तथ्य स्पष्ट रूप से सामने रखता है:

"कर्म प्रधान विश्व कर राखा। जो जस करहि तो तस फलु चाका।।'
"काहु न कोउ सुख कर दाता। निज कृत करम भोग सबु भ्राता।।'

हम पूर्व में भी यह बात कह चुके हैं कि कर्म किए बगैर किसी भी क्षण नहीं रह सकता। कर्म हमारे अधीन हैं, फल नहीं। ऋषि,मुनि,महापुरुष हमेशा हमारा मार्गदर्शन करते रहते हैं हैं कि अच्छे कर्मों को करने और बुरे कर्मों का परित्याग करने में ही हमारी भलाई है। किसी संत से एक व्यक्ति ने पूछा कि आप सदैव शांत,

प्रसन्न और उल्लास से कैसे रहते हैं? इस बात को सुनकर संत ने मुस्कराते हुए कहा कि अपने कर्मों के प्रति यदि आप सदैव सजग रहते हैं तो मेरी तरह आप भी यह सब प्राप्त कर सकते हैं। यह सारा खेल कर्मों का है। ध्यान रखें हम अच्छे कर्म नहीं करते और फल बहुत अच्छा चाहते हैं। इसीलिए मनुष्य को सावधान करते हुए श्रीमद्भागवत गीता में भगवान श्रीकृष्ण कह रहे हैं:

"नियतं कुरु कर्म त्वं कर्म ज्यायोह्यकर्मणः।
शरीरयात्रापि च ते न प्रसिद्धयेद कर्मणः:।।"

अर्थातः हे मनुष्य! तू शास्त्र सम्मत कर्तव्य कर; क्योंकि कर्म न करने की अपेक्षा कर्म करना श्रेष्ठ है तथा कर्म न करने से तेरा शरीर-निर्वाह भी नहीं सिद्ध होगा।

"योगस्थः कुरु कर्माणि संगत्यक्तवा धनंजय।
सिद्धयसिद्धयोः समो भूत्वा समत्वं योग उच्येत।।"

अर्थातः हे धनंजय! तू आसक्ति को त्यागकर तथा सिद्ध और असिद्ध में समान बुद्धिवाला होकर योग में स्थित हुआ कर्तव्य कर्मों को कर, समत्व (जो कुछ भी कर्म किया जाय, उसके पूर्ण होने और न होने में तथा उसके फल में समभाव रहने का नाम समत्व है) ही योग कहलाता है।

कर्मों की गति यथा कर्मों के फल के बारे में भक्त शिरोमणि मीराबाई जी भी कह रही हैं:

"करम गति टारे नाहिं टरे,

सतबादी हरिचंद से राजा, (सो तो) नीच घर नीर भरे। पांच पांडु अरु कुंती द्रौपदी, हाड हिमालै गरे।।

जग्य कियो बली लेण इंद्रासण, सो पाताल धरे। मीरा के प्रभु गिरधर नागर बिखसे अमृत करे।।"

ब्रह्मवैवर्त पुराण में उल्लेख है कि जीव को अपने कर्मों का फल निश्चित रूप से भोगना पड़ेगा, इसमें किसी प्रकार की छूट नहीं है:

"अवश्यमेव भोक्तव्यम् कृतं कर्म शुभाशुभम्।
नाभुक्तम् क्षीयते कर्म कल्पकोटि शतैरपी।।"

अर्थातः अपना किया हुआ जो भी कुछ शुभ अशुभ कर्म है, वह अवश्य ही भोगना पड़ता है। बिना भोगे तो सैकड़ों-करोड़ों कल्पों के गुजरने पर भी कर्म नहीं टल सकता।

अतः सांसारिक अथवा आध्यात्मिक सभी कर्मों को करते समय हमें पूर्णतः सोच-विचार करना चाहिए तथा बहुत ही सावधानी बरतनी चाहिए और सभी कर्म

निष्काम भाव से करना नितांत आवश्यक है। ताकि कर्म के निष्पादन के उपरांत पछताना न पड़े।

"आछे दिन पाछे गये गुरु से किया न हेत।
अब पछताये होत क्या जब चिड़िया चुग गईं खेत।।"

24

गुरु पूर्णिमा

"गुरुर्ब्रह्मा गुरुर्विष्णु गुरुर्देवो महेश्वरः।
गुरुर्साक्षात परब्रह्म तस्मै श्री गुरुवे नमः।।

भावार्थः गुरु ही ब्रह्मा हैं जो सृष्टि के रचयिता हैं। गुरु ही विष्णु हैं जो सृष्टि के पालनकर्ता हैं। गुरु ही शिवजी हैं जिनके द्वारा सृष्टि का संहार होता है। भाव यह है कि गुरु ईश्वर तुल्य हैं उन्हें बारम्बार नमन।

"सत गुरु की महिमा अनन्त, अनन्त किया उपगार। लोचन अनन्त उघारिया, अनन्त दिखावन हार।।"

भावार्थः संत शिरोमणि कबीरसाहब गुरु की महिमा का वर्णन करते हुए कह रहे हैं कि सद् गुरु की महिमा का कोई सानी नहीं है। कोई भी व्यक्ति सद् गुरु की महिमा का गुणगान करने में सक्षम नहीं है और उसमें मैं भी शामिल हूं क्योंकि उन्होंने मेरे ऊपर अनन्त उपकार किये हैं यहां तक मैं उनके द्वारा किये गये उपकारों का पूरे जीवन गुणगान करूं तो फिर भी पूरे नहीं कर सकते। मैं असत्य अर्थात माया के घटाटोप से ग्रसित था तो उन्होंने इस माया के घटाटोप को हटाकर दूर फेंक दिया और मेरे अंतःचक्षुओं को खोलकर अनंतयह श्रीभगवान का साक्षात्कार करा दिया। अब मैंने मायारूपी असत्य को त्यागकर सत्य को अपना लिया है अर्थात मुझे अब परमपिता परमेश्वर का साक्षात्कार हो गया है। यह सब सद् गुरु की कृपा से ही सुलभ हुआ है।

आजकल संसार में सब जगह गुरुओं के बारे में बहुत चर्चाएं होती हैं और लोग आपस में एक दूसरे से पूछते हैं कि तुम्हारे गुरु कौन हैं, क्या तुमने गुरु दीक्षा ली है? और सुझाव देते हैं कि हमारे गुरु ठीक हैं उनसे दीक्षा ले लो,वे बड़ी-बड़ी साधनाएं जानते हैं, तंत्र-मंत्र भी जानते हैं उनकी कृपा से हमारा व्यापार अच्छा चल रहा है,

हमारे संतान हो गयी है, हमने गुरु जी के आश्रम के लिए लाखों रुपए दिए हैं उस दिन से हमारे घर में छप्पर फाड़कर धन की वर्षा हो रही है, आदि-आदि लुभावनी बातें करते हैं जिससे और लोग भी आकृषित होकर गुरुओं के चक्कर लगाते हैं।

कुछ लोग यह भी कहते सुने जाते हैं कि 'पानी पिओ छानकर गुरु बनाओ पहचान कर'। यदि मनुष्य गुरु की परीक्षा लेने में सक्षम है तो उसे जीवन में कभी कोई गुरु मिल ही नहीं सकता क्योंकि वह तो परीक्षक है और गुरु परीक्षार्थी होगया। परीक्षक तो परीक्षार्थी से अधिक योग्य होता है तभी तो परीक्षार्थी की कापी का मूल्यांकन करेगा। इसलिए ऐसे व्यक्ति को उसे पूरे जीवन में कभी भी गुरु नहीं मिल पायेगा। संतों, महापुरुषों का कथन है कि 'पहले शिष्य बनने के लिए अपने अंदर पात्रता उत्पन्न करो अर्थात पात्र बनो फिर सद् गुरु स्वयं पात्र शिष्य को तलाश कर लेंगे। शिष्य को कहीं भटकने की आवश्यकता नहीं पड़ेगी। हमारे देश में अनगिनत घटनाएं हुई हैं जहां गुरुओं ने पात्र शिष्य को तलाश कर दीक्षा दी है।

भारतीय वांग्मय में गुरु के संबंध में उल्लेख मिलता है कि गुरु एक तत्व है, गुरु एक विचार है। लेकिन सामान्यतः मनुष्य तो इस पंच महाभूतों से निर्मित मानव शरीर को ही गुरु मानता है। उन्हें गुरुओं के विचार, तत्व से क्या लेना देना? गुरुओं की बात का अनुकरण कर अपने जीवन को धन्य बनाना तो बहुत दूर की बात है।

सभी मनुष्यों को प्रायः अपने जीवन में चार प्रकार के गुरु मिलते हैं:-

1. प्रथम गुरु माता है अर्थात जन्मदात्री, जो गर्भावस्था से ही बालक को संस्कार प्रदान करती है और अपने अंतिम समय तक संतान् को सद् मार्ग पर चलने के लिए मार्गदर्शन देती रहती है। माता की उसी कृपा से बालक जीवन पर्यन्त सुसंस्कारवान बना रहता है,जो स्थाई भाव है। मां अपनी संतान की सदैव भली-भांति देखभाल करती है और उसकी हर तरह की उन्नति के लिए अपने सभी सुखों को भुलाकर संतान को सुखी बनाने हेतु हर संभव प्रयास करती है। महापुरुषों का मत है कि संतान मां के ऋण से कभी भी उऋण नहीं हो सकती।

2. द्विवतीय गुरु पिता है, जो संतान के लालन-पालन करने के साथ-साथ सद् मार्ग पर चलाने का भरसक प्रयास करता है और सामर्थ्य के अनुसार उनको उच्च स्तरीय श्रेष्ठ शिक्षा की व्यवस्था करता है और तरह-तरह के द्ष्टांतों के जरिए संतान को श्रेष्ठ आचरणवान, चरित्रवान बनने के लिए और सत्कर्म करने के लिए सदैव प्रेरित करता रहता है।

3. तृतीय शिक्षा गुरु होता है,जो विद्यार्थियों को सद्साहित्य पढ़ाकर उच्च शिक्षा प्रदान कराता है जिससे विद्यार्थी के सुसंस्कारों की नींव और मजबूत हो जाती है। फिर वह विद्यार्थी जीवन में सद् मार्ग पर चलते हुए खूब तरक्की

करता है और पढ़-लिखकर वैज्ञानिक, डॉक्टर, इंजीनियर, व्यापारी, संत-भक्त और सद्ग्रहस्थी बनता है और अन्य लोगों का पथप्रदर्शक भी बनता है।

4. चतुर्थ गुरु दीक्षा गुरु होता है जो उच्च आचरण, चरित्र का धनी होने के साथ-साथ सरल-सहज तरीके से जीवन यापन करता है और उसके अंदर किसी तरह का बनावटीपन अथवा ढोंग नहीं होता है और उसके जीवन में 'सादा जीवन उच्च विचार, मानव जीवन का श्रृंगार' वाली कहावत चरितार्थ होती है। जब ही तो वह स्वयं आदर्श पथ पर चलकर अपने शिष्यों को आदर्श का मार्ग बताता है और फिर पात्र शिष्य को गुरु दीक्षा देता है। शिष्य को दीक्षा देने से पहले सद् गुरु अपने शिष्य के अंतर्मन में प्रवेश कर उसकी बुराइयों, विकारों को बाहर निकाल कर दूर करता है। सद्मार्ग पर चलने की प्रेरणा देता है। यह सब वही व्यक्ति दे सकता है जिसके पास कुछ होगा। गुरु शिष्य के सभी विकारों को समाप्त कर उसके अंतः चक्षुओं को खोल देता है और फिर वह उन्हीं अंतःचक्षुओं से अनन्त भगवान के साक्षात दर्शन करता है, बस उसे ही सद् गुरु कहा जाता है।

हर वर्ष आषाढ़ मास के शुक्ल पक्ष की पूर्णिमा को गुरु पूर्णिमा का पर्व मनाया जाता है। इसे व्यास पूनो, मुड़िया पूनो के नाम से भी जाना जाता है। इस शुभ अवसर पर ब्रज में गोवर्धन परिक्रमा का विशेष महत्व है और लाखों श्रृद्धालु गोवर्धन की परिक्रमा लगा करके अपना जीवन धन्य मानते हैं। इसी दिन बहुत से लोग पवित्र गंगाजी तथा अन्य नदियों में स्नान करके और अपने गुरुओं का आशीर्वाद प्राप्त करने के लिए उनके मंदिर,मठ, आश्रमों में जाते हैं। वहां पहुंच कर वे गुरुओं द्वारा आयोजित सत्संग,भजन-कीर्तन आदि कार्यक्रमों में भाग लेते हैं। शिष्य अपने गुरुओं की वंदना करते हैं जो बहुत अच्छी बात है क्योंकि सद्गुरु ही अपने शिष्य के जीवन को दोष रहित बनाता है और श्रीभगवान का साक्षात्कार करता है, जिसकी कामना शिष्य को रहनी चाहिए। शिष्य अपने गुरुओं को उपहार स्वरूप वस्त्राभूषण,फल, मिष्ठान और अपनी सामर्थ्य के अनुसार गुरुजी के भोजन, वस्त्र, औषधि, ग्रंथ खरीदने के जीवन के लिए धन आदि की व्यवस्था करता है और यह आवश्यक भी है क्योंकि गुरु की आय का कोई स्रोत नहीं होता है।

लेकिन हमें तथाकथित गुरुओं से सावधान रहने की बहुत आवश्यकता है। क्योंकि ये ढोंगी गुरु अपने शिष्यों को आकर्षित करने के लिए तरह-तरह के झूठे चमत्कार दिखाते हैं, प्रदर्शन करते हैं, प्रलोभन देते हैं, साथ ही सीधे प्रभु के धाम पहुंचाने का स्वप्न दिखाकर ठगते हैं, शोषण करते हैं और भोलेभाले लोग अपने जीवन की मेहनत से कमाई गई पूरे जीवन की गाढ़ी कमाई को इन पर लुटा देते

हैं और फिर स्वयं दर-दर की ठोकरें खाते फिरते हैं जिससे उनका जीवन बर्बाद हो जाता है। ऐसे ही कुछ तथाकथित, ढोंगी गुरु विभिन्न अपराधों में जेल की सलाखों के अंदर पड़े हैं और आजीवन करावास की सजा काट रहे हैं। ऐसे लोगों से सावधान रहने की नितांत आवश्यकता है।

शिष्यों द्‌वारा अपने-अपने गुरुओं की वंदना करना, सेवा करना और धन आदि की किसी भी रूप में भेंट देना एक अच्छी बात है। लेकिन इस बात पर भी गंभीरता से विचार करना होगा कि हमने गुरु पूर्णिमा के दिन अथवा रोजाना अपनी प्रथम गुरु--'माता' और द्‌वितीय गुरु पिता की चरण वंदना की है, उनको पहनने के लिए नवीन वस्त्र,फल, मिष्ठान आदि भेंट किये हैं और अपने हाथों से शुद्‌ध-पवित्र भोजन कराया है, उनके जरूरी खर्च के लिए पाकेट मनी दी है, कहीं ऐसा तो नहीं हो रहा हो कि आपके माता-पिता घर में अथवा वृद्‌धाश्रम में भूख से तड़प रहे हों, बिना दवाईयों के बीमारी से बहुत कष्ट झेल रहे हों और वस्त्रों के अभाव में बदन ढकना भी मुश्किल हो रहा हो, ठंड से सिकुड़ रहे हों। और कहीं ऐसा तो नहीं कि आप गुरुओं के आश्रमों, मठों में उनसे आशीर्वाद प्राप्त करने के लिए उनके पांवों में पड़े हों और अपनी मेहनत की गाढ़ी कमाई वहां लुटा रहे हों।

यदि सभी लोग गुरु पूर्णिमा के दिन गुरुओं के दर्शनों के हेतु आश्रम जाने के साथ-साथ अपने घर में विराजमान प्रथम, द्‌वितीय गुरु यथा माता-पिता की सेवा-पूजा और देखभाल करें तो देश में कहीं वृद्‌धाश्रम नहीं खुलेंगे और वृद्‌धाश्रम बनाने की भी किसी तरह की कल्पना नहीं होगी और माता-पिता बच्चों के साथ खुशी-खुशी आनन्द से अपना जीवन यापन करेंगे और उनसे बच्चों को बिना मांगे ही उनके अंतर्मन से आशीर्वाद निकलेगा और उसके परिणाम स्वरूप बच्चे स्वस्थ एवं प्रसन्न रहेंगे,सुख-शांति,सुख-समृद्‌धि से सम्पन्न होंगे और खूब तरक्की करेंगे और हम लोगों को क्या चाहिए?

अब तृतीय शिक्षा गुरु की बात करते हैं जिन्होंने बिना किसी भेद-भाव के कड़ी मेहनत करके आपको उच्च शिक्षा प्रदान की और आज उन्हीं के द्‌वारा दी गई शिक्षा के बदौलत आप लोग उच्च पदों पर आसीन हैं, बड़े-बड़े व्यापार कर रहे हैं। इसकी स्पष्ट वजह है आप की मेहनत के साथ-साथ आपके शिक्षा गुरुओं का कठिन परिश्रम भी शामिल है।

इस बात पर थोड़ा सा विचार करें कि क्या आपने कभी अपने शिक्षा गुरुओं की वन्दना की है और वे कहीं मिले हों त उनकी कुशलता पूछी है, क्या कभी उनकी परेशानी में मानवीय अथवा आर्थिक सहायता प्रदान की है? ये सभी अनुत्तरित प्रश्न लगते हैं जो आपके चिंतन के लिए छोड़ दिये गये हैं। आप गुरु पूर्णिमा के आयोजनों

में भाग अवश्य लें। लेकिन उपरोक्त बातों पर भी अवश्य विचार करें।

25

अपवर्ग

"तात स्वर्ग अपबर्ग सुख धरिअ तुला एक अंग।
तूल न ताहि सकल मिलि जो सुख लव सतसंग।।" (श्रीरामचरितमानस)

भावार्थ: श्रीहनुमानजी ने जब लंका में प्रवेश किया तो उन्होंने देखा कि लंका के द्वार पर एक लंकिनी नाम की राक्षसी पहरा दे रही थी। उस लंकनी ने हनुमानजी को रोका और कहा कि बिना मेरी आज्ञा के लंका में कोई प्रवेश नहीं कर सकता? इस पर हनुमानजी ने लंकनी को एक घूंसा मारा और उसके मुंह से खून की उल्टियां होने लगीं। तब लंकनी ने कहा कि आज मेरे पुण्य जाग गये हैं जो मैं साक्षात प्रभु श्रीरामचंद्रजी के दूत के दर्शन कर रही हूं और कहने लगी, हे तात! स्वर्ग और मोक्ष के सब सुखों को एक तराजू के पलड़े में रखा जाय, तो भी वे सब मिलकर दूसरे पलड़े पर रखे हुए उस सुख के बराबर नहीं हो सकते, जो लव (क्षण) मात्र के सत्संग से होता है।

उपरोक्त में सत्संग की महिमा का वर्णन करते हुए सत्संग को स्वर्ग तथा अपवर्ग से बड़ा बताया गया है। इस का मुख्य कारण है कि मनुष्य के मन में व्याप्त अविद्या,राग, द्वेष, अस्मिता, अभिनिवेश जैसे अनेकों क्लेश हमारी इंद्रियों को बंधक बना कर मनुष्य के मन से मनमानी कराते हैं जिसके परिणामस्वरूप इंद्रियां अपने भोगों की पूर्ति के लिए मनुष्य के अंदर अनन्त कामनाएं उत्पन्न करती रहती हैं और इन कामनाओं की तृप्ति के लिए मनुष्य जाने अनजाने में अनेकों अपराध करता है, जो मनुष्य को अपवर्ग की प्राप्ति में सबसे बड़ी बाधा है।

स्वर्ग के संबंध में प्रायः लोगों के मन में चर्चा होती रहती है। जब किसी व्यक्ति का देहान्त हो जाता है तो लोग कहते हैं कि अमुक का स्वर्गवास हो गया है। स्वर्गलोक के संबंध में उल्लेख मिलता है कि मनुष्य को देहावसान के उपरांत अपने

किये गये पुण्य अथवा शुभकर्मों के फलस्वरूप ही स्वर्गलोक की प्राप्ति होती है। लेकिन जब वह अपने पुण्यों का फल पूर्ण रूप से प्राप्त कर लेने के उपरांत वह पुनः संसार में आकर जन्म लेता है और फिर वह अपने कर्मों के अनुसार अनेकों कष्ट भोगता और जब तक जीव को अपवर्ग की प्राप्ति नहीं होती तब तक वह जन्म-मरण के आवागमन के चक्र में घूमता रहता है।

ऋषियों, मनीषियों ने मानव जीवन के उत्थान के लिए धर्म, अर्थ, काम और मोक्ष(अपवर्ग) नामक चार पुरुषार्थ बताये हैं। इनमें से अपवर्ग (मोक्ष) को परम अभीष्ट अथवा परम पुरुषार्थ बताया है। न्याय दर्शन के अनुसार दुःख का आत्यंतिक नाश ही मुक्ति या मोक्ष है। सांख्य दर्शन के मत से दैहिक, दैविक,भौतिक तीनों प्रकार के तापों का समूल नाश ही मुक्ति या मोक्ष है। वेदांत के अनुसार पूर्ण आत्मज्ञान द्वारा माया संबंध से रहित होकर अपने शुद्ध ब्रह्म स्वरूप का बोध करना ही मोक्ष है। तात्पर्य यह है कि सब प्रकार के सुख-दुःख और मोह आदि का छूट जाना ही मोक्ष है।

जैन दर्शन में मोक्ष प्राप्ति से पूर्व जीव के आध्यात्मिक विकास की चौदह अवस्थाएं बताई गई हैं जिन्हें गुणस्थान कहा गया है। तेरहवें गुणस्थान में आत्माचार प्रतिबंधक कर्मों का क्षय करके केवल-ज्ञान, केवल-दर्शन प्राप्त करती है। जीव की इस केवली अवस्था को कैवल्य (अपवर्ग) कहा गया है। केवली अवस्था में जीव सशरीरी होता है उसे वर्तमान,भूत, भविष्य और तीनों लोकों का ज्ञान होता है और वह शरीर त्यागने के पश्चात पुनःजन्म-मरण के बंधन से मुक्त हो जाता है।

बौद्ध धर्म में अपवर्ग को निर्वाण कहा गया है। यहां निर्वाण का अर्थ है बुझ जाना यथा समाप्त हो जाना माना गया है। तृष्णा का बुझ जाना अर्थात समाप्त हो जाना। वासनाओं का शांत हो जाना। जीव के दुःख का मुख्य कारण तृष्णा और वासनाएं ही हैं। दुःखों से पूरी तरह छुटकारे का नाम है-- परिनिर्वाण अथवा सम्पूर्ण निर्वाण। भगवान बुद्ध ने निर्वाण को मन की उस परम शांति के रूप में वर्णित किया है जो तृष्णा,क्रोध और दूसरी विषादकारी मनः स्थितियों, क्लेशों से परे है। संसार में वह पुनः जन्म-मरण के बंधन से मुक्त हो जाता है।

"जिघच्छा परमा रोगा, संखारा परमा दुखा।
एव ञत्वा यथा भूतं,निब्बानं परम सुखं।।"

अर्थातः भगवान बुद्ध कहते हैं कि रोगों की जड़ जिघृक्षा है। ग्रहण करने की इच्छा, तृष्णा सारे दुःखों का मूल संस्कार है। इस तत्व को जानकर तृष्णा और संस्कार के नाश से ही मनुष्य निर्वाण प्राप्त कर सकता है।

कुछ दार्शनिकों ने अपवर्ग की व्याख्या इस प्रकार भी की है:

अपवर्ग का अर्थ है-- न पवर्गः इति अपवर्गः। अर्थात- जहां पर 'प' वर्ग नहीं है वहीं 'अपवर्ग' है। हिंदी वर्णमाला के अंतर्गत 'प' वर्ग आता है।

'क' वर्ग--क,ख,ग,घ,ङ।

'च' वर्ग--च,छ,ज,झ,ञ।

'ट' वर्ग--ट,ठ,ड,ढ,ण।

'त' वर्ग--त,थ,द,ध,न।

'प' वर्ग--प,फ,ब,भ,म

'प' = पतन

'फ'=फलाशा(फल की आशा)

'ब'= बंधन

'भ'= भय

'म'= मृत्यु

"पतन,फलाशा,बंधन,भय, मृत्यु जहां पर नाय। प,फ,ब,भ,म रहित सो अपवर्ग कहाय।।"

तात्पर्य यह है कि अपवर्ग का अर्थ है मोक्ष।

*मोक्ष प्राप्ति का अर्थ है जीवात्मा और ईश्वर का मिलन।

*जहां से फिर पतन यानी पुनर्जन्म नहीं होता है।

*वहां पहुंचने पर किसी भी प्रकार के फल की आशा नहीं रहती, न ही वहां कोई बंधन है क्योंकि बंधन तो माया है,जो हरि की दासी है, न ही वहां किसी प्रकार का भय है और न ही वहां मृत्यु है अर्थात जीवात्मा ईश्वर से मिलकर अपने स्वरूप में स्थिर होकर अमरता प्राप्त कर लेती है।

भारतीय वांग्मय में इसी अपवर्ग की प्राप्ति के लिए चौरासी लाख योनियों में मनुष्य योनि को सर्वश्रेष्ठ बताया गया है--

"बड़े भाग मानुष तन पावा। सुर दुर्लभ सद् ग्रंथन्हि गावा।। साधन धाम मोक्ष कर द्वारा। पाई न जेहिं परलोक संवारा।।" (श्रीरामचरितमानस)

भावार्थ: मनुष्य का शरीर बड़े ही भाग्य से प्राप्त होता है क्योंकि मानव शरीर पाना देवताओं के लिए भी दुर्लभ होता है। इस मानव शरीर के लिए देवतागण भी तरसते हैं, लालायित रहते हैं। ऐसा इसलिए कि मानव शरीर ही एक ऐसा शरीर है जो जीव को मोक्ष के दरवाजे तक पहुंचाने के लिए समस्त मोक्ष साधनों का धाम या घर है। यदि इस मानव शरीर को पाकर भी जो मनुष्य अपना परलोक संवार नहीं पाता यानी जीवात्मा अपने उद्धार अर्थात मुक्ति-अमरता को प्राप्त नहीं कर

लेती। वह जीव परलोक और यहां इहलोक दोनों में अपार दुःख, कष्ट पाता है।

अपवर्ग (मोक्ष) की प्राप्ति में सबसे प्रबल बाधक हैं- सत् ,रज,तम से उत्पन्न होने वाली हमारी कामनाएं। संसार में मनुष्य अपनी कामनाओं की पूर्ति के सभी तरह के अच्छे-बुरे कार्य निरंतर करता रहता है और वह अविद्या के वशीभूत होकर यह समझता है कि यह मेरी कामनाएं पूरी हो जाएंगी तो मैं सब कुछ पालूंगा। जैसी ही उसकी कामना पूरी होती है तो तत्काल अनेकों कामनाएं उसके मन में उत्पन्न हो जाती हैं और वह उन कामनाओं की पूर्ति के लिए अपना अमूल्य जीवन दांव पर लगा देता है फिर भी उसकी कामनाएं वहीं की वहीं जीवित रहती हैं और उसे कचोटती रहती हैं। मनुष्य इन कामनाओं के पूरा करने के लिए मकड़जाल में बुरी तरह फंस जाता है और वह सबसे श्रेष्ठ मनुष्य योनि में जन्म लेने के उद्देश्य अर्थात अपवर्ग की प्राप्ति के हेतु को ही भूल जाता है। कहावत है--"आये थे हरि भजन को ओटन लगे कपास।"

अतः अपवर्ग की प्राप्ति के लिए सर्वप्रथम मनुष्य के मनमंदिर में पांव पसारे बैठी हुई अनन्त कामनाओं के महासागर को सुखाना बहुत आवश्यक है। सभी को यह विश्वास होना चाहिए कि सभी जीवों का योगक्षेम प्रभु वहन करते हैं। इसलिए मनुष्य को अपने भरण-पोषण की चिंता छोड़कर सहज भाव से निष्काम कर्म करते रहने चाहिए और अपने सभी कर्मों को प्रभु को समर्पित भी करते रहना अपेक्षित है ताकि उसके मन में कर्त्ता का भाव उत्पन्न ही न हो। इन्हीं कामनाओं की समाप्ति के संबंध में भक्त शिरोमणि मीराबाईजी कह रहीं हैं--"भव सागर अब सूखि गयौ है फिकर नहीं मोहि तरनन की।" वह बता रही हैं कि अब मुझे अपवर्ग (मोक्ष) की भी कोई इच्छा नहीं है। इसका मतलब है कि सभी कामनाओं की तिलांजलि देते समय अपवर्ग की कामना भी मन में नहीं होनी चाहिए और प्रेम पूर्वक भाव सहित भगवान का स्मरण-ध्यान और भगवन्नाम जप करना चाहिए। यही मनुष्य जीवन जीने का उद्देश्य है।

"सकल सुमंगल दायक रघुनायक गुन गान।
सादर सुनहिं ते तरहिं भव सिंधु बिना जलजान।।"

......

26

संत कृपा

उत्तर प्रदेश के गोरखपुर से लगभग बीस किलोमीटर दूरी पर स्थित एक गांव के संभ्रांत किसान परिवार के व्यक्ति रामनारायण का विवाह सुशीला नाम की कन्या से हुआ। नव दम्पत्ति का दाम्पत्य जीवन बहुत ही सुखमय था। दोनों स्वस्थ एवं प्रसन्न रहते थे। इन सब खुशियों के बाबजूद उन्हें संतान की प्राप्ति नहीं हुई, जबकि विवाह को लगभग ग्यारह वर्ष हो गये थे। इसकी चर्चा परिवार में होती ही रहती थी अब विवाह के इतने दिन होगये इनके कोई संतान नहीं हुई और अब इस बात की काना-फूंसी गांव में भी होने लगी यहां तक कि रामनारायण के संतान न होने की बातें रिश्तेदारी में भी होने लगी। कोई रामनारायण को सलाह देता कि फंलाने गांव में एक बूढ़ा आदमी तंत्र-मंत्र में बहुत निपुण है और उसने जिस जिस ji निसंतान दम्पत्ति की झाड़-फूंक की है ताबीज बांधा है उसको निश्चित रूप से संतान की प्राप्ति हुई है। ऐसी धारणा लोगों के मन बैठ गई। लोग इस बात की पुष्टि के लिए तरह तरह-तरह के उदाहरण पेश करते और उसको झाड़-फूंस वाले सियाने यथा तांत्रिक के पास भेजने की कोशिश करते। इसके अलावा कुछ पढ़े-लिखे लोग रामनारायण को समझाते कि अब सब बातों को छोड़कर दोनों पति-पत्नी स्त्रीरोग विशेषज्ञ डॉक्टर को दिखाओ और अपना इलाज कराओ। वह सब की सुनता और उनसे बड़े प्रेम आदर के साथ कहता, हम दोनों पति-पत्नी को कोई रोग नहीं है। उसे पूर्ण विश्वास था कि जब प्रभु की कृपा होगी तो अवश्य ही हमें संतान प्राप्त होगी। यदि ऐसा नहीं भी होता है तो इसमें भी हमारी कोई निहित शामिल है। इस रहस्य को केवल प्रभु ही जानते हैं। सामान्य: मनुष्य तो केवल अपनी बुद्धि के बल पर गुणा-भाग करता रहता है। लेकिन असली हिसाब तो प्रभु ही जानते हैं। रोजाना इन्हीं बातों के चिंतन-मनन होता रहता और ऐसे ही समय अपनी गति से आगे

बढ़ने लगा।

एक वर्ष गुजरने के उपरांत श्रीभगवान की महती कृपा से रामनारायण की पत्नी सुशीला गर्भवती हुई और दसवें महीने में एक सुंदर, सुशील कन्या का जन्म हुआ। कन्या के जन्म के दसवें दिन पंडित जी ने जातक सूतक की शुद्धि हेतु रामनारायण के घर में हवन-पूजा की और कन्या का नाम प्रतिभा रखा। शनैः शनैः कन्या चंद्रमा की कलाओं की भांति बढ़ने लगी तथा प्रतिभा नाम के अनुसार यथा नाम तथा गुण से सम्पन्न नज़र आने लगी। वह छोटी सी आयु में अपने से बड़े लोगों से भी अधिक समझदारी से कार्य करती तथा सदैव बड़ों का मान सम्मान और छोटों को बहुत स्नेहामीण करती। किसी भी कार्य का निष्पादन करते समय वह उचित अनुचित का अवश्य ध्यान रखती ताकि सभी काम तरीके से सम्पन्न हों। इस छोटी आयु की कन्या के इस तरह के आचरण व्यवहार से गांव के सभी लोग बहुत ही प्रभावित थे और उसकी प्रशंसा करते-करते अघाते नहीं थे। उसने ग्रामीण परिवेश में रहते हुए गांव से हाईस्कूल की परीक्षा प्रथम श्रेणी में प्राप्त की। रामनारायण अपनी बेटी प्रतिभा की पढ़ाई के प्रति रुचि देखकर उसने अपनी सामर्थ्य के अनुसार गोरखपुर विश्वविद्यालय से स्नातकोत्तर तक पढ़ाया और प्रतिभा ने भी मेहनत और लग्न से पढ़ाई कर पुनः एम.ए. प्रथम श्रेणी में प्राप्त की।

प्रतिभा की शिक्षा और उसके कुशल व्यवहार की चर्चा रामनारायण के जान-पहिचान वाले लोगों में, रिश्तेदारों में और आसपास के गांव-कस्बों फैल गई। इस वजह से लड़के वालों की ओर से अच्छे रिश्ते आने लगे। जबकि सामान्यतः कन्या पक्ष वाले ही अपनी कन्या के लिए वर की खोज करते हैं और यहां तक कि वे कभी-कभी दर-दर भटक कर हिताश हो जाते हैं। इसके प्रमुख कारण दहेज,नकद तथा सम्पत्ति की मांग जैसी सामाजिक बुराइयों के साथ-साथ सुंदर सुशील शिक्षित और अधिक वेतन प्राप्त अच्छी नौकरी वाली होनी चाहिए, इसके अलावा घर के कार्यों के निष्पादन में भी दक्ष होना अपेक्षित है।

रामनारायण ने पुत्री के विवाह हेतु कई परिवार के लड़कों के बारे में विचार किया और उन्हें अपने गांव से लगभग पचास किलोमीटर की दूरी पर स्थित एक गांव के शिक्षित, प्रतिष्ठित किसान परिवार का लड़का पसंद आ गया और उन्होंने परिवार जनों तथा प्रतिभा की सहमति से शुभ मुहूर्त में पुत्री का विवाह कर दिया हो गया। पारिवारिक, सामाजिक और धार्मिक रीति रिवाजों के साथ विवाह से संबंधित सभी कार्य सहज भाव से दोनों पक्षों की ओर से खुशी-खुशी सम्पन्न हुए और रामनारायण की लाड़ली बेटी प्रतिभा आज अपने जन्म देने वाले माता-पिता, परिवार जनों, गांव के लोगों तथा संग खेली सखी-सहेलियों को भारी मन से

छोड़कर बचपन से एक नये संसार का सपना संजोए हुए अपनी एक नई दुनिया का निर्माण करने जा रही है जिसमें अब नये-नये रिश्तों, भांति-भाति के संबंध बनने जा रहे हैं जो भारतीय संस्कृति, सभ्यता एवं परम्पराओं में यह सब स्वाभाविक रूप से हमारी बहन-बेटियों की चिंतन होता है, भविष्य होता है।

प्रतिभा अब निःसंकोच भाव से अपने दूल्हा के साथ उसके बगल में कार में बैठ गयी और उसने सदैव-सदैव के लिए इस गांव और अपने निजी संबंधों को छोड़ दिया क्योंकि उसे अब अपने जीवन की नई दुनिया में प्रवेश करना है। जिस व्यक्ति को वह नहीं जानती थी,आज उसने उसे पति के रूप में सहर्ष रूप से ताउम्र अपना जीवन साथी मान लिया है, स्वीकार कर लिया है। यही भारतीय संबंधों की खूबसूरती है।

जैसे ही उसने अपनी ससुराल की देहरी पर पांव रखा, सासू मां,ननद आदि सभी लोगों ने आरती उतारी, स्वागत किया और महिलाओं ने नई बधू के स्वागत में मंगल गीत गाते, नृत्य आदि किये सब जगह एक अजीब खुशी से मस्त थे। ऐसा क्यों न हो आज परिवार में एक नया व्यक्ति स्थाई रूप से जुड़ा है। अब वह श्रीमती प्रतिभा हो गई है। ससुराल के कुनबे में एक होड़ सी लग गई कि नई वधू सबसे पहले किस के यहां भोजन करेगी ,इस तरह पंद्रह दिन तक वह अपने पति किशोर के नित्य नये घर में भोजन करती और उसे लोग अपनी सामर्थ्य के अनुसार प्रेम पूर्वक तरह-तरह के उपहार भेंट में देते और नित्य नई खुशियों होती।

पुरानी परम्पराओं के अनुसार विवाह के महीने-पंद्रह दिन वर अपनी ससुराल जाना है और वहां जाकर पारिवारिक रीति रिवाजों को करता है। इसी बात को ध्यान रखते हुए आज किशोर अपनी प्रतिभा को लेकर अपनी बड़ी प्रसन्नता पूर्वक ससुराल गया। ससुराल में दो दिन खूब प्रसन्न रहा और तीसरे दिन जब अपने घर लौटने के लिए कपड़े आदि संभाले तो उसने अपनी सासु मां से कहा कि तुम अपनी प्यारी लड़की को अपने घर रखो। मैं अब जा रहा हूं, कभी भी मैं इस लेने नहीं आऊंगा और नहीं उसे हमारे यहां भेजेगो। रखो अपनी लड़की को अपने घर। इस बात को सुनकर सब सन्न रह गये। ऐसा लगा कि कोई उल्कापिंड आकाश से गिर गया है। प्रभु की लीला के संबंध में जान भी कौन सकता है? यह कहकर दामाद अपने घर चला गया। उसके बाद तो ऐसा लगा कि रामनारायण का सब कुछ लुट गया। रामनारायण और उसकी पत्नी तथा परिवार वालों के मुंह में रोटी का टुकड़ा भी नहीं जाता। रात की नींद चली गई और दिन का चैन भी कोई छीन ले गया। प्रतिभा को भी कुछ समझ में नहीं आ रहा था, वह बार-बार विचार करने लगी कि जाने अनजाने में उससे कोई भूल तो नहीं हो गई, पर बार-बार सोचने के बाद भी

उसे कहीं भूल समझ में नहीं आती। फिर वह श्रीभगवान के सामने हाथ जोड़कर खड़ी रहती और उनसे यह पूछती, हे भगवान! आप तो सबको कुछ जानते हैं, घट-,घट की जानते हैं आप तो अंतर्यामी हैं कम से कम यह तो बताओ कि मुझ से ऐसी क्या ग़लती हुई है? जिसकी मैं यह सजा भुगत रही हूं।

इधर रामनारायण और उनकी पत्नी बहुत परेशान और दु:खी रहने लगे कोई कुछ सलाह देता, कोई कुछ अपने तरीके से उपाय बताता, कोई पुलिस, कोर्ट-कचेहरी में मुकदमा दर्ज करने की सलाह देता लेकिन रामनारायण की सज़झ में कुछ भी नहीं आता। वह तो किम् कर्तव्य विमूढ़ की स्थिति में आ गया। उसी समय गांव के एक बहुत ही बुज़ुर्ग पंडितजी ने रामनारायण को अपने पास बुलाया और एक नेक सलाह दी है कि भैय्या रामनारायण तुम पति-पत्नी गोरखपुर जाओ और वहां गीता वाटिका में परमपूज्य परम भागवत संत राधाबाबा विराजते हैं और वे तुम्हारी पुत्री से संबंधित सभी समस्याओं का समाधान निकाल देंगे और तुम्हारी बेटी प्रतिभा का घर परिवार पहले की भांति खुशियों से भर जायेगा। रामनारायण ने पंडितजी की बातें बहुत ध्यान से सुनी और वे तत्काल अपनी पत्नी को साथ लेकर गीता वाटिका पहुंच गए और उन्होंने वहां पहुंच कर बाबा से मिलने का प्रयास किया तो पता लगा कि बाबा तो अब विश्राम कर रहे हैं। यह बात सुनकर रामनारायण ब्याकुल होगया। लेकिन लोगों ने देखा आज बाबा विश्राम छोड़कर कैसे कुटिया से बाहर आगये। बाबा गीता वाटिका की परिकर विमला देवी को कहा-- विमला! रामनारायण और उनकी पत्नी को भोजन प्रसाद कराओ। इन दोनों ने कई दिनों से चिंता-फिकर में भोजन नहीं किया है बहुत भूखे हैं। फिर इनसे बातें करेंगे। रामनारायण उनकी पत्नी आश्चर्यचकित होगये क्योंकि उन्होंने अपनी इस हालत के बारे में किसी से कोई चर्चा भी नहीं की। पूज्य बाबा को तो हमारे बारे में सब कुछ मालूम है। विमला जी ने उनको भरपेट भोजन प्रसाद कराया आज उनको कुछ अलग सी संतुष्टि हुई और भोजन प्रसाद भी रुचिकर लगा। दो घंटे बाबा स्वत: ही कुटिया से बाहर आगये और उन दोनों की बात सुनी। रामनारायण ने बिना किसी लुकाछिपी के अपनी पुत्री और ससुराल, दामाद किशोर की सब नि: संकोच भाव से स्पष्ट रूप से बता दीं। पूज्य राधाबाबा ने उनकी सभी बातें ध्यान से सुनकर और अपने अंतर्मन से उन दोनों के अंतर्गत में झांका और बताया कि मन, कर्म, वचन से भावपूर्ण होकर विश्वास के साथ इस अमोघ मंत्र--

"हरि शरणम्, हरि शरणम्, हरि शरणम्
हरि शरणम्, हरि शरणम्"

का जप करो, भगवान तत्काल सब कुछ ठीक कर देंगे, श्रीभगवान तो सबके रक्षक हैं, कृपालु हैं, दयालु हैं, और जो उनकी शरण में जाता है उसके सभी दुःख, कष्ट सब तत्काल समाप्त हो जाते हैं, श्रीरामचरितमानस के सुंदरकाण्ड में भगवान श्रीरामजी स्वयं कह रहे हैं:

"सन्मुख होइ जीव मोहि जबहिं।
जन्म कोटि अघ नासहिं तबहिं।।"

रामनारायण और उनकी पत्नी ने बाबा के आदेश को श्रद्धा पूर्वक स्वीकार किया और हाथ जोड़कर बाबा कुछ आज्ञा को शिरोधार्य करके घर की ओर चल दिए और सभी सांसारिक कार्यों को करते हुए, इसी मंत्र को आशा-विश्वास के साथ पूर्ण श्रद्धा भाव से जपने लगे। इस मंत्र का प्रभाव यह हुआ कि एक सप्ताह के अंदर ही प्रतिभा का पति किशोर प्रतिभा को लेने आ गया और सबसे बड़े आदर-सम्मान के सद्व्यवहार किया। किसी प्रकार की कोई शिकवा शिकायत नहीं थी। रामनारायण ने भी कोई चर्चा नहीं की और अपनी लाड़ली बेटी को उसके पति किशोर के साथ सहर्ष विदा कर दिया और खुशी-खशी लाड़ली बेटी अपने ससुराल चली गई। ससुराल में उसने एक नया वातावरण कि उसका पति तथा सभी परिवार जन उसको बहुत स्नेह, प्यार करने लग। ऐसा लग रहता कि भगवान सबकी बुद्धि, विचार को बदल दिया है जैसे किसी ने सूखे पौधे में पानी दे दिया हो और वह पानी पीते लहराने लगा हो। यह सब केवल परमपिता परमेश्वर का ही हो सकता है, वह सब कुछ करने में पूर्णतः समर्थवान हैं:

"साहब से सब होत है, बंदे ते कछु नाय।
राई ते परबत करें, परबत राई मांय।।"

अब प्रतिभा को ससुराल गये लगभग महीना होने जा रहा है। एक दिन प्रतिभा की मां सुशीला ने मौका पाकर पति से कहा कि बेटी की राजीखुशी तो ले लो, बहुत दिन हो गए बेटी को गये। पता नहीं कैसी होगी? वैसे तो पुरुष कठोर, निष्ठुर होते हैं। फिर भी यह तो मामला तुम्हारी लाड़ली बेटी से जुड़ा हुआ है। बिना सोचे विचारे रामनारायण ने कहा वह बिल्कुल कुशल होगी, निश्चित मानो सुशीला कृपालु भगवान की असीम कृपा से सौ प्रतिशत ठीक होगी। सुशीला ने कहा मैं तुम्हारी बात काट नहीं रही हूं फिर भी एक दिन उसकी ससुराल चले जाउ और राजीखुशी ले आओ मेरा मन प्रसन्न हो जायेगा।

रामनारायण पत्नी सुशीला के कहने पर अपनी बेटी की ससुराल पहुंच गया और उसने वहां अपने परिचितों से बेटी की कुशलता के बारे में पूछा सबने एक स्वर में कहा कि तुम्हारी बेटी निश्चित रूप से ठीक होगी क्योंकि में कोई बात होती है

तो सबको पता चल जाता है। यह सब सुनकर भी रामनारायण बेटी के घर पहुंच ही गया और उसने बेटी से कुशलता पूछी और कहा कोई बात हो तो मुझे जरूर बताना। बेटी मैं तेरा पिता हूं। बेटी ने कहा मैं बिल्कुल ठीक हूं पति सहित परिवार के सभी लोग बहुत प्रेम करते हैं और मेरा बहुत ध्यान रखते हैं पता नहीं श्रीभगवान ने इन सब पर कौन सा जादू कर दिया? जिससे अचानक इन सब का हृदय परिवर्तन हो गया। रामनारायण ने कहा यह सब उन परमपिता परमेश्वर की लीला है।

रामनारायण बेटी की ससुराल से लौटकर अपने घर आया और अपनी पत्नी सुशीला को बेटी की कुशलता के संबंध में विस्तार से बताया। इसके बाद दोनों पति-पत्नी की श्रीभगवान के प्रति अगाध श्रद्धा होगयी और वे सब काम छोड़कर भगवान का भजन-ध्यान करते, भगवन्नाम का जप करते और समय निकाल परमपूज्य राधाबाबा के दर्शनों का लाभ उठाते।

....

27

शांत मन

मन की शांति मानसिक और भावनात्मक होती है, जिसमें मनुष्य को कोई चिंता,भय अथवा अभिनिवेश अर्थात किसी वस्तु, संबंधियों, जीवन आदि के छूटने का भय अर्थात मृत्यु का भय नहीं रहता है। इस अवस्था में मन शांत रहता है और मनुष्य खुशी तथा स्वतंत्रता की भावना का अनुभव करता है। 'शांतिपूर्ण दिमाग' शब्द का उपयोग एक मानसिक स्थिति का वर्णन करने के लिए किया जाता है जिसमें मनुष्य को मानसिक और भावनात्मक शांति मिलती है। यह एक ऐसी अवस्था है जहां मनुष्य के अंतर्मन में निद्र्वन्द का कहीं भी स्थान नहीं होता है और नहीं मन को चिंताओं से उकसाया जा सकता है क्योंकि मन में किसी तरह की हलचल नहीं होती है और उसकी मानसिक गतिविधियों को चरणबद्ध किया जाता है ताकि मनुष्य के मन में शांति का अनुभव किया जा सके। मनुष्य का अतीत या भविष्य से परेशान होने के बजाय उसका ध्यान इस वर्तमान समय पर टिका रहना अपेक्षित है। प्रकृति में सभी जीवों के मन की स्थिति ऐसी ही होती है।

संसार के सभी जीवों की क्रियाएं हर समय मन के द्वारा ही संचालित होती रहती हैं। मन की स्थिति, उसकी क्षमता तथा कार्यों के संबंध में कहा जाता है कि मन मस्तिष्क की उस क्षमता को कहते हैं जो मनुष्य को चिंतनशक्ति, स्मरण शक्ति, निर्णय शक्ति, बुद्धि,भाव, इंद्रियों की ग्राह्यता, एकाग्रता, व्यवहार,परिज्ञान(अंतर्दृष्टि), इत्यादि में सक्षम बनाती है। सामान्य भाषा में मन शरीर का वह हिस्सा या प्रक्रिया है जो किसी ज्ञातव्य को ग्रहण करने, सोचने और समझने का कार्य करता है।

सामान्यत: मन के तीन स्तर माने गये हैं:

चेतन मन--यह वाह्य वातावरण से जानकारी प्राप्त करता है। यह मनुष्य की तार्किक और बौद्धिक प्रक्रियाओं को नियंत्रित करता है। इसमें निर्णय लेने, योजना बनाने, भाषा के माध्यम से लोगों से बात करने, कौशल को नियंत्रित करने तथा संसार को मार्गदर्शन देने की क्षमता होती है। यह मनुष्य के शरीर के आंतरिक और बाहरी दोनों कार्यों से भी अवगत कराता है। इसकी स्मृति अल्पकालिक होती है तथा यह मनुष्य की मस्तिष्क शक्ति का केवल दस प्रतिशत भाग ही होता है।

अवचेतन मन-- यह एक डाटा बैंक की तरह है,जो मनुष्य के विश्वासों, पिछले अनुभवों, स्मृतियों,कौशल को संग्रहीत करने का कार्य करता है। भूतकाल यथा इस जन्म में तथा पिछले अनेकों जन्मों में जो कुछ मनुष्य ने देखा है, किया है या सोचा है वह सब इसअचेतन मन में रहता है। साधारण भाषा में कहें तो अवचेतन मन का अर्थ है मनुष्य की आदतें, अनुभव, संस्कार, दूसरों के प्रति उसकी दृष्टि, सोच, व्यवहार आदि है, जिसमें अनेकों जन्मों का लेखा-जोखा भरा हुआ है। इस मन में दीर्घकालिक स्मृति रहती हैं और यह मनुष्य की मस्तिष्क शक्ति का नव्वे प्रतिशत भाग होता है।

अचेतन मन--इसमें अनेकों जन्मों की स्मृतियां सुप्त अवस्था में पड़ी रहती हैं।

सभी मनुष्य अपने जीवन में शांति चाहते हैं।। लेकिन मन में अशांति रहती है। यह अशांत मन क्या करता है?

अशांत मन--इससे मनुष्य के अंतर्मन में अविद्या,राग, द्वेष, अस्मिता, अभिनिवेश के मौजूद रहने की वजह से उसके अंदर नकारात्मक प्रवृत्तियां उत्पन्न होती रहती हैं और ये प्रवृत्तियां बहुत ही चालाकी तथा योजनाबद्ध तरीके से कार्य करती हैं यहां तक कि इन प्रवृत्तियों के जादूई खेल का एहसास मनुष्य को भी नहीं हो पाता जो अपने को बहुत बड़ा विद्वान और चतुर मानता है।

मनुष्य के जीवन में शांति को भंग करने और मनुष्य द्वारा किये जा रहे अच्छे कार्यों में बाधा उत्पन्न करने तथा उन कार्यों को बिगाड़ने में इस अशांत मन का सदैव बहुत बड़ा योगदान रहता है।

हमें इस विषय पर बहुत ही गंभीरता से चिंतन करना पड़ेगा क्योंकि हमारे विचारों तथा कर्तव्यों में समानता के स्थान पर विरोधाभास है क्योंकि हम सोचते कुछ और हैं, करते कुछ और हैं। ऐसी परिस्थिति बहुत ही सोचनीय है और हम इस विषम परिस्थिति में सत्य को असत्य मान बैठते हैं तथा असत्य को सत्य मान लेते हैं और इसी के जाल में फंसकर मनुष्य दिन रात परेशान रहता है, दूसरों से इसका निवारण, समाधान पूछता फिरता है। यहां तक कि वह भटकर-थककर चूर हो जाता है और वह मृग मरीचिका की स्थिति में आजाता है। उसे केवल निराशा ही

हाथ लगती है। इसी तरह मनुष्य का जीवन अशांति से ग्रस्त रहता है।

अब प्रश्न यह उत्पन्न होता है कि संसार में मनुष्य को अशांति के इस भंयकर माया पाश से अर्थात चंगुल से किस प्रकार मुक्ति मिले। इसके लिए हमें गोताखोर की तरह गहरे सागर में डुबकी लगानी पड़ेगी और वहां से क़ीमत मोती निकाल कर लाना होगा। इसके लिए मनुष्य को सतत् प्रयास करने अपेक्षित होंगे।

मनुष्य के मन-मष्तिक में अशांति पैदा होने के प्रमुख कारण हैं:

1. अवचेतन और अचेतन मन तो कम्प्यूटर के साफ्टवेयर की तरह है जिसमें मेमोरीज का भंडार होता है लेकिन कम्प्यूटर की मेमोरीज तो सीमित होती है क्योंकि वह मनुष्य द्वारा निर्मित है। लेकिन

अवचेतन और चेतन मन तो प्रभु प्रदत्त हैं और इनमें मनुष्य द्वारा पूर्व जन्मों में तथा इस जन्म किये गये कर्मों के लेखा-जोखा का भंडार है। इसी अवचेतन मन के भंडार में से धीरे धीरे पूर्व जन्मों के कर्मों का फल प्रारब्ध के रूप में जीव को प्राप्त होता है। अतः प्रारब्ध के अनुसार चित्त में शांति अथवा अशांति का प्रवेश होता है।

2. संस्कार: मनुष्य को श्रेष्ठ जीवन यापन करने के लिए शास्त्रों में मनुष्य के लिए सोलह संस्कारों का वर्णन है। इन संस्कारों से भी मनुष्य के चरित्र-आचरण का निर्माण होता है। यदि मनुष्य के चरित्र-आचरण में सुसंस्कार की जगह कुसंस्कारों निवास करते हैं तो निश्चित रूप से उसका मन अशांत रहेगा।

3. कर्ता भाव: यदि मनुष्य के अंदर कर्ता भाव आगया है कि मैं ही सब कुछ कर रहा हूं तो उसके मन में कर्म के फल की कामना उत्पन्न होगी और जब व्यक्ति को मन माफिक फल की प्राप्ति नहीं होती है तो उसका मन अशांत रहता है।

4. पर दोष: मनुष्य अपने दोषों को न देखकर हर समय दूसरों के दोषों पर दृष्टि रखता है जिससे

वह राग-द्वेष के जाल में फंसकर अपना मन अशांत कर लेता है।

5 वातावरण: मनुष्य जैसे वातावरण में उठता बैठता है इसका प्रभाव उसके मन-मस्तिष्क पर पड़ता है और उसी भांति उसका स्वभाव बन जाता है। यदि वह कुसंग में बैठता है और गलत कार्य करता है तो उसे समाज, पुलिस आदि का भय रहता है जिससे उसका मन अशांत रहने लगता है।

6. शिक्षा: मनुष्य जैसा साहित्य पढ़ता-लिखता है वैसी ही उसकी प्रवृत्ति बनती है। यदि वह सद्ग्रंथों को छोड़कर अपराधी प्रकृति, चरित्र हीनता आदि से संबंधित पुस्तकें पढ़ता है और उनका अनुकरण करता है तो उसका मन अशांत अवश्य रहता है।

7. लोभ: मनुष्य के मन में कामनाओं की पूर्ति के लिए लोभ जागृत होता है और जब इसकी पूर्ति नहीं होती है तो उसे प्राप्त करने के लिए भरसक प्रयास करता है लेकिन उसे जब सफलता नहीं मिलती तो वह निराश हो जाता है और जिसकी वजह से उसका मन हर समय अशांत रहता है।

8. ऋषियों, मुनियों, संतों,महापुरुषों, गुरुजनों और बुजुर्गों की आज्ञा व उनके दिशा निदेशों का पालन न करके और नीति से हटकर व्यवहार करने से मनुष्य कष्टों से घिर जाता है और उसका मन अशांत रहता है।

9. अविद्या: मनुष्य अविद्या के वशीभूत होकर सत्य को असत्य समझ लेता है और असत्य को सत्य समझ लेता है और वास्तविकता से दूर हो जाता है। तत्पश्चात वह दु:ख को प्राप्त हो जाता है तो उसका मन अशांत रहता है।

उपरोक्त के अलावा बहुत से अनेकों कारण होते हैं जिन्हें केवल मनुष्य ही स्वयं जानता है जिसकी अन्य लोगों को कोई जानकारी नहीं होती है, यहां तक उसके अंतरंग व्यक्ति भी नहीं जानते। अब प्रश्न उठता है कि मनुष्य को अशांति से किस प्रकार मुक्ति मिले। इसका सीधा सा उत्तर है कि ऊपर बताई गई बातों से निराकरण पाने के लिए स्वयं चिंतन करे और उन पर अमल करें। संतों, महापुरुषों, गुरुजनों की आज्ञा पालने करते हुए उनके द्वारा बताए गए सद्मार्ग का अपने जीवन में अनुकरण करे तथा प्रतिदिन अपना स्वमूल्यांकन करे और निर्मल भाव से अपना आत्म साक्षात्कार करे, स्व से चर्चा करे जहां श्रीभगवान विराजते हैं। इसके अतिरिक्त अपने निर्मल अंतर्मन में निष्काम भाव से श्रीभगवान का ध्यान-स्मरण, भगवन्नाम जप करे तो मनुष्य का मन कभी भी अशांत नहीं रहेगा क्योंकि जहां श्रीभगवान का नाम संकीर्तन है वहां तो केवल सुख-शांति ही रहती है वहां अशांति,दु:ख को कोई स्थान नहीं है।

"मंगल भवन अमंगल हारी।
द्रवहु सो दसरथ अजिर बिहारी।।"
"श्रीगुरु चरन सरोज रज निज मनु मुकुरु सुधारि।
बरनऊं रघुबर बिमल जसु जो दायक फल चारि।।"
"सकल सुमंगल दायक रघुनायक गुन गान।
सादर सुनहिं ते तरहिं भव सिंधु बिना जलजान।।"

28

प्रेम

प्रेम प्रकृति प्रदत्त एक स्वाभाविक क्रिया है जो सम्पूर्ण सृष्टि में मनुष्य सहित सभी पशु, पक्षी,कीट,पतंगें, आदि सभी जीवों में पाई जाती है, यहां तक कि वैज्ञानिकों के शोध के अनुसार पेड़, पौधे, वनस्पतियां भी इसे अनुभव करती हैं। सभी जीव प्रेम को अपने अलग-अलग तरीकों से प्रकट करते हैं। प्रेम शब्द अपने आप में बड़ा व्यापक शब्द है। प्रेम शब्द का व्यवहार अनेक अर्थों में होता है, यथा रूप,गुण,काम-वासना-जनित स्नेह, प्रीति, अनुराग,अनुरक्ति आदि। प्रेम एक ऐसी अनुभूति है जिसे शब्दों के जरिए समझाना संभव नहीं है। प्रेम 'अनुभव' की वस्तु अधिक है और व्याख्या की कम। हमारे निकट साहचर्य से हमारी रागात्मक वृत्तियां आकर्षण का केंद्र बना रहे, जिसके समीप रहने से हमें असीम सुख की अनुभूति होती हो, दूर हो जाने से दुःख का अनुभव हो। प्रेम उस फूल की खुशबू तरह जिसे सूंघा तो जा सकता है लेकिन छुआ नहीं जा सकता। प्रेम वह मनोवृत्ति है जो किसी व्यक्ति, जीव या पदार्थ के सौंदर्य,गुण,शील,सामीप्य आदि के कारण उत्पन्न होती है। प्रेम के संबंध में कहा गया है कि जिस जीव में प्रेम का संचार नहीं है वह मुर्दा के समान है--

"जा घट प्रेम न संचरै सो घट जान मसान। जैसे खाल लुहार की सांत लेत बिनु प्रान।।"

हमारे ऋषियों,मुनियों, संतों ने विस्तार से प्रेम की व्याख्या की है किन्तु मूल में सबके विचार एक जैसे ही हैं, प्रेम का केवल मतलब है प्रेमास्पद के प्रति अपना सर्वस्व अर्पित कर देना।

मनुष्य का चिंतन-मनन सत,रज,तम इन तीन प्रवृत्तियों पर आधारित माना जाता है। इसी तरह प्रेम का स्वरूप भी इन्हीं तथ्यों पर निर्भर है, जो इस प्रकार है:

सात्विक प्रेम-- इस प्रेम में केवल देने ही देने का भाव है उसके बदले में किसी भी बात की वांछा नहीं की जाती। इसमें प्रेमी अपने प्रेमास्पद पर अपना सब कुछ अर्पित कर देता है। उसका सुख केवल प्रेमास्पद की अनुकूलता ही है, उसके लिए सब कुछ समर्पित करना ही सच्चा और शुद्ध प्रेम है।

राजसिक प्रेम-- इस प्रेम में केवल लेने-देने की बात कही जाती है, जिसे व्यापार कहा जाता है। इसके अन्तर्गत अंतःमन में प्रेम की कोई भावना नहीं होती। यह केवल प्रेम का नाटकीय प्रदर्शन है।

तामसिक प्रेम-- धनबल, बाहुबल, जोर जबरदस्ती कर प्रेम नाटक करना । इन बातों से कभी भी प्रेम हो नहीं सकता। यहां तक लोगों का मानना है कि इस तरह के प्रेम-नाटक एक आपराधिक कृत्य ही है।

आध्यात्मिक, भगवान की भक्ति, पति-पत्नी, पारिवारिक-सामाजिक जीवन, मित्रता आदि के संबंधों में प्रेम का निर्वाह केवल सात्विक, शुद्ध तथा निस्वार्थ प्रेम से ही सम्पन्न हो सकता है। भगवान केवल अपने भक्त के प्रेमभाव के ही भूखे हैं, जिसका उल्लेख श्रीरामचरितमानस में मिलता है, जो इस प्रकार है:

"रामहि केवल प्रेम पियारा। जानि लेहु जो जानहि हारा।। हरि व्यापक सर्वत्र समाना। प्रेम से प्रकट होई मैं जाना।।" भावार्थ-- संत शिरोमणि तुलसीदास ईश्वर की व्यापकता तथा उनके प्रेम के संबंध में बता रहे हैं कि-- मैं तो यह जानता हूं कि भगवान सब जगह समान रूप से व्याप्त हैं, वे भक्त के प्रेम से भाव-विभोर हो जाते हैं और स्मरण मात्र से तत्काल प्रकट हो जाते हैं। ऐसा कौन सा स्थान है जहां भगवान नहीं हैं, वे तो प्रेम के बस में रहते हैं। यदि कोई व्यक्ति भगवान को चाहे छप्पन प्रकार के भोग लगाए, चाहे इत्र व सुगंधित चंदन लगाए, चाहे बहुमूल्य आभूषणों से सुसज्जित करे किन्तु यदि उसके मन में निश्छल प्रेम नहीं है तो वह भगवान श्रीराम को प्राप्त नहीं कर सकेगा। हमें यदि राम को प्राप्त करना है तो हमें प्रेम को आधार बनाना होगा।

भक्त शिरोमणि मीराबाई जी स्नेह-प्रेम के संबंध में कह रही हैं:

"राम सनेही राम की नित ओलूं रे आवै। राम हमारे हम हैं राम के हरि बिन कछू न सुहावै।।"

प्रेम में अस्मिता और अहंकार का कोई स्थान नहीं है, नहीं यह किसी बाग-बगीचे में पौधों तथा वृक्षों के रूप में उत्पन्न होता है और नहीं यह बाजार में बिकता जिसे कोई भी रुपयों से खरीद ले। यह तो प्रेम का घर, किसी मौसी का घर नहीं जहां से इसको आसानी से प्राप्त किया जा सके। यह तो निस्वार्थ और समर्पण पर आधारित है, इसी प्रेम के संबंध में कबीर साहब कह रहे हैं:

"प्रेम न बाड़ी उपजै, प्रेम न हाट बिकाय। राजा परजा जेहि रुचे, सीस देहि लै जाय।।"

"यह तो घर है प्रेम का, खाला का घर नाहिं। सीस उतारे भुंइ धरे, तब बैठे घर माहिं।।"

"प्रेम पियाला सो पिये,सीस दक्षिणा देय। लोभी सीस न दे सकै, नाम प्रेम कौ लेय।।"

"प्रेम प्रेम सब कोइ कहै, प्रेम न चीन्हें कोय। आठ पहर भीना रहै, प्रेम कहावै सोय।।"

"जो तू प्यासा प्रेम का,सीस काटि करि गोय। जब तू ऐसी करेगा,तब कछु होय सो होय।।"

संयोग यथा प्रेमी का प्रेमास्पद संग तथा वियोग जिसमें प्रेमी का प्रेमास्पद से दूर की स्थिति में भी प्रेम-भाव में कोई बदलाव नहीं होना चाहिए, सहज स्थिति होनी चाहिए यदि कोई बदलाव होता है तो वह प्रेम नहीं हो सकता है, इस संबंध में कबीर साहब का मत है:

"छिनहि चढ़ै छिन उतरै,सो तो प्रेम न होय। अघट प्रेम पिंजर बसै,सो तो प्रेम न होय।।"

"आया प्रेम कहां गया, देखैया सब कोय। पल में रोवै पल हंसै, सो तो प्रेम न होय।।"

प्रेमी,सन्त, मित्र के लक्षणों के संबंध में उल्लेख है:

"देत लेत मन संक न धरई। बल अनुमान सदा हित करई।। बिपत्ति काल कर सतगुन नेहा। श्रुति कह संत मित्र गुन एहा।।" अर्थात: प्रेम में लेन-देन का व्यवहार करते समय मन में कोई शंका न करे और नहीं उसका कोई हिसाब अपने मन में अथवा बही में रखे क्योंकि में किसी प्रकार की लिखा-पढ़ी नहीं होती है। इसलिए अपनी सामर्थ्य के अनुसार सदैव प्रेमास्पद का हित ही करता रहे। विपत्ति काल में तो सौ गुणा स्नेह तथा प्रेम करे, यह वेद विहित शास्त्र सम्मत है।

मित्रता की बातें तो बहुत लोग करते हैं लेकिन विरले लोगों को ही अपने पूरे जीवन काल में मित्र मिल पाते हैं। मित्रता के लिए प्रेम की नितांत आवश्यकता होती है। यदि मित्रता में कहीं भी प्रेम के स्थान पर स्वार्थ की गंध आजाती है तो वह पानी के बुलबुले की तरह क्षणभंगुर होती, नष्ट हो जाती है और ऐसी मित्रता के खेल का भी शीघ्र ही अंत हो जाता है। मित्र एक दूसरे के सुख-दुख को अपना सुख-दुख मानते हैं तथा मित्र के सुख में अपार प्रसन्नता का अनुभव करते हैं और दुःख में बिना स्वार्थ के, बिना समय गंवाए मित्र के दुःख के निवारण के लिए खड़े रहते हैं, वे

ही सच्चे मित्र होते हैं। जब सुदामा ब्राह्मण अपने प्रिय मित्र द्वारकाधीश भगवान श्रीकृष्णचंद्र से भेंट के लिए जाते हैं तो महाराजाधिराज द्वारकाधीश अपने मित्र सुदामा को मणियों से जड़ी हुई स्वर्ण चौकी पर सम्मान सहित बैठाकर उनका पद प्रक्षालन करते समय उनकी दशा को देखकर अत्यंत विह्वल हो जाते हैं और उनके नेत्रों से अश्रुओं की धारा बहने लगती है:

"ऐसे बेहाल बिवाइन सौं,पग कंटक जाल लगे पुनि जाये। हाय! महादु:ख पायो सखा, तुम आये इतै न कितै दिन खोये।।

देखि सुदामा की दीन दसा,करुना करिकै करुना निधि रोये। पानी परात को हाथ छुयौ नहिं, नैनन के जल सौं पग धोये।।"

यह दोनों मित्रों की हृदय स्पर्शी, मार्मिक मिलन प्रेम की पराकाष्ठा है। ऐसे प्रेम का उदाहरण अन्यत्र कहीं मिलना मुश्किल ही नजर आता है।

सामान्यत: मनुष्य इंद्रियों के भोग को ही प्रेम समझ लेता है और इन भोगों में वह प्रेम का सुख खोजता फिरता है लेकिन न वहां प्रेम है और नहीं कोई सुख है। यदि कोई व्यक्ति प्रेम में सुख चाहता है तो यह उसकी बहुत बड़ी भूल है। प्रेम में केवल देना ही देना होता है बदले में किसी भी सुख की कामना का कोई अर्थ नहीं है, भक्त शिरोमणि सूरदास जी ने इस संबंध में कहा है:

"प्रीति करि काहूं सुख न लह्यो।

प्रीति पतंग करी दीपकसों आपै प्रान दह्यो।। अलिसुत प्रीति करी जलसुतसों करि मुख माहिं गह्यो। सारंग प्रीति करी जो नादसों सन्मुख बान सह्यो।। हम जो प्रीति करी माधवसों चलत न कछू कह्यो। सूरदास प्रभु बिनु दुख दूनो नैननि नीर बह्यो।।"

सच्चे और शुद्ध प्रेम मार्ग पर चलने का अभिप्राय है दोधारी तलवार पर चलना। इसी संबंध में मीराबाई जी कह रही हैं कि प्रेम मार्ग की डगर इस प्रकार है, जिस पर चलते समय प्रेमी को बहुत सावधानी की आवश्यकता है : "ऊंची-नीची राह रपटीली, पांव नहीं ठहराय। सोच सोच पग धरूं जतन से, बार-बार डिग जाय।।"

कहावत है--"बहुत कठिन है डगर पनघट की"

यह बात बिल्कुल सही है कि प्रारंभ में मनुष्य को प्रेम मार्ग पर चलना बहुत कठिन नज़र आता है लेकिन यदि उसका मन निर्मल है और मन में कोई स्वार्थ की गंध नहीं है तो प्रेम की डगर स्वत: ही सहज हो जाती है। इसके लिए थोड़ा-थोड़ा अभ्यास,प्रयास करना अपेक्षित होगा--"करत करत अभ्यास के जड़मति होत सुजान। रसरी आवत जात ते सिल पर परत निसान।।"

जब मनुष्य इस शुद्ध, सात्विक प्रेम मार्ग पर चलेगा तो निश्चित मानिए उसके जीवन में ही नहीं परिवार,समाज,देश में प्रेम की सुगंध फैल जायेगी, चाहे वह आध्यात्मिक हो अथवा सांसारिक। इस सुगंधि से अपार आनन्द, प्रसन्नता की प्राप्त होगी जिसके परिणामस्वरूप सभी प्रसन्न रहेंगे, सुख-शांति, सुख-समृद्धि से सम्पन्न होंगे, जिसके लिए सभी कामना करते हैं।

29

अनूठे भक्त-कुंभनदास

भारत भूमि को देवलोक से भी अनुपम कहा गया है। इस पावन भूमि में समय-समय पर स्वयं श्रीभगवान ने भी नर रूप में अवतार लेकर लीलाएं कीं और अपने भक्तों को दर्शन देकर उन्हें अनुग्रहीत किया है--

"बिप्र धेनु सुर संत हित लीन्ह मनुज अवतार।

निज इच्छा निर्मित तनु माया गुन गोपार।।" इसी भारत भूमि में महापुरुषों, ऋषियों, मुनियों, साधु-संतों तथा भक्तों ने जन्म लेकर अपने जीवन को सार्थक तथा धन्य बनाया है। इस संबंध में श्रीरामचरितमानस में भी उल्लेख है--

"बड़े भाग मानुष तन पावा। सुर दुर्लभ सद् ग्रंथन्हि गावा।।

साधन धाम मोक्ष कर द्वारा। पाई न जेहिं परलोक संवारा।।"

इसी संत-भक्तों के पदार्पण की कड़ी में अनूठे भक्त कुंभनदास का जन्म क्षत्रीय कुल में विक्रमी संवत् 1525 में चैत्र मास के कृष्णपक्ष की एकादशी को गोवर्धन पर्वत के सन्निकट जमुनावतो ग्राम में हुआ था। इनके पिता एक साधारण किसान थे और खेत की पैदावार से ही परिवार का भरण-पोषण करते थे। कुंभनदास ने भी अपने पारिवारिक परम्परा के अनुसरण में परिवार की जीविका चलाने के लिए अपनी पैतृक वृत्ति किसानी में आस्था रखी और प्रसन्नता पूर्वक जीवन पर्यन्त निभाया। इसी तरह कबीर साहब, रविदास, धन्ना जाट, तुकाराम, नामदेव, जनाबाई, कर्माबाई,सदना कसाई आदि अनेकों संत-भक्तों ने भी भगवान की भक्ति करते हुए परिवार की जीविका उपार्जन हेतु अपने पैतृक कार्यों को खुशी से करते रहे तथा सहज भाव से ग्रहस्थ जीवन भी जिया लेकिन उनमें आसक्ति नहीं रखी। सांसारिक संबंधों की चकाचौंध में तथा वस्तुओं में आसक्ति होना ही भगवत भक्ति में बांधा कही गई है। यदि सांसारिक संबंध, जीविका उपार्जन हेतु

किये गये कार्य तथा भक्ति दोनों सहज भाव से समानान्तर चलते रहें तो कभी किसी प्रकार की बाधा उत्पन्न नहीं होती, क्योंकि जैसी दृष्टि अर्थात मन के विचार वैसी सृष्टि अर्थात संसार।

विशेष रूप से कुंभनदास की खेती-बाड़ी परसौली में थी और यहीं वे अपना कृषि संबंधी कार्य करते थे। कृषि बहुत ही जोखिम भरा काम होता है। कभी-कभी समय पर वर्षा न होने तथा फसल तैयार होने के समय अकस्मात वर्षा और ओला वृष्टि होने से फसल नष्ट हो जाती है। किसानों के साथ ऐसी घटनाएं होती रहती हैं। कुम्भनदास का बड़ा परिवार था जिसमें इनकी पत्नी,सात पुत्र, पुत्र वधुएं, पौत्र-पौत्री और विधवा भतीजी थी और आमदनी का स्रोत केवल खेती थी जिसकी वजह से कुंभनदास को पैसे का अभाव आजीवन रहा। इसके बावजूद उन्होंने कभी भी किसी के सामने हाथ नहीं पसारा। क्योंकि वे भगवत भक्ति को ही अपनी अकूत सम्पत्ति मानते थे।

कुंभनदास परमभागवत ,आदर्श ग्रहस्थी एवं निःस्पृह, महान त्यागी,वैरागी और संतोषी व्यक्ति थे। लोभ तो इनके स्वभाव को देखकर दूर से ही छूमंतर हो जाता था। इन पर प्रभु की कितनी असीम कृपा थी जिसका शब्दों में वर्णन करना कठिन है क्योंकि श्रीबालकृष्ण भगवान साक्षात प्रकट होकर नित्य ही इनके साथ क्रीड़ाएं करते थे। महाप्रभु वल्लभाचार्य जी जब गोवर्धन की यात्रा पर आये तो कुंभनदास की भक्ति भावना को देखकर संवत् 1550 में महाप्रभु ने इन पर कृपा की और सबसे पहले पुष्टि मार्ग में इन्हें दीक्षित किया। पुष्टि मार्ग में आठ कवि-भक्त थे। अष्टछाप के कवियों में इनका बड़ा सम्मान था। पुष्टि मार्ग का अभिप्राय है ईश्वर का अनुग्रह। इसके अनुसार श्रीकृष्ण परब्रह्म हैं। अष्टछाप के इन कवियों ने भगवान की भक्ति प्राप्त करने के लिए श्रवण, कीर्तन,स्मरण,पादसेवन, वन्दन, दास्य,सख्य तथा आत्मनिवेदन नवधा भक्ति को ही आधार माना है। इनके दीक्षा काल के पंद्रह वर्ष पूर्व ही श्रीनाथजी का श्रीविग्रह गोवर्धन में प्रकट हुआ था। अब कुभनदास आचार्यजी की आज्ञा से श्रीनाथजी की सेवा में लग गये और इन्हें मंदिर में कीर्तनिया के पद पर नियुक्त किया गया।

श्रीनाथजी के मंदिर में कुंभनदास नित्य नये पद गाकर सुनाते और वे भगवत कृपा को ही सर्वोपरि मानते थे। यहां तक बड़े से बड़े घरलू संकट में भी वे अपने आस्था पथ से कभी विचलित नहीं हुए। श्रीनाथजी के श्रृंगार संबंधी पदों की रचना और उनके गायन में इनकी बहुत रुचि थी। एक बार महाप्रभु वल्लभाचार्य जी ने उनके युगल लीला संबंधी पद सुने तो वे भावविभोर होगये तथा प्रसन्न होकर उन्होंने कहा--"तुम्हें तो निकुंज लीला के रस में यह अनुभूति होगयी है।" महाप्रभु

की ऐसी कृपा सुनकर गद्-गद् होगये और बोल उठे --" प्रभु मुझे तो इसी रस की नितांत आवश्यकता है।"

महाप्रभु के लीला प्रवेश के उपरांत कुंभनदास गोसाईं विट्ठलनाथ जी के संरक्षण में रहकर भगवान श्रीकृष्ण जी की लीलाओं का गुणगान आनन्दविभोर होकर करने लगे। उनके द्वारा की गई श्रीनाथजी की सेवा, आनन्द मग्न होकर किये गये भजन-कीर्तन और प्रभु की विभिन्न लीलाओं के संबंध में गाये गये सस्वर पदों को सुनकर लोग गद्-गद् होजाते। इससे इनकी प्रसिद्ध सब जगह फैल गई। यहां तक कि बड़े-बड़े राजा- महाराजा आदि इनके दर्शन करने में अपना सौभाग्य मानते थे। वृन्दावन के रसिक संत,भक्त, महात्मा उनके सत्संग की उत्कृष्ट स्पृहा किया करते थे। उन्होंने भगवत भक्ति का यश सदा अक्षुण्ण रखा तथा वे आर्थिक संकट तथा गरीबी से कभी कलंकित नहीं हुए।

एक बार गोसाईं श्रीविट्ठलनाथ जी उन्हें अपनी द्वारका यात्रा में साथ ले जाना चाहते थे। उनका विचार था कि वैष्णवों की भेंट से इनकी आर्थिक स्थिति सुधर जायेगी। लेकिन कुंभनदास श्रीनाथजी के वियोग को एक पल के लिए भी सहन नहीं कर सकते थे और दूसरी ओर वे गोसाईं जी की आज्ञा का विरोध भी नहीं कर सकते थे। वे गोसाईं जी के साथ अप्सरा कुंड तक ही पहुंचे कि श्रीनाथजी की छवि तथा उनके सौन्दर्य लीलाओं के स्मरण से उनके अंग-अंग सिहर उठे, भगवान की मधुर-मधुर मुस्कान की ज्योत्स्ना विरह अंधकार में थिरक उठी। इसे देखकर कुम्भनदास का हृदय घायल हो गया और उन्होंने श्रीनाथजी के वियोग में यह पद गाया--

"केते दिन जु गये बिनु देखैं।

तरुन किशोर रसिक नंदनन्दन,कछुक उठति मुख रेखैं।।

यह सोभा,वह कांति बदनकी,कोटिक चंद विसेखैं। वह चितवन,वह हास मनोहर,वह नटवर बपु भेखैं।।

स्याम सुंदर संग मिलि खेलनकी, आवति हिये अपेखैं।

'कुंभनदास' लाल गिरधर बिनु जीवन जनम अलेखैं।।"

श्री गोसाईं जी के हृदय पर उनके इस विरह गीत का बड़ा प्रभाव पड़ा। वे नहीं चाहते थे कि कुंभनदास पल भर के लिए भी श्रीनाथजी से अलग रहें। उन्होंने कुंभनदास को लौटा दिया। श्रीनाथजी के दर्शन कर अब वे स्वस्थ हो गये। श्रीरामचरितमानसजी में श्रीहनुमानजी मनुष्य की सबसे बड़ी विपत्ति के बारे में प्रभु श्रीरामजी से कह रहे हैं--

"कह हनुमंत बिपति प्रभु सोई।

जब तब सुमिरन भजन न होई।।"

अनूठे भक्त कुंभनदास की प्रसिद्ध सब जगह फैल गयी। एक बार मुगल बादशाह अकबर के दरबार में किसी गायक ने कुंभनदास द्वारा रचित पद सुनाया जिसे सुनकर अकबर बहुत प्रभावित हुआ और बादशाह ने कुभंनदास को सम्मान फतेहपुर सीकरी बुलाने के लिए सिपाही, सेवादार और पालकी गोवर्धन भेजी। पहले तो वे बादशाह के दरबार में जाना ही नहीं चाहते थे। लेकिन सबके अनुरोध को देखते हुए वे स्वयं अकेले पैदल यात्रा करके फतेहपुर सीकरी बादशाह के दरबार में पंहुच गये। वहां इनका बहुत आदर-सत्कार हुआ। उनको श्रीनाथजी की सभा के ऐश्वर्य को देखते हुए अकबर का दरबार दो कौड़ी का नजर आया। कुंभनदास की पगड़ी फटी हुई थी, तानिया मैली थी और वे आत्मग्लानि में डूब रहे थे कि मैं किस पाप के फलस्वरूप इनके सामने हाजिर हुआ हूं। ऐसी अच्छी आवभगत के बाबजूद उन्हें ऐसा प्रतीत हुआ कि वे यहां नरक में आ गये हैं। वे सोचने लगे कि यहां से अच्छा तो हमारा ब्रज है जहां स्वयं श्री बालकृष्ण भगवान साक्षात क्रीड़ाएं करते रहते हैं। अकबर ने इनसे कुछ सुनाने के लिए निवेदन किया तो उनके मुंह से केवल एक ही बात निकली कि अब कभी मत बुलाना। यह कहकर वे वापस गोवर्धन श्रीनाथजी की सेवा में आगये। लोगों ने उनसे राजदरबार और वहां हुई आवभगत के संबंध में पूछा तो उन्होंने कहा--

"संतन को कहा सीकरी सों काम?

आवत जात पनहियां टूटी,बिसरि गयौ हरिनाम।। जिनको मुख देखे दुःख उपजत,तिनको करिबे परयौ सलाम। 'कुभनदास' लाल गिरधर बिनु और सबै बेकाम।।"

संवत् 1620 में महाराजा मानसिंह भगवान श्रीकृष्णजी की प्राकट्य तथा लीला भूमि ब्रज की यात्रा पर आये। इसी दौरान उन्होंने श्रीवृन्दावन धाम के विभिन्न मंदिरों के दर्शन किए। तत्पश्चात गोवर्धन की परिक्रमा की। परिक्रमा के दौरान उन्होंने श्रीनाथजी के दर्शनों का आनंद लिया। उस समय कुंभनदास गज़ब की मस्ती में श्रीनाथजी के समक्ष मृदंग तथा वीणा के साथ कीर्तन कर रहे थे और श्रीनाथजी के श्रृंगार के सौंदर्य से संबंधित पदों का गायन सस्वर, मंत्रमुग्ध होकर कर रहे थे। इसे देखकर मानसिंह बहुत प्रभावित हुए और उनके गांव जमुनावतो चले गए। वहां उन्होंने देखा कि कुंभनदास किसानी कर रहे हैं साथ ही वे श्रीबालकृष्ण भगवान के रूप चिंतन में ध्यानावस्था में बैठे हुए हैं उन्हें बाह्य स्थिति का कोई ज्ञान नहीं था। अचानक मानसिंह के कानों में सुनाई पड़ा कि कुंभनदास लीलाधारी कन्हैया से कह रहे हैं देखो कान्हा अभी खेल पूरा नहीं

हुआ है अबकी बाजी मेरी है और मोय हरादो तौ जानू। उधर से कान्हा की आवाज आई तो खेलौ मित्र कुंभन। इस वार्तालाप को सुनकर मानसिंह स्तब्ध होगये। जब श्रीबालकृष्ण भगवान तथा कुंभनदास की क्रीड़ाएं पूरी हुईं तो कुंभनदास ने भजन-कीर्तन करने के लिए अपनी भतीजी से आसन(अर्थात घास का आसन जिस पर वह बैठते) और दर्पण (अर्थात पानी जिसमें वे अपना चेहरा देखकर तिलक लगाते) मांगा तो उनकी भतीजी ने बताया कि आसन को पड़िया(बछिया) खागई और दर्पण को पी गई। राजा मानसिंह ने उनकी निःस्पृहता तथा त्याग की सराहना की और कहा कि माया के भक्त तो बहुत देखे हैं लेकिन वास्तविकत भक्त तो आप ही हैं। कुंभनदास की दीन-हीन, गरीबी की स्थिति को देखते हुए राजा मानसिंह ने उन्हें रत्न जड़ित स्वर्ण फ्रेम वाला दर्पण तथा एक हजार स्वर्ण मुद्राएं भेंट कीं। लेकिन विश्वपति के सेवक ने इन सब को बिना विचार किए अस्वीकार कर दिया। फिर मानसिंह ने जमुनावतो गांव को उनके नाम करने के लिए निवेदन किया तो इसके प्रतिउत्तर में कुंभनदास ने कहा कि श्रीनाथजी ने हमें सब कुछ दिया हुआ है किसी बात की कमी नहीं है। मेरे कान्हा को तो करील की टेंटी का अचार बहुत भाता है और दूसरा बेर भी बहुत अच्छे लगते हैं। वह दोनों यहां हैं , यह सुनकर मानसिंह ने कहा कि कुछ तो अपनी बात बताओ ताकि मैं आपकी सहायता कर सकूं। इसे सुनकर कुंभनदास ने कहा कि यदि मेरी सहायता करना चाहते हो तो यहां मत आना। लोगों ने जब यह सुना तो आश्चर्य चकित रह गए कि कुंभनदास ने यह क्या कह दिया? लोग तो राजा- महाराजाओं तथा उनके सेवकों के आगे पीछे चक्कर लगाते हैं। इस बात को सुनकर कुंभनदास ने बताया कि जैसे ही मानसिंह यहां आया उसी समय मेरे ठाकुर, मेरे कन्हैया रूठकर मेरी गोद से उतर कर भाग गए और यह मेरे लिए बड़े कष्ट की घड़ी थी। तुम सब जानते हो कि एक म्यान में दो तलबार कभी नहीं आती।

एक दिन गोसाईं श्रीविट्ठलनाथ जी ने कुंभनदास से पूछा, हे नंदनन्दन सखा! यह तो बताओ कि तुम्हारे कितने पुत्र, पुत्रियां हैं। मैंने लोगों से सुना है कि तुम्हारे सात पुत्र और एक विधवा भतीजी है। लेकिन तुम लोगों को बताते हो कि मेरा डेढ़ पुत्र है, इस रहस्य को उजागर करो। इस बात को सुनकर कुंभनदास ने बताया कि महाराज मेरा एक पुत्र जो चतुर्भुजदास है जो श्रीनाथजी की सेवा में तत्पर रहता है, उनका गुणगान करता है और भजन-कीर्तन करता है। गायों की भी सेवा करता है वह मेरा पूरा एक पुत्र है। दूसरा पुत्र कृष्णदास है जो श्रीनाथजी की सेवा तो करता है और गायों की सेवा भी करता है लेकिन कभी-कभी डगमगा जाता है इसलिए वह आधा पुत्र है। शेष पांचों पुत्र सांसारिक जाल में जकड़े हुए हैं और सदैव निन्यानबे

के फेर में रहते हैं और उनको सौ करने के चक्कर में अपना समय गंवा रहे हैं मेरे हिसाब से उनकी गिनती पुत्रों में नहीं आती। इसलिए मेरा डेढ़ पुत्र है।

एक दिन श्रीनाथजी मंदिर के परिकरों ने गोसाईं जी को बताया कि कुंभनदास का पुत्र कृष्णदास अकेला गाय चराने जंगल में गया था तो उसे शेर ने खा लिया। पुत्र की मृत्यु से कुंभनदास को बहुत बड़ा सदमा पहुंचा है जिससे वे अत्यंत दुःखी हैं। इस दुःखद समाचार को सुनकर गोसाईं जी कुंभनदास के निवास पर गये और उन्होंने कहा-- कुंभनदास तुम तो श्रीनाथजी के भक्त हो, ज्ञानी हो सब बातें भली-भांति जानते हो कि जिसका जन्म हुआ है उसकी मृत्यु निश्चित है। यह सब प्रभु का खेल है। अपने को संभालो, यह बात सही है कि पुत्र मोह बहुत ही पीड़ा देता है। लेकिन इस पर किसी का बस नहीं चलता। मनुष्य के हाथ में कुछ भी नहीं है। धैर्य धारण करो। इन सब बातों को सुनकर कुंभनदास ने कहा महाराज पुत्र के जाने का गम नहीं है। अब मुझे दिन-रात चैन नहीं पड़ रहा है क्योंकि परिवार में पातक सूतक लग गये हैं और मैं प्रभु श्रीनाथजी की सेवा से वंचित होगया हूं, मुझे कुछ भी नहीं सूझ रहा है, क्या करूं? अब श्रीनाथजी मुझे कब सेवा का मौका देंगे। कुंभनदास की अंतःकरण से निकली वेदना को सुनकर गोसाईं श्रीविट्ठलनाथ जी ने कहा कि तुम तो इन जातक-पातक सूतकों से बहुत ऊंचे उठ गये हो कुभंन, तुम पर कोई सूतक लागू नहीं होता। अब तुम श्रीनाथजी के दर्शन करो और उनकी सेवा में लग जाओ। यह सुनते ही कुंभनदास के मन को बड़ी शांति मिली।

प्रारम्भ से ही कुंभनदास अपने गांव जमुनावतो से परसोली, चंद्रसरोवर होकर श्रीनाथजी के दर्शन करने तथा उनकी सेवा के लिए गोवर्धन नित्य आया करते थे। यह नियम उन्होंने अपनी वृद्धावस्था में भी नहीं छोड़ा। एक दिन वे संकर्षण कुंडी पर आन्यौर के निकट अपने छोटे पुत्र अष्टछाप के सुप्रसिद्ध कवि एवं भक्त चतुर्भुजदास के साथ ठहरे हुए थे। जब चतुर्भुज ने घर चलने के लिए कहा तो उन्होंने अपने अंतःमन की बात कही कि "अब घर चलकर क्या करना है। कुछ समय बाद यह शरीर छूटने वाला है।" श्रीनाथजी की कृपा से यह बात गोसाईं जी के मन में प्रकट हुई और वे तत्काल कुंभनदास के पास पहुंच गये और वे उनके शरीर त्यागने के समय उनके समक्ष थे। गोसाईं जी ने पूछा कि --"इस समय मन किस लीला में लगा है?" श्रीनाथजी के अनूठे भक्त कुंभनदास ने कहा--"लाल तेरी चितवन चितहिं चुरावै" और इसके अनन्तर युगल स्वरूप की छवि के ध्यान में यह पद गाया--

"रसिकनी रस में रहत गड़ी।
कनक बेलि बृषभानु नंदिनी स्याम तमाल चढ़ी।।

बिरहत श्रीगिरिधरन लाल संग, कोने पाठ पढ़ी।
'कुंभनदास' प्रभु गोबरधन रति रस केलिए बढ़ी।।"

यह गाते-गाते श्रीनाथजी के अनूठे भक्त कुंभनदास जी ने एक सौ तेरह वर्ष की आयु में संवत् 1639 में अपना नश्वर शरीर त्याग दिया और भगवान श्रीनाथजी के परमधाम को प्रस्थान कर गये। गोसाईं श्रीविट्ठलनाथ जी ने करुण स्वर में उन्हें श्रृद्धांजलि अर्पित की और कहा कि ऐसे भगवदीय अंतर्ध्यान होगये।

संत-भक्तों की ये लीलाएं कोई चमत्कार नहीं होतीं यह तो सब केवल भगवान की असीम कृपा तथा उनका अनुग्रह ही है जिसे समझना सामान्य लोगों की समझ से परे है।

भक्त कवि कुंभनदास के लगभग पांच सौ पद हैं जो 'राग कल्पद्रुम', ',राग-रत्नाकर' तथा सम्प्रदाय के कीर्तन संग्रहों में मिलते हैं। इन्होंने सभी पदों की रचना श्रीबालकृष्ण भगवान की लीलाओं, जन्माष्टमी,राधा जन्मोत्सव की बधाई, पालना, धनतेरस, गोवर्धन पूजा,इंद्र मान भंग, संक्रांति, मल्हार, रथयात्रा, हिंडोला, पवित्रा, राखी, वसन्त,धमारि आदि ब्रज उत्सवों के अवसर पर की हैं जिन्हें उन्होंने नित्य श्रीनाथजी के समक्ष गाया है।

30

अंतः चक्षु

परम भागवत महात्मा, महाकवि सूरदास का जन्म संवत् 1540 में रेणुका (रुनकता) के समीप साही(सीही) ग्राम में ब्रहमनिष्ठ ब्राहमण परिवार में पंडित रामचंद्र के यहां हुआ था। पंडित रामचन्द्र के आठ पुत्र थे जिनमें सूरदास सबसे छोटे थे। भगवत कृपा से सूरदासजी का कंठ बहुत ही मधुर था और ये नित्य ही भक्तिभाव से कीर्तन करते तथा श्रीबालकृष्ण भगवान की लीलाओं का गुणगान भावमग्न होकर सुरीली आवाज में गाते। इनके सभी भाई भी किसी न किसी मंदिर में, गांव की चौपाल आदि स्थानों पर भगवान की भक्ति से संबंधित पदों का गायन करते, कीर्तन करते थे। जन्म से ही नेत्र विहीन सूरदास भी अपनी लाठी टेककर उनके पीछे-पीछे चले जाते और कभी-कभी इनको भी गायन का अवसर मिला जाता तो वे भगवान श्रीकृष्णजी के ध्यान में मग्न होकर श्रृद्धा-भाव से,मधुर कंठ से पद गाते तो सभी श्रोता भावमग्न हो जाते और इन्हें पुरुस्कार देते। इसे देखकर इनके भाइयों को अपनी अस्मिता का खतरा नजर आने लगा जिससे दिन-प्रतिदिन उनके अहंभाव को ठेस लगने लगी और वे अपने छोटे भाई से अंदर ही अंदर द्वेष करने लगे, यहां तक कि एक दिन उन्होंने इन्हें मारपीट कर घर से निकाल दिया और कहा कि इस घर में कभी वापस नहीं आना। इस घर से तुम्हारा कोई लेना-देना नहीं है।

इस घटना के उपरांत इनके मन में वैराग्य जागा तथा भगवान के प्रति अनन्य भाव की भक्ति का बीजारोपण हो गया। इसके बाद कुछ दिन वे गांव के पास तालाब के किनारे एक कुटिया में रहने लगे और भिक्षा करके अपनी भूख मिटाते। अब इनका मन भगवान के भजन में रम गया।

अठारह वर्ष की आयु में सूरदास मथुरा आकर यमुना के तट पर गऊ घाट पर रहने लगे और यहां भी उनकी दिनचर्या थी रोजाना यमुनाजी में स्नान करना, भजन-कीर्तन करना। एक दिन अनायास ही सूरदास जी पर भगवान श्रीकृष्णजी की ऐसी कृपा बरसी कि महाप्रभु वल्लभाचार्यजी स्वयं इनको दर्शन देने के लिए पधारे। जबकि संत, महापुरुषों के दर्शनों के लिए लोग इधर-उधर भटकते रहते हैं। लेकिन उन्हें कुछ भी प्राप्त नहीं हो पाता। इसका कारण है लोग गुरुओं की पहचान करते हैं। आजकल समाज में एक कहावत प्रचलित हो रही है कि 'पानी पीजिए छानकर, गुरु बनाए पहचान कर' इसी बात को ध्यान में रखकर बहुत से लोग गुरुओं की परीक्षा लेते फिरते हैं और इसी चक्कर में फंसकर इधर-उधर भाग-दौड़ करते हैं और कहीं कोई सफलता नहीं मिलती क्योंकि सद् गुरुओं की पहचान/परीक्षा लेने की सामर्थ्य किसी भी व्यक्ति में नहीं हो सकती चूंकि परीक्षक को तो परीक्षार्थी से अधिक योग्य होना आवश्यक होता है। विश्वास कीजिए यदि व्यक्ति का मन निर्मल है और उसके अंदर सत् गुरु के दर्शन करने तथा उनकी कृपा प्राप्ति के लिए उत्कृष्ट उत्कंठा है तो गुरु स्वयं ही उसको दर्शन देते और अपनी कृपा से उसे अनुग्रहीत करते हैं। ऐसे अनेकों उदाहरण हैं। इसके लिए उन्हें कहीं भी भटकना नहीं पड़ता। ऐसा ही सूरदास के साथ हुआ। महाप्रभु वल्लभाचार्य जी ने सूरदास जी को दर्शन दिए और कहा, सूरस्वामी! कुछ सुनाओ। इस पर सूरदास ने सुनाया--"मो सम कौन कुटिल खल कामी।........सूर पतित को ठौर कहांहै, तुम बिनु श्रीपति स्वामी।।"

"कर्म हीन जन्मों कौ अंधौ या ते कौन नकारौ"

"हरि हौं सब पतितन को नायक।......लीजै नाथ निबेर तुरतहिं सूर पतित को टांड़ो।।"

"प्रभु मेरे अवगुन चित न धरौ।........ अबकी बेर मोहि पार उतारौ नहिं पन जात टरौ।।"

इन पदों का गायन सुनकर महाप्रभु वल्लभाचार्य बहुत प्रभावित हुए किन्तु उन्हें दैन्य की ये भावनाएं रुचिकर नहीं लगी और कहा--"सूर ह्वै कै ऐसो काहे घिघियात है। कछु भगवत लीलाओं का वर्णन करौ"

इसके बाद महाप्रभु वल्लभाचार्य जी सूरदास को अपने साथ गोकुल ले गये और वहां उन्होंने उनको श्रीमद्‌भभागवत महापुराण की कथा को भावामग्न होकर श्रद्‌धा से ओतप्रोत होकर प्रेम पूर्वक सुनाया। इस कथा को सुनकर सूरदास आनन्द मग्न होगये। तत्पश्चात महाप्रभु ने उनके अंतर्मन में भगवत भक्ति का बीजारोपण कर दिया। महाप्रभु ने जब सूरदास के अंतर्मन को भली-भांति टटोल

लिया और पाया कि सूर कसौटी पर पूरी तरह खरा उतर गये तो उन्होंने अपनी कृपा की वर्षा करते हुए सूरदास के अंतः चक्षु खोल दिए और कहा कि सूरस्वामी अब तुम भगवान श्रीकृष्णजी की लीलाओं को निहारो, गेय पदों में उनकी लीलाओं का गुणगान करो तथा उन पदों को उनको ही सुनाओ और स्वयं आनन्द लो। लोगों के अंतःचक्षु खोलना ही संतों,सद् गुरुओं की महत्ता है। सद् गुरु की महिमा का वर्णन करते हुए कबीर साहब कह रहे हैं--"सत गुरु की महिमा अनंत, अनंत किया उपकार। लोचन अनंत उघाड़िया, अनंत दिखावन हार।।"

"सत गुरु सवां न को सगा,सोधी सईं न दाति। हरि जी सवां न को हितू, हरिजन सईं न जाति।।"

महाप्रभु वल्लभाचार्य जी ने सूरदास को पुष्टि मार्ग में दीक्षित कर दिया। पुष्टि मार्ग का अभिप्राय है-- श्रीकृष्ण परब्रह्म हैं। उनका ब्रह्म सत्, चित् , तथा आनन्द तीनों स्वरूपों वाला है। पुष्टि मार्ग में दीक्षित सूरदास,कुंभनदास, नंददास, छीतस्वामी, परमानन्ददास, कृष्णदास, चतुर्भुजदास तथा गोविंद स्वामी अष्टछाप के आठ कवि-भक्त थे। इनकी सर्वाधिक वर्णनीय विशेषता है उनकी भक्ति भावना। ये सभी पुष्टि मार्गीय भक्त थे। ईश्वर के अनुग्रह को पुष्टि कहते हैं। अनुग्रह की मात्रा के अनुसार पुष्टि चार प्रकार की होती है--प्रवाह पुष्टि, मर्यादा पुष्टि, पुष्टि पुष्टि तथा शुद्ध पुष्टि। शुद्ध पुष्टि प्राप्त करने वाले भक्तों पर भगवान का विशेष अनुग्रह रहता है। अष्टछाप के इन कवियों ने भगवान की भक्ति प्राप्त करने हेतु श्रवण, कीर्तन, स्मरण,पादसेवन,वन्दन,दास्य,सख्य तथा आत्मनिवेदन नवधा भक्ति का आधार लिया है।

महाप्रभु वल्लभाचार्य जी के साथ अब सूरदास गोवर्धन पर्वत पर स्थित श्रीनाथजी के मंदिर चले गए और वहां वे रोजाना पूरी तन्मयता से पूर्ण श्रृद्धा-विश्वास के साथ भजन-कीर्तन करते तथा आत्म विभोर हो जाते। महाप्रभु वल्लभाचार्य जी द्वारा प्रदान किए गए अंतः चक्षुओं से सूरदास जी नित्य श्रीनाथजी के मंदिर में श्रीबालकृष्ण भगवान की लीलाओं, झांकियों तथा श्रृंगार को निहारते, साक्षात दर्शन करते तथा उन्हीं लीलाओं का सजीव गुणगान करते-करते आनन्द मग्न हो जाते। यह देखकर मंदिर के परिकर, पुजारी तथा अन्य लोग आश्चर्यचकित हो जाते कि श्रीविग्रह की जैसी छवि होती है, श्रृंगार किया जाता है उसी का ये वर्णन, गुणगान यथावत करते हैं जबकि सूरदास अपने को अंधा बताते हैं। इस बात की अब निरंतर चर्चा होने लगी और लोग कहने लगे कि इन्हें अवश्य दिखाई देता है क्योंकि ऐसा वर्णन तो आंखों वाले भी नहीं कर पाते। सबने इस पर विचार किया और निर्णय लिया कि श्रीनाथजी के श्रीविग्रह का ऐसा अद्भुत श्रृंगार

किया जाय,झांकी बनायी जाय जो अब तक किसी न सोचा हो और नहीं देखा हो तथा एक मोटे कपड़े का परदा डाल दिया जाय ताकि बाहर से कुछ भी दिखाई न पड़े। ऐसा ही किया गया। अब पता चल जाएगा कि ये किस तरह इस छवि-झांकी का गुणगान करते हैं? सूरदास जी अपने समयानुसार श्रीनाथजी के दर्शन करने मंदिर आगये और जो अंतः चक्षुओं से ठाकुर की छवि देखी, उसका उन्होंने यथावत गुणगान किया जो निम्नलिखित पद में उल्लिखित है:

"देखे री हरि नंगम नंगा।
जलसुत भूषन अंग बिराजत बसन हीन छवि उठि तरंगा।।
अंग-अंग प्रति अमित माधुरी,निरखि लज्जित रति कोटि अनंगा।
किलकत दधिसुत मुख लेपन करि सूर हसत ब्रज युवतनि संगा।।"

यह सुनकर सभी हतप्रभ होगये और एक अपराधी भांति सोचने लगे कि हमने यह क्या किया? और वे भयभीत हो गए कि कहीं भगवान हमें दण्डित न कर दें क्योंकि उनका यह कार्य भगवान के भक्त के साथ किया गया अपराध है जो भगवान कभी भी स्वीकार्य नहीं है--

"हम भगतन के भगत हमारे।
सुन अरजुन परतिग्या मोरी यह ब्रत टरत न टारे।। भगतन काज लाज हिय धरिकैं पांय पियादे धायौ। जहं-जहं भीर परै भगतनपै तहं-तहं होत सहायौ।। जो भगतनसों बैर करत है सो निज बैरी मेरो।
देख बिचार भगत-हित कारन हांकत हौं रथ तेरो।। जीते जीत भगत अपने की हारे हार बिचारों।
सूर स्याम जो भगत-बिरोधी चक्र सुदरसन मारों।।"

यह सोचके कि अब क्या होगा तत्काल सभी सूरदासजी के पांव में पड़कर क्षमा मांगने लगे। उन्होंने अपने द्‌वारा किए किये अपराध को बताया। सूरदास ने सबको अपने गले लगा लिया और कहा तुम सब मेरे हो ऐसी बातें क्यों कर रहे हो। सूरदास जी रोजाना की तरह भजन-कीर्तन करते और श्री बालकृष्ण भगवान की लीलाओं का अंतः चक्षुओं से दर्शन करते हुए नित्य नए पदों का विभिन्न रागों में गायन करते-करते आनन्द विभोर हो जाते ।

सूरदास ने सोलह रचनाएं की हैं इन रचनाओं में प्रमुख है 'सूरसागर'। सूरदास वात्सल्य और श्रृंगार के अनन्यतम कवि हैं। इनके साहित्य को ध्यान में रखकर इन्हें महाकवि माना जाता है। इनकी साहित्य रचनाओं को देखते हुए किसी कवि के उद्‌गार हैं--

"सूर सूर तुलसी शशि उडगन केशवदास।

अब के कवि खद्योत सम जहं-तहं करत प्रकाश।।"

भगवान की लीलाओं का गुणगान करते हुए उन्होंने एक सौ बीस वर्ष की आयु में अपनी वाह्य लीलाओं का संवरण करते समय यह पद उनके मुख से अकस्मात निकला तथा महाप्रभु वल्लभाचार्य जी द्वारा प्रदत्त अंतः चक्षुओं से भगवान श्रीकृष्णजी के दर्शन करते हुए इस नश्वर शरीर को त्याग दिया: "खंजन नैन रूप रस माते।

अतिसय चारु चपल अनियारे,पर पिंजरा न समाते।।

चलि चलि जात निकट स्रवननि के, उलटि पलटि ताटंक फंदाते।

सूरदास अंजन गुन अटके, न तरू अबहिं उड़ि जाते।।"

जब यह समाचार महाप्रभु वल्लभाचार्य जी के सुपुत्र श्री विट्ठलनाथ ने सुना तो उनके मुंह से निकला --

"पुष्टिमार्ग कौ जहाज उड़यौ जात है"।

31

संत श्रीसीतारामदासओंकारनाथ महाराज

सृष्टि के प्रारंभ से ही भारत-भूमि पर समय- समय पर अनेकों ऋषियों, मनीषियों, संतों-भक्तों ने जन्म लेकर इस पावन भूमि को धन्य किया है, यहां तक भगवान श्रीरामचंद्रजी और श्रीकृष्णजी सहित स्वयं नर रूप में चौबीस अवतारों का प्रादुर्भाव भी यहीं हुआ है जिसका उल्लेख श्रीमद्भागवत महापुराण सहित अनेकों ग्रंथों में मिलता है। इसलिए इस पावन भूमि भारतवर्ष के महत्व के संबंध में एक कवि के उद्गार इस प्रकार हैं:

"यह मातृभूमि मेरी यह पितृ भूमि मेरी। सुरलोक से भी अनुपम ऋषियों ने जिस को गाया।। देवेश को जहां अवतार लेना भाया।......... यह मातृभूमि मेरी यह पितृ भूमि मेरी।।"

इसी तरह भारत के बंगाल में श्रीचैतन्य महाप्रभु, संत कृतिवास, ठाकुर रामकृष्ण परमहंस, स्वामी प्रणवानंद, स्वामी विवेकानंद, प्रभु जगतबंधु, ठाकुर श्यामाचरण लाहिड़ी महाशय, मांआनन्दमयी आदि जैसे संतों-भक्तों का प्रादुर्भाव हुआ। इसी कड़ी में पूरे संसार में भगवन्नाम संकीर्तन के साथ-साथ भारतीय दर्शन तथा सनातन धर्म, संस्कृति के प्रचार-प्रसार के माध्यम से भक्तजनों के आत्म कल्याण का मार्ग प्रशस्त करने के लिए बंगाल में अवतरित श्री चैतन्य महाप्रभु की दिव्य परम्परा के ही महान संत 19वीं सदी के सुप्रसिद्ध वैष्णव

भक्त, भक्ति पंथ के आध्यात्मिक सितारे और एक अप्रतिम लोक कल्याणकारी विभूति श्रीश्री ठाकुर संत श्रीसीतारामदास ओंकारनाथ महाराज का प्रादुर्भाव 17 फरवरी,1892 को पश्चिम बंगाल के हुगली जिले के केवटा ग्राम में ब्रह्मनिष्ठ ब्राह्मण श्री प्राणहरि चट्टोपाध्याय के यहां हुआ था। इनका बचपन का नाम प्रबोधचंद्र चट्टोपाध्याय था। जब वे केवल चार वर्ष के ही थे तो इनकी माता का देहांत हो गया। इनका लालन-पालन विमाता ने बड़े स्नेह से किया। फिर प्रभु की इच्छा से अल्पायु में इनके पिता भी स्वर्गवासी हो गये।

बाल्यकाल से ही प्रबोध चंद्र बहुत प्रतिभाशाली तथा शांत स्वभाव के थे। मां सरस्वतीजी की कृपा से ये बहुत ही कुशाग्रबुद्धि के थे जिसके परिणामस्वरूप ये जिसे एक बार सुन लेते अथवा पढ़ लेते तो उन्हें वह तत्काल कंठस्थ हो जाता था। इसी वजह से इनका संस्कृत, बंगला, हिंदी, अंग्रेजी आदि भाषाओं पर पूर्णतः अधिकार था। केवल बारह वर्ष की आयु में ही ये संस्कृत, व्याकरण,वेद, पुराण आदि धर्म ग्रंथों के प्रकांड पंडित, ज्ञाता हो गये। बचपन से ही प्रबोध चंद्र सत्य प्रतिज्ञ, शास्त्र विश्वासी, कठोर व्रती,आचारनिष्ठ, ब्रह्मनिष्ठ एवं मस्त थे।

विद्या अध्ययन के उपरांत एक दिन अकस्मात उन्हें परम विरक्त, सिद्ध संत स्वामी श्री दशरथि जी के दर्शन हुए और वे उनके दर्शन से अत्यंत आनन्दित हुए और दूसरी ओर संत दशरथि भी इन्हें देखकर बहुत प्रसन्न हुए और उनके अंतर्मन में प्रबोध चंद्र को दीक्षा देने की अकस्मात भावना जागृति हुई कि इस बालक को अभी दीक्षित किया जाना अपेक्षित है। उसी समय प्रबोध चंद्र ने भी उनसे दीक्षा देने के लिए प्रार्थना करदी। यह सब अकस्मात था। तत्पश्चात संतजी ने बिना कुछ विचार किए उन्हें दीक्षा दे दी क्योंकि इस कार्य के लिए प्रभु ने पहले ही उनके अंतर्मन में प्रेरणा जागृत कर दी थी। अब इनका नाम बदलकर प्रबोधचंद्र चट्टोपाध्याय से सीतारामदास कर दिया और उन्हें भगवन्नाम जप करने तथा उसके प्रचार का आदेश दिया। इसके बाद इन्होंने योगीराज श्री गोडेन्द्र महाराज से योग की सिद्धियां प्राप्त कीं। एक दिन आप वेदांत ग्रंथों का अध्ययन करने के उपरांत भगवन्नाम जप कर रहे थे, उसी समय अचानक पंचमुखी भगवान शंकरजी इनके सामने साक्षात प्रकट हो गए और बोले मैं ही तेरा पिता हूं । उसी ही समय मां उमा प्रकट हो गयीं और वह बोली मैं तेरी मां हूं, तू निश्चिंत होकर भगवन्नाम का प्रचार कर। हम सदैव तुम्हारे साथ हैं।

संत श्रीसीतारामदास जी ने 'भारतीय दर्शन', 'वर्णाश्रम धर्म', 'सनातन शास्त्रम्' आदि अनेकों ग्रंथों की रचना की और भगवन्नाम, सद्-विचारों को जन-जन तक पहुंचाया। उनके द्वारा स्थापित आश्रमों से देवजन (बंगला), जय

जगन्नाथ (उड़िया), परमानन्द (हिन्दी), प्रवण परिजात (संस्कृत) जैसी पत्र-पत्रिकाएं प्रकाशित होती हैं। इसके अलावा महाराज जी ने अनेक स्थानों पर देववाणी संस्कृत भाषा के प्रचार-प्रसार के लिए संस्कृत विद्यालयों की स्थापना की। वे गायों के पालन तथा उनकी सेवा के लिए सदैव तत्पर रहते थे और कहते थे कि गौमाता ही हमारी रक्षा कर सकती है। गौ सेवा करिए तब ही हम स्वस्थ एवं प्रसन्न रह सकते हैं।

अब संत श्रीसीतारामदास ने अपना सम्पूर्ण जीवन सद्विचारों व भगवन्नाम के प्रचार-प्रसार में लगाने का दृढ़ संकल्प ले लिया। ठाकुर सीतारामदास ने देश के विभिन्न भागों यथा काशी, श्रीजगन्नाथधामपुरी, अयोध्या, बिठूर, गोरखपुर, ओंकारेश्वर,नैमीशारण्य, वृन्दावनधाम, गोवर्धन, बद्रीनाथ, ऋषिकेश आदि तीर्थों का अनेकों बार भ्रमण किया और भारतीय संस्कृति-सभ्यता, हिन्दू दर्शन तथा सनातन धर्म के सिद्धांतों का प्रतिपादन किया तथा उनसे जन-जन को अवगत कराया एवं लोगों को इनके प्रति जागृत किया।

महाराज जी अपनी यात्रा के दौरान मध्यप्रदेश में स्थित इंदौर के निकट ओंकारेश्वर पहुंचे वहां उन्होंने पतित पावनी मां नर्मदा के पवित्र जल में स्नान किया तथा ज्योतिर्लिंग ओंकारेश्वर के दर्शन किए। मां नर्मदा और भगवान ओंकारेश्वर के दर्शनों से इतने प्रभावित हुए कि उन्होंने वहीं एक गुफा में चालीस वर्ष तक कठोर तपस्या की। इनकी तपस्या से प्रसन्न होकर भगवान ओंकारेश्वर साक्षात प्रकट हुए और उन्होंने संत सीतारामदास से वरदान मांगने के लिए कहा। इस पर महाराज जी ने कहा भगवन आप यह क्या कह रहे हैं? आप के साक्षात दर्शन के बाद कौन सा वरदान मांगना शेष रह जाता है? सब कुछ प्राप्त होगया। तदउपरांत भगवानशंकर ने कहा यदि तुम कुछ नहीं मांगना चाहते तो मेरी आज्ञा है कि तुम निष्काम भाव से भगवन्नाम का प्रचार-प्रसार करो और उनका नाम जप ही अपने जीवन का उद्देश्य मानो। श्रीओंकारेश्वर में तपस्या करके तथा भगवान ओंकारेश्वर के दर्शन के बाद इनके नाम में ओंकारनाथ जुड़ गया। अब इनका पूरा नाम "श्रीश्री ठाकुर संत श्रीसीतारामदास ओंकारनाथ महाराज होगया। इन्हें कुछ लोग "बंगाली बाबा" के नाम से भी पुकारते हैं।

भगवन्नाम संकीर्तन का प्रचार करते-करते वे गोरखपुर पहुंचे वहां उन्होंने परमश्रद्धेय रस-सिद्ध-संत श्रीहनुमान प्रसाद पोद्दार भाई जी तथा प्रीति रसावतार महानिमग्न श्रीराधाबाबाजी के दर्शन किए और बहुत ही प्रसन्न तथा आनन्दित हुए। इसके बाद वे श्रीभाई जी तथा श्रीराधाबाबा के साथ गीताप्रेस गये। उन्होंने वहां रखे धार्मिक ग्रंथों को साष्टांग प्रणाम किया और उनको देखकर

गद्गद होकर झूमने लगे।

एक बार की घटना है कि उन्होंने अपने शिष्यों, परिकरों से *हरे कृष्ण हरे कृष्ण कृष्ण कृष्ण हरे हरे। हरे राम हरे राम राम राम हरे हरे* भगवन्नाम संकीर्तन शुरू करने के लिए कहा। यह स्थान खुले आसमान में था,छत नाम की कोई चीज नहीं थी। इस पर लोगों ने कहा महाराज काली-काली घटा आरही हैं, घनघोर बारिश होने वाली है यहां संकीर्तन कैसे संभव है?। इस पर महाराजजी ने कहा बिना समय गंवाए तत्काल संकीर्तन शुरू करो। यह भगवान की इच्छा है कि उनको अपने नाम संकीर्तन में विघ्न डालनी अथवा नाम संकीर्तन करवाना है। संकीर्तन शुरू हुआ घनघोर वर्षा हुई लेकिन संकीर्तन प्रांगण में एक बूंद नहीं पड़ी जो बिल्कुल खुले में आयोजित था। यही भगवन्नाम संकीर्तन का प्रभाव है। भगवन्नाम जप की महिमा का गुणगान करते हुए वह डंके की चोट से लोगों को कहते थे कि पूर्ण श्रृद्धा-विश्वास के साथ अनन्य भाव से भगवन्नाम का जप करो इससे निश्चय ही तुम्हारा उद्धार हो जायेगा, साथ में तुम्हारी पीढ़ियां भी तर जायेंगी।

लगभग चालीस वर्ष पूर्व की बात है कि बंगाली बाबा संत श्रीसीतारामदास ओंकारनाथ जी के शिष्य बालकराम से मेरी मुलाकात दिल्ली के चांदनी चौक में हुई। इस मुलाकात के दौरान उन्होंने ने महाराज जी की अनेकों घटनाओं का उल्लेख करते हुए बताया कि बाबा भगवन्नाम जप पर बहुत जोर देते थे। यहां तक कि कोई व्यक्ति उनका शिष्य बनने के लिए आग्रह करता था तो वह उसकी कठोर परीक्षा लेते थे और कहते थे कि पहले श्रृद्धा, विश्वास के साथ अनन्य भाव से भगवन्नाम "हरे कृष्ण हरे कृष्ण कृष्ण कृष्ण हरे हरे। हरे राम हरे राम राम राम हरे हरे" का कम से कम पिच्यासी लाख बार जप करो, फिर हमसे बात करो।

उन्होंने एक आश्चर्यजनक घटना के बारे में बताया कि एक दिन गुरू जी (संत श्रीसीतारामदास ओंकारनाथ ठाकुर) ने कहा कि बालक हमारा एक काम करोगे, मना तो नहीं करोगे। बालकराम ने कहा गुरु जी जो आज्ञा, अवश्य करूंगा। ठीक है, ध्यान से सुनो जब भी मैं शौच के लिए जाऊं तो तुम मेरे शौच पदार्थ(मल) को अपने शरीर पर खूब लेपन करो। बालकराम ने मुझे बताया कि जब मैं उस मल को अपने शरीर पर लेपन करता था तो चंपा-चमेली के फूलों जैसी सुगंध आती थी। फिर उन्होंने बताया कि गुरुजी तो वर्षों से केवल जल ही ग्रहण करते थे फिर यह मल कहां से आता है? दो दिन के बाद ही गुरुजी ने मुझसे पूछा बालक आनन्द आ रहा है। हां गुरुजी, बहुत आनंद आ रहा है। इसके बाद गुरुजी ने कहा कि अब यह क्रिया बंद कर दो। उसका प्रभाव यह हुआ कि बिना प्रयास के ही मेरा मन भगवन्नाम में स्वतः ही लगने लगा। मुझे आभास हुआ कि यह गुरुजी का मल नहीं

था यह तो केवल उनकी कृपा थी। वास्तव में जो मल दिखाई देता था वह कुछ भी नहीं था।

इसके बाद उन्होंने एक घटना और बतायी। एक दिन गुरुजी एक किराना दुकानदार के पास गए और बोले तुम्हारे पास कितना चावल है। दुकानदार ने कहा महाराज चावल के बीस कट्टे हैं। ठीक है, लो एक टका और पूरे चावलों को गरीबों में बांट दो। दुकानदार असमंजस में पड़ गया फिर उसके अंतर्मन से आदेश मिला और उसने तत्काल सभी बीस कट्टों के चावलों को गरीबों में वितरित कर दिया। जैसे ही महाराज जी उसकी दुकान से आगे बढ़े तो वह देखता कि उसकी दुकान में चावल के बीस कट्टों के स्थान पर चावल से भरे हुए चालीस कट्टे रखे हुए हैं। वह महाराज जी की चरण वंदना के लिए जैसे ही दुकान से बाहर निकला तब तक महाराज जी अदृश्य हो गये। यही भक्त वत्सलभगवान की लीला है।

संतों-भक्तों, महापुरुषों के जीवन में ऐसी आश्चर्यचकित, रहस्यमी प्रत्यक्ष-अप्रत्यक्ष अनगनित घटनाएं नित्य-प्रति होती रहती हैं। इन सभी घटनाओं का उल्लेख करना मनुष्य की सामर्थ्य से बाहर है।

श्रीश्री ठाकुर संत सीतारामदास ओंकारनाथ महाराज "हरे कृष्ण हरे कृष्ण कृष्ण कृष्ण हरे हरे। हरे राम हरे राम राम राम हरे हरे" भगवन्नाम का संकीर्तन करते हुए बंगाल के डुमरदहा के श्रीराम आश्रम में 6दिसम्बर,1982 को अपनी बाह्यलीला का संवरण करके भगवान के श्रीपरमधाम को सिधार गये।

32

सांवरिया सेठ

गोरखपुर में पावन भूमि गीता वाटिका के पास में ही वसन्त विहार नाम की आवासीय कालोनी में अमीचंद शर्मा अपनी धर्मपत्नी श्रीमती विमला देवी तथा चार पुत्रों और एक पुत्री के साथ किराये के मकान में बड़ी प्रसन्नता से रह रहते थे। उन्हें इस मकान में रहने का एक सबसे बड़ा आकर्षण तथा सुख था कि गीता वाटिका का बहुत पास होना जहां परमश्रद्धेय रस-सिद्ध-संत श्रीहनुमान प्रसाद पोद्दार भाईजी तथा प्रीतिरसावतार महाभावनिमग्न श्रीराधाबाबा परमभागवत संत विराजते थे। अमीचंद शर्मा पूर्वोत्तर रेलवे के महाप्रबंधक कार्यालय में अधीक्षक के पद पर कार्यरत थे, सरकारी नौकरी में होते हुए भी बहुत ही सहज,सरल और नम्र स्वभाव के व्यक्ति थे। वह पूर्ण निष्ठा के साथ अपनी ड्यूटी निभाते और ड्यूटी के उपरांत इधर-उधर अपना समय गंवाए बिना ही वे और उनका परिवार सहज ही इन संतों के दर्शनों का लाभ नित्य प्राप्त करता रहता था। इस पावन गीतावाटिका में आये दिन कोई न कोई धार्मिक कार्यक्रम होता ही रहता था। यहां पूरे देश से परिचित, अपरिचित संत-भक्तों का आवागमन लगा ही रहता था। इन कार्यक्रमों में अनेकों संतों-भक्तों के प्रवचन, हरि कथा,भजन- कीर्तनों का सहज ही आनन्द प्राप्त होता रहता था। इन संतों-भक्तों के दर्शन से सबसे बड़ा लाभ यह हुआ कि इस परिवार की भक्ति श्रीराधा-माधव के प्रति इस तरह जागी के वे इस पावन भूमि गीता वाटिका में विराजमान पूज्यभाईजी और पूज्य राधाबाबा के परिकर होगये। अब तो ये दोनों पति-पत्नी का राधाबाबा -भाईजी के सानिध्य में श्रीराधा-कृष्णजी की भक्ति करना और संतों-भक्तों की सेवा में निरंतर लीन रहना ही उनका उद्देश्य रह गया था। साथ ही श्रीराधा-कृष्ण की लीलाओं का चिंतन-मनन करना,भजन-कीर्तन करते-करते आनन्द विभोर हो जाना प्रतिदिन की क्रिया होगयी।

वर्ष 1990 में मई महीने की बात है शर्मा जी इस भीषण गर्मी में कार्यालय जाने के लिए अपनी साइकिल निकाल ही रहे थे। उसी समय अकस्मात उनके मकान मालिक आ पहुंचे और उनसे नमस्कार हुई एक दूसरे ने राजी-खुशी पूछी। इन सब बातों के उपरांत मकान मालिक ने कहा पंडित जी मुझे तत्काल रुपयों की जरूरत है इसलिए मुझे यह मकान बेचना पड़ रहा है। इसलिए आप इसे पंद्रह दिन के अंदर खाली कर दीजिए ताकि मैं इसे बेच सकूं। जैसे ही यह बात अमीचंद शर्मा ने सुनी तो एकदम अचंभित होगये, विचलित होगये। क्योंकि इस किराये के घर में भी उनकी ग्रहस्थी भली-भांति चल रही थी और गीता वाटिका के समीप होने की वजह से भी वे सभी धार्मिक कार्यक्रमों का भरपूर आनंद नित्य ले रहे थे। अब उनके मन में दो ही बातें आरही थीं। एक यह घर खाली करना है, दूसरा गीतावाटिका के पास किराये पर मकान लेना है। चूंकि उनके पास रुपयों की इतनी व्यवस्था नहीं थी कि वे मकान खरीद सकें। इसी उलझन में उनकी साइकिल के पहिए कार्यालय जाने की जगह मकान तलाश करने के लिए चल पड़े।

मकान की तलाश में निकले अमीचंद जी ने परिचित-अपरिचित लोगों से किराये के मकान के लिए अनुरोध किया। इस बात को सुनकर सबने अपने-अपने स्वभाव के अनुसार तरह-तरह की बातें कहीं, प्रतिक्रियाएं दीं। लेकिन समस्या का कोई समाधान नज़र नहीं आया। किसी ने कहा शर्मा जी आप बहुत भोले हो, मकान मालिक के एक दिन के कहने से ही आप चिंता ग्रस्त होते। यहां तो लोग वर्षों से किराये के मकानों पर कब्जा कर के बैठे हुए हैं। कहीं-कहीं तो आपस में मुकदमा भी चल रहे हैं। मुकदमे की तारीखें पड़ती रहती हैं। कौन-सा अभी फैसला हो जायेगा। बहुत से लोगों पर किराया के मकान को खाली करने के संबंध में दस-पंद्रह वर्ष से केस चल रहे हैं। क्या फर्क पड़ता है, किरायेदार आराम से रह रहे हैं यहां तक कि कुछ तो किराया भी नहीं दे रहे हैं। दूसरी तरफ हमारे शर्मा जी आप अनावश्यक रूप से इतने परेशान हो रहे हैं और आज कार्यालय भी नहीं गये। इधर-उधर चार-पांच घंटे घूमने के बाद तपती भीषण गर्मी में थके मारे वे अपने घर वापस आ गए। लेकिन मकान की समस्या वहीं की वहीं रही। जैसे ही उन्होंने घर में प्रवेश किया तो उनकी पत्नी विमला जी ने देखा कि आज पतिदेव कुछ असमंजस स्थिति में परेशान से नजर आरहे हैं। उनकी पुत्री अंजलि पिताजी की ऐसी हालत देखकर ठंडा जल लायी और उन्हें पिलाया। पुत्री द्वारा लाया हुआ जल पीकर मन को बड़ी शांति मिली। पिता-पुत्री का एक ऐसा ही निश्च्छल प्रेम, आदर का संबंध होता है जिसे शब्दों में बयान नहीं किया जा सकता। विमला देवी ने अपने पति से पूछा आज कौनसी बात होगयी जिसके कारण आप इतने विचलित हो रहे हैं। केवल

परिवार के रहने के लिए मकान की बात है तो सब जीवों का योगक्षेम वहन करने वाले श्रीकृष्णजी कहीं चले गए हैं क्या? वे तो अंतर्यामी हैं, घट-घट वासी हैं उन्हें सब मालूम है कि किस जीव की क्या आवश्यकता है और उसकी व्यवस्था तथा देखभाल कैसे करनी है? आप तो राधाबाबा,भाई जी से रोजाना श्रीमद्‌भगवद्‌गीता, श्रीमद्‌भागवत महापुराण की कथा सुनते हैं और सबसे श्रीकृष्ण- समर्पण की चर्चा करते हैं तथा हमें बताते हैं कि भगवान श्रीकृष्ण ही कर्ता हैं,हम सब तो उनकी कठपुतली हैं, सूत्रधार तो वे ही हैं जो सृष्टि के सृजन, भरण-पोषण तथा संहार कर्ता हैं। हम तो केवल उनके इशारे के निमित्त मात्र हैं। आपको आज क्या होगया जो इतने चिंतित हैं? क्या आपका भगवान की कृपा से विश्वास डगमगाने लगा? आपके चेहरे तथा बातों से ऐसा लग रहा है। अमीचंद शर्मा ने अपनी पत्नी से कहा भाग्यवान! क्या कह रही हो? मेरे मन में ऐसी कोई उथल-पुथल नहीं है केवल संसार के लोगों की बातें सुनकर मन विचलित होगया था, अब कुछ नहीं है,सब ठीक है। भगवान पर मुझे पूरा विश्वास है और कर्म करना तो मनुष्य का धर्म है और भगवान श्रीकृष्ण ने गीता में निष्काम भाव से कर्म करने के लिए जीव को प्रेरित किया है--"कर्मण्येवाधिकारस्ते मा फलेषु कदाचन। मा कर्मफलहेतुर्भूर्मा ते संगोऽस्त्वकर्मणि।।" अर्थातः भगवान श्रीकृष्ण महाबाहो अर्जुन को कह रहे हैं कि तेरा कर्म करने में ही अधिकार है, उसके फलों में कभी नहीं। इसलिए तू कर्मों के फल का हेतु मत हो तथा तेरी कर्म न करने में भी आसक्ति न हो।।

अब शर्मा जी को हाथ का पंखा झलते-झलते भीषण गर्मी की वजह से आराम करते- करते नींद आगई। संध्या का समय होगया और नींद खुलगई और उन्होंने देखा कि ब्रह्मनिष्ठ पूज्य संत श्रीबालकृष्ण दास जी महाराज का अचानक आगमन होरहा है। अमीचंद जी ने महाराज जी की चरण वंदना की और सम्मान पूर्वक उचित आसन पर बैठने के लिए अनुरोध किया । संत बालकृष्ण महाराज बोले अमीचंद कुछ परेशान नजर आ रहे हो क्या विशेष बात है? इस बात को सुनकर अमीचंद जी ने सभी बातें निसंकोच भाव से महाराज जी को बता दीं। हां, संत तो सब जानते हैं उनसे क्या छुपाना है? यह सब सुनकर महाराज जी ने कहा अमीचंद क्यों परेशान हो रहा है इस मकान को खरीद ले, सारी समस्याएं अपने आप सुलझ जायेंगी। अमीचंद जी ने कहा महाराज रुपये कहां से आयेंगे। मेरे पास तो ऐसी कोई व्यवस्था नहीं है। महाराज जी ने कहा क्या अमीचंद सांवरिया सेठ पर भरोसा नहीं है, विश्वास नहीं है? तब उन्होंने कहा यह सब बातें तो ठीक हैं लेकिन बिना रकम के कौन मकान दे देगा आप यह सब भली-भांति जानते हैं। पुनः महाराज जी ने कहा कि अमीचंद अभी जाओ और मकान मालिक से कहो कि मैं यह मकान

खरीदना चाहता हूं और मकान की कीमत के संबंध में भी चर्चा कर लो। अब शर्मा जी असमंजस में पड़ गये कि रुपए पास नहीं और मकान का सौदा कैसे किया जाए ?: दूसरी तरफ महाराज जी का आदेश और मंझधार में अमीचंद शर्मा। वे अब सबकी नैया पार लगाने वाले भगवान श्रीकृष्णजी का स्मरण करते हुए मकान मालिक के पास पहुंच गये और स्वयं मकान खरीदने का आग्रह किया। मकान मालिक इस प्रस्ताव को सुनकर अत्यंत प्रसन्न हुआ जैसे कि वह पंडित जी की प्रतीक्षा ही कर रहा हो और बोला जो बाजार भाव है उससे कम दाम पर सौदा कर लीजिए, मेरे अंतर्मन में पता नहीं यह प्रेरणा कहां से यह प्रेरणा हुई है कि पंडित जी इसे खरीद लें तो बहुत सुंदर रहेगा। आखिरकार दोनों की सहमति से मकान के कीमत तय होगयी और इस बारे में केवल दो व्यक्तियों को ही जानकारी थी, पहला मकान मालिक और दूसरे खरीददार अमीचंद शर्मा। मकान के इस सौदे को तय करने के उपरांत वे अपने घर की ओर चल पड़े। फिर रास्ते में वही उधेड़बुन कि रुपए आयेंगे कहां से? निरंतर अंतर्मन से आवाज आ रही थी कि अमीचंद तुम्हें भगवान श्रीकृष्णजी पर भरोसा नहीं है वे तो सभी जीवों के योगक्षेम के निर्वहन के लिए विभिन्न रूप धारण कर प्रकट होते रहते हैं। अब वे घर पहुंच गए लेकिन उन्होंने इस बारे में किसी से कोई चर्चा नहीं की और अपने नित्य कर्मों में व्यस्त होगये।

अगले दिन अमीचंद भगवान की पूजा-पाठ करके उठे ही थे कि संत बालकृष्ण दास महाराज आगये और आज उनके हाथ में एक कपड़े का थैला था। अमीचंदजी ने महाराज जी की चरण वंदना की और उचित आसन दिया। महाराज जी ने कहा अमीचंद यह थैला लो और कचेहरी जाकर आज इस मकान की रजिस्ट्री करालो और यह रुपए केवल आज के लिए ही हैं, उठो और फ़ौरन इस काम को पूरा करो। अमीचंद शर्मा ने रुपयों की गिनती भी नहीं की और मकान मालिक के घर चले गए तथा रुपयों से भरे थैले को मकान मालिक को सौंप दिया। जब मकान मालिक ने रुपयों की गणना की तो उस थैले में उतने ही रुपए निकले जितने में सौदा हुआ था। दोनों लोग कचेहरी पहुंचे और मकान की रजिस्ट्री अमीचंद शर्मा के नाम होगयी। इस तरह अमीचंद शर्मा जिस मकान में किराए पर रहते थे,अब सांवरिया सेठ भगवान श्रीकृष्णजी की असीम कृपा से सांसारिक तौर पर अब वे इस मकान के मालिक बन गये। भगवान श्रीकृष्णजी का स्मरण करते हुए घर पहुंच गये और जैसे ही परिवार जनों को इस बात का पता चला कि अब यह मकान हमारा होगया है तो शर्मा जी के बड़े पुत्र अरुण के साथ सब भाई-बहिन बहुत ही प्रसन्न मुद्रा में झूमने लगे। जब शर्मा जी अपने पूरे परिवार के साथ भगवान का स्मरण करते

हुए गीतावाटिक में पूज्य राधाबाबा-भाई जी के दर्शन करने गए और आशीर्वाद प्राप्त किया। जैसे ही उन्होंने दर्शन लाभ प्राप्त किया तो उसी समय परमसंत-भक्त बालकृष्णदास महाराज जी से भेंट हो गई और पूरे परिवार ने उनकी चरण वंदना की। महाराज जी ने आशीर्वाद देते हुए प्रसन्नता व्यक्त की और कहा कि अमीचंद मकान खरीदने के लिए दी रकम सांवरिया सेठ भगवान श्रीकृष्णजी से ली गई है तथा उन्हें यह रकम वापस भी करनी है। अमीचंद जी ने कहा महाराज जी जब मैं रिटायर होऊंगा और उस समय मिलने वाले रुपयों से ही यह रकम वापस कर पाऊंगा। महाराज जी ने कहा ठीक है।

समय बीतता गया और अमीचंद शर्मा 1991में पूर्वोत्तर रेलवे से रिटायर हो गए और उन्हें रिटायरमेंट की रकम भी मिल गयी उसी दिन ब्रह्मनिष्ठ परम पूज्य त्यागी-वैरागी, केवल भिक्षा से अपना जीवन निर्वाह करने वाले संत बालकृष्णदास महाराज जी शर्मा जी के घर पहुंच गये और उन्होंने कहा अमीचंद अब वह रकम वापस करो मुझे सांवरिया सेठ को लौटानी है इसमें अब एक दिन की भी गुंजाइश नहीं है। सांवरिया सेठ से इतने समय के लिए ही यह रकम ली थी। अमीचंद जी ने महाराज जी की चरण वंदना की और उसी थैले में उतने ही रुपए भरकर महाराज जी को सौंप दिये जितने वह लाये थे। इस समय भी अमीचंद शर्मा ने महाराज जी के सामने रुपयों की गणना नहीं की और न ही महाराज जी ने। जैसे ही पूज्य संत बालकृष्णदास जी महाराज रुपयों से भरे थैले को लेकर अमीचंद शर्मा के घर से बाहर निकले तो उसके बाद वे अदृश्य होगये। इसी तरह जीवों पर प्रभु की कृपा अकस्मात होती है इसलिए उन्हें कृपा निधान, करुणासागर, दीनदयाल कहते हैं।

33

अक्षय तृतीया

भारत में 'अक्षय तृतीया' तिथि का बहुत ही महत्व है जिसका वर्णन अनेकों ग्रंथों में मिलता है, इसे कुछ लोग 'आखा तीज' भी कहते हैं। यह अक्षय तृतीया हर वर्ष वैशाख मास के शुक्ल पक्ष की तृतीया तिथि को मनाई जाती है। इसी तिथि को ही सतयुग तथा त्रेतायुग का प्रारंभ तथा द्वापरयुग का अंत हुआ था। पौराणिक ग्रंथों के अनुसार इस दिन बिना किसी मुहूर्त की गणना के सभी शुभ कार्य प्रारंभ किये जाते हैं क्योंकि यह स्वयं सिद्ध मुहूर्त माना जाता है। इस दिन किये गये सभी शुभ कार्यों का अक्षय फल प्राप्त होता है। ऐसी मान्यता है कि इस दिन से प्रारंभ किये गये कार्य अथवा इस दिन दिये गये दान का कभी भी क्षय नहीं होता है। मदनरत्न के अनुसार--

"अस्यां तिथौ क्षयमुर्पति हुतं न दत्तं। तेनाक्षयेति कथिता मुनिभिस्तृतीया।।
उद्दिष्य दैवत पितृन्क्रियते मनुष्यै। तत् च अक्षयं भवति भारत सर्वमेव।।"

शास्त्रों में अक्षय तृतीया के दिन घटित अनेकों घटनाओं का विवरण मिलता है--

स्कंद पुराण और भविष्य पुराण में उल्लेख मिलता है कि भगवान परशुराम का प्रादुर्भाव भगवान के छठे अवतार के रूप में जमदग्नि ऋषि के यहां उनकी पत्नी रेणुका के गर्भ से हुआ था। इसी उपलक्ष्य में पूरे देश में इस दिन परशुराम जन्मोत्सव मनाया जाता है।

इसी तिथि को ब्रह्माजी के पुत्र अक्षय कुमार का अवतरण हुआ था।

मां अन्नपूर्णा का जन्म इसी दिन हुआ था।

इसी दिन कुबेर का खजाना प्राप्त हुआ था।

परम पवित्र,पतित पावनी, पाप नाशनी मां गंगा का भी अवतरण धरती पर इसी दिन हुआ था। श्रृद्धालु लोग पवित्र गंगाजी में स्नान करते हैं, पूजा-पाठ करके अपने जीवन को धन्य मानते हैं। गंगा जी के तटों पर साधक-तपस्वी भजन-ध्यान, साधना और तप करते हैं। इसी तरह गंगा के तट पर अनेकों शिक्षण संस्थान,मठ, गुरुकुल आदि स्थापित हैं जहां विद्यार्थी भारतीय वांग्मय की उच्च शिक्षा ग्रहण करते हैं।

इसी दिन भगवान सूर्य ने पांडवों को अक्षय पात्र दिया था ।

महर्षि वेदव्यास जी ने महाकाव्य महाभारत की रचना की थी।

भगवान बद्रीनारायण (बद्रीविशाल) धाम के कपाट भी इसी दिन खुलते हैं।

श्रीवृन्दावनधाम में भक्तों को ठाकुर बांकेबिहारी जी के चरणों के दर्शनों का लाभ मिलता है और इसी तिथि को भगवान श्रीकृष्ण को गर्मी की तपश से बचाने के लिए विभिन्न तरह के सुगंधित पुष्पों से फूल बंगला बनाया जाता है और यह पूरी गर्मी के मौसम में रहता है। अधिकांश भक्त इस मनोरम, मनमोहक छवि के दर्शन के लिए बहुत दूर-दूर से आते हैं।

श्रीजगन्नाथ भगवान की रथयात्रा के लिए रथों का निर्माण आज के दिन ही शुरू किया जाता है।

आदिनाथ भगवान ऋषभदेव जैन धर्म के प्रथम तीर्थंकर हैं, तीर्थंकर का अभिप्राय है जो संसार सागर (जन्म-मरण के चक्र) से मोक्ष की प्राप्ति के लिए तीर्थों की रचना करे। इसी दिन राजा श्रेयांश ने भगवान ऋषभदेव को गन्ने का रस भेंट कर उनसे तेरह महीने के उपवास को खोलने का आग्रह किया और भगवान ऋषभदेव ने राजा पर कृपा करके उस रस को ग्रहण किया था। आज भी जैन धर्मावलंबी गन्ने का रस पीकर उपवास खोलते हैं।

इसी दिन आदि गुरु शंकराचार्य जी ने 'कनक धारा स्त्रोत' की अद्भुत रचना की थी।

अक्षय तृतीया के दिन लोग परिवार में, व्यवसाय में सुख-शांति, सुख-समृद्धि की प्राप्ति हेतु भगवान विष्णु और मां लक्ष्मी की पूजा-आराधना, अनुष्ठान करते हैं। कुंवारी कन्याएं तथा विवाहित महिलाएं अपने अखंड-अक्षय सौभाग्य की प्राप्ति के लिए गौरी-गणेश की पूजा-आराधना करती हैं। ग्रहों की शांति के लिए यज्ञ, जप-तप भी करते हैं। कुछ लोग अपने अपने पितृों की आत्मा की शांति हेतु तथा पितृ-दोष निवारण के लिए पूजा-पाठ करते हैं।

हमारे शास्त्रों में तथा ऋषियों,मुनियों ने दान की महिमा का भी वर्णन किया है। उन्होंने ब्राह्मणों तथा अभाव ग्रस्त लोगों, शारीरिक रूप से विकलांग लोगों

को दान देने के लिए विशेष बल दिया है। दान करने से मनुष्य को अक्षय सुख-शांति, सुख-समृद्धि, प्रेम,अच्छे स्वास्थ्य, रिश्तों में मधुरता की प्राप्ति होती है। इस दिन लोग शरबत से भरा हुआ कलश, पंखा,छाता, जौ, सत्तू, ककड़ी, फल-फूल, खरबूज-तरबूज,चने की दाल का दान करते हैं। ब्राह्मणों को निष्ठापूर्वक,आदर सहित भोजन कराते हैं और वस्त्र तथा दक्षिणा देकर अक्षय आशीर्वाद प्राप्त करते हैं। इस दिन गौ माता की सेवा करने,उनको भोजन कराने तथा हरा चारा खिलाने से भी अक्षय सुख-शांति की प्राप्ति होती है।

कुछ लोग इस दिन सोना, हीरा-जवाहरात आदि की खरीद करते हैं, पता नहीं यह अतिसय संग्रह का प्रचलन कहां से और कब से हुआ? क्योंकि अक्षय तृतीया का पर्व हमें अपरिग्रह की शिक्षा देता है तथा दूसरों को देने की प्रवृत्ति सिखाता है और यह भी बताता है कि मनुष्य को केवल वास्तविक आवश्यकता से संबंधित वस्तुओं का ही संग्रह करना चाहिए ताकि सभी जीव सुख-शांति, सुख-समृद्धि से अपना सहज भाव से जीवन यापन कर सकें।

"सर्वे भवन्तु सुखिनः सर्वे संतु निरामया, सर्वे भद्राणि पश्यन्तु मा कश्चित् दुःख भाग् भवेत्।"

34

श्रीराम नवमी

भगवान श्रीरामचन्द्रजी का प्राकट्य इक्ष्वाकु वंश में अयोध्या नरेश चक्रवर्ती राजा दशरथ के भवन में महारानी कौशल्या मां के कक्ष में हुआ और इस शुभ अवसर पर पूरे अयोध्या राज्य में सब लोग इतने प्रसन्न हुए कि खुशी से झूमने लगे , विभिन्न वाद्‌ययंत्र बजाये जाने लगे, जगह-जगह सब आपस में मिठाइयां बांटने लगे और एक-दूसरे को उपहार देने लगे। यहां तक कि राम जन्मोत्सव को मनाने में सूर्य आदि ग्रह भी एक माह के लिए स्थिर होगये। ऐसा क्यों न हो आखिरकार मर्यादा पुरुषोत्तम भगवान श्रीराम ने इस धरा धाम पर नर लीलाएं करने के लिए अवतार लिया है।

"नौमी तिथि मधु मास पुनीता। सुकल पच्छ अभिजित हरिप्रीता।। मध्यदिवस अति सीत न घामा। पावन काल लोक बिश्रामा।।"(बालकाण्ड) भावार्थः प्रभु श्रीरामजी का प्राकट्य पवित्र चैत्र मास के शुक्लपक्ष की नवमी तिथि को अभिजित मुहूर्त में हुआ। यह मुहूर्त भगवान को बहुत ही प्रिय है, इस मध्याह्न काल की शुभ वेला में न बहुत सर्दी थी,न गर्मी थी। यह पवित्र समय सब लोकों को शांति प्रदान करने वाला होता है। भगवान श्रीराम जी का प्राकट्य संतों, भक्तों आदि की भलाई और असुरों तथा आसुरी शक्तियों को समाप्त करने के लिए हुआ है--

"बिप्र धेनु सुर संत हित लीन्ह मनुज अवतार। निज इच्छा निर्मित तनु माया गुन गो पार।।"(बालकाण्ड) अर्थातः ब्राह्मण,गौ, देवता और संतों की भलाई के लिए भगवान श्रीराम ने मनुष्य का अवतार लिया। वे अज्ञानमयी, मलिना माया और उसके गुण(सत्,रज, तम) और बाहरी-भीतरी इंद्रियों से परे हैं। उनका यह दिव्य शरीर अपनी इच्छा से ही बना है और यह किसी कर्मबंधन से परवश होकर त्रिगुणात्मक भौतिक पदार्थों के द्‌वारा नहीं।

भगवान श्रीरामजी का प्राकट्य जीव की भलाई के लिए हुआ है और सभी जीव इसके अभिलाषी रहते हैं तथा प्रभु के साक्षात्कार के लिए भी आतुर रहते हैं। लेकिन अब प्रश्न उत्पन्न उठता है कि उनकी कृपा कैसे प्राप्त हो और जीव का प्रभु से मिलन कैसे हो? इसके लिए पात्रता की नितांत आवश्यकता है। प्रभु की प्राप्ति के लिए मनुष्य में निम्नलिखित गुण-योग्यता होनी अपेक्षित है,जिसका उल्लेख श्रीरामचरितमानस में जगह-जगह मिलता है। सुंदरकांड में भगवान श्रीराम स्वयं कह रहे हैं कि मुझे केवल पवित्र मन वाला मनुष्य ही भाता है--

"निर्मल मन जन सो मोहि पावा। मोहि कपट छल छिद्र न भावा।।"

भगवान श्रीरामजी अपने पिताश्री राजा दशरथ और माता कैकेई की आज्ञा से सीताजी और अनुज लक्ष्मण के साथ चौदह वर्ष के लिए वनवास को गये। वनवास के दौरान उनकी अनेकों ऋषियों, मुनियों और वनवासियों से भेंट हुई। जब श्रीराम जी महर्षि वाल्मीकि के आश्रम पर पहुंचे तो वाल्मीकि को प्रभु के दर्शन पाकर अपार प्रसन्नता हुई और उन्होंने माता सीताजी,अनुज लक्ष्मण सहित श्रीरामजी की मन,कर्म, वचन से आवभगत की। आश्रम से जाते समय प्रभु श्रीराम ने मुनि वाल्मीकि से पूछा कि आप ऐसा स्थान बताएं जहां हम तीनों पर्णकुटी बनाकर रह सकें। इस बात को सुनकर महर्षि वाल्मीकि मुस्कराये और कहा भगवन ऐसा स्थान कौनसा है, जहां आप विराजमान नहीं हैं? आप तो सर्वज्ञ हैं फिर भी मैं अपनी बुद्धि से स्थान बताने का प्रयास करता हूं--1. जिन लोगों के कान आपकी(प्रभु) सुंदर कथा निरंतर सुनने के लिए समुद्र के समान हों और वह कभी भी प्रभु कथा सुनते-सुनते अघाते न हों।2. जिनकी जिह्वा सदैव प्रभु का गुणगान करती हो। 3. जिनकी नासिका आपके पवित्र सुगन्धित, सुन्दर प्रसाद को नित्य आदर के साथ ग्रहण करती हो। 4. जिन व्यक्तियों के मस्तक गुरु और ब्राह्मणों को देखकर अनायास ही बड़ी नम्रता के साथ प्रेम-आदर सहित झुक जाते हों। 5. जिनके हाथ आपकी (प्रभु) पूजा के लिए सदैव तत्पर रहते हों, पूजा में व्यस्त रहते हों। 5. जिनके हृदय में आपका ही भरोसा हो, किसी दूसरे का न हो अर्थात अनन्य भाव से मन,कर्म, वचन से नित्य भगवान का नाम जपते हों--"एक भरोसा एक बल,एक आश-विश्वास। एक राम घनश्याम हित चातक तुलसीदास।।" 6.जो गुरुओं, ब्राह्मणों को अपने हृदय में अपने से भी अधिक (बड़ा) जानकर सर्वभाव से सम्मान-सेवा करते हों और 7. ये सब कर्म करके सबका एक मात्र फल मांगते हों कि केवल आपके चरणों में ही प्रीति हो। इसके अलावा महर्षि वाल्मीकि कहते हैं कि--

"काम कोह मद मान न मोहा। लोभ न छोभ न राग न द्रोहा।। जिन्ह कें कपट दंभ नहिं माया। तिन्ह कें हृदय बसहु रघुराया।।"(अयोध्या काण्ड) अर्थात: जिनको न तो काम, क्रोध,मद, अभिमान और मोह है; न लोभ है, न क्षोभ है; न राग है, न द्वेष है; और न कपट, दम्भ और माया ही है-- हे रघुराज! आप उनके हृदय में निवास कीजिए।

यह सभी जानते हैं कि इस पृथ्वी पर सभी जीव, जिसमें मनुष्य सर्वोपरि है प्रभु कृपा की निरंतर अभिलाषा रखता है और वह कृपा के साथ-साथ प्रभु मिलन की भी कामना करता है। अतः मनुष्य को महर्षि वाल्मीकि द्वारा बताई गई बातों पर गंभीरता से चिंतन करना होगा और उन्हें अपने जीवन में उतारना होगा तभी मनुष्य का जीवन सिद्ध होगा, धन्य होगा और यह बात भी सिद्ध हो जायेगी-- "बड़े भाग मानुष तन पावा। सुर दुर्लभ सद् ग्रंथन्हि गावा।। साधन धाम मोक्ष कर द्वारा। पाई न जेहिं परलोक संवारा।।" यही प्रभु प्राप्ति की वास्तविक कसौटी है।

श्रीराम नवमी का महोत्सव भारत सहित विश्व के अनेकों देशों में बड़ी धूमधाम से मनाया जाता है। प्रातः काल से ही भजन-कीर्तन की ध्वनि से युक्त प्रभात फेरी निकाली जाती हैं। श्रीरामचरितमानस का अखंड पाठ किया जाता है। मंदिरों में, घरों में पूजा-अर्चना की जाती है। संतों-भक्तों के प्रवचनों का लाभ उठाया जाता है और प्रसाद वितरण किया जाता है। जगह-जगह भंडारों का आयोजन किया जाता है। संध्या समय से भगवान श्रीरामजी की शोभा यात्रा निकाली जाती है जिसमें तरह-तरह की झांकियां, बैंड़-बाजे होते हैं, जो रामनाम की विभिन्न सुरीली ध्वनियां बजाते हैं। इस शोभायात्रा में अश्वों तथा हाथियों को भी खूब सजाकर निकाला जाता है जिसका बच्चे बहुत आनंद लेते हैं। ऐसा लगता है कि सब राममय होगया है क्यों न भगवान श्रीराम तो सबके रोम-रोम में बसे हुए हैं और वे मनुष्य को मर्यादित जीवन जीने की प्रेरणा देते हैं।

35

जीवन में विवेक का महत्व

इस सृष्टि में मौजूद सभी जीवों के अंदर चार प्रकार की स्वाभाविक क्रियाएं जन्मजात होती हैं जिन्हें आहार, निद्रा,भय और मैथुन कहते हैं,जो प्रकृति प्रदत्त हैं। जीवन में इन क्रियाओं के कार्यान्वयन हेतु जीव को किसी भी प्रकार के प्रशिक्षण की आवश्यकता नहीं होती है,वह स्वत: ही जीवन में घटित होती रहती हैं। सभी जीवों की तरह मनुष्यों में भी ये सभी क्रियाएं स्वाभाविक तौर पर मौजूद रहती हैं। लेकिन इन क्रियाओं के साथ-साथ भगवान ने मनुष्यों को बुद्धि भी प्रदान की है।

मनुष्य के अन्दर बुद्धि भी जन्म-जात होती है और इसमें कोई लिंग भेद नहीं होता है। बुद्धि मनुष्य की कई विशेषताओं और क्षमताओं को दर्शाता है। बुद्धि के सहारे व्यक्ति किसी समस्या के समाधान तक पहुंचता है अथवा पहुंचने का प्रयास करता है। बुद्धि के सहारे ही व्यक्ति अपने उद्देश्य को पूरा करने के लिए उसके अनुरूप कार्य करता है और निर्णय लेता है। बुद्धि द्वारा अर्जित ज्ञान का नई परिस्थितियों में उपयोग किया जा सकता है।

बुद्धि दो प्रकार की होती है यथा सद् और असद् बुद्धि। इसका निर्णय विवेक द्वारा ही किया जा सकता है अर्थात मनुष्य द्वारा किए जाने वाले कौन से कर्म अच्छे हैं अथवा बुरे हैं। पाप-पुण्य क्या है? इस संबंध में ऋषियों, मनीषियों का मत है कि यह केवल विवेक से ही जाना जा सकता है और विवेक की प्राप्ति सत्संग से होती है। श्रीरामचरितमानस जी में उल्लेख है--

"बिनु सतसंग बिबेक न होई।
राम कृपा बिनु सुलभ न सोई।।

सतसंगत मुद मंगल मूला।

सोई फल सिधि सब साधन फूला।।" भावार्थः सत्संग के बिना विवेक नहीं होता और श्रीरामजी की कृपा के बिना वह सत्संग सहज में मिलता नहीं। सत्संगति आनन्द और कल्याण की जड़ है अर्थात इनकी प्राप्ति के मूल में सत्संग ही है। सत्संग की सिद्धि यथा प्राप्ति ही फल है और सब साधन तो फूल ही हैं। सत्संगति से ही विवेक की प्राप्ति होती है और विवेक से ही मनुष्य को अपने शुभ-अशुभ कर्मों का पता चलता है। विवेक ही मनुष्य को संस्कारवान बनाते हैं।

श्रेष्ठ मानव जीवन के लिए पुरुषार्थ आवश्यक है। पुरुषार्थ का अभिप्राय मानव लक्ष्य या उद्देश्य की प्राप्ति से है ('पुरुषैथ्-र्यते इति पुरुषार्थः)। पुरुषार्थ का अर्थ है--पुरुष+अर्थ =पुरुष का तात्पर्य विवेक सम्पन्न मनुष्य से भी है। धर्म,अर्थ,काम और मोक्ष को 'पुरुषार्थचतुष्टय' कहते हैं। मनुष्य को 'पुरुषार्थुचतुष्टय' की प्राप्ति विवेक से ही संभव है।

मनुष्य के जीवन में प्रायः आने वाले क्लेशों के संबंध में महर्षि पतंजलि द्वारा 'योग दर्शन" में चर्चा की गयी है। ये क्लेश पांच प्रकार के बताये गये हैं--1.अविद्या, 2.राग, 3.द्वेष, 4.अस्मिता और 5.अभिनिवेश। इन सब के मूल में अविद्या है, इसे मनुष्य केवल विवेक से ही दूर कर सकता है।

इन पंच क्लेशों में अभिनिवेश भी मुख्य भूमिका निभाता है। अभिनिवेश का अर्थ है धन, भूमि, सम्पत्ति, पद, मान-सम्मान, मृत्यु तथा सांसारिक वस्तुओं आदि के छिनने, नष्ट होने का भय जो सभी जीवों में होता है, विशेषकर मनुष्यों में हर समय मृत्यु आदि का भय बना रहता है। जबकि इस तथ्य को सभी भली-भांति जानते हैं कि जिस जीव ने इस धरा-धाम पर जन्म लिया है उसकी एक दिन मृत्यु निश्चित है और इसके अलावा जो भी दृष्टव्य है अथवा जो दृष्टव्य नहीं है वह भी सब एक दिन अवश्य ही नष्ट होगा है। मनुष्य यह सब रोजाना देखता है, सुनता है लेकिन फिर भी अविद्या के वशीभूत होकर इस सत्यता को स्वीकार करने को तैयार नहीं होता। इन सब के पीछे विवेक का ही अभाव होता है। इसी बारे में कबीर साहब कह रहे हैं--

"संतों ई मुरदन कौ गांव।

तन धरि कोई रहननि पावे काकौ लीजौ नाम।।

पीर मरे पैगम्बर मरिहैं। मरिहैं जिंदा जोगी।। राजा मरिहैं परजा मरिहैं।मरिहैं बैद और रोगी।। चंदा मरिहैं सूरज मरिहैं। मरिहैं धरनि अकासा।। चौदह भुवन के चौधरी मरिहैं। इन्हूं की का आसा।। नौहूं मरिहैं दसहूं मरिहैं। मरिहैं सहस अट्ठासी।। तैंतीस कोटि देवता मरिहैं। बड़ी काल की बाजी।। नाम अनंत रहत है,

दूजा तत्व न होइ।।

कहत कबीर सुनो भाई साधो भटक मरो मत कोई।।"

एक अन्यत्र पद में कबीर साहब कह रहे हैं--

"रहना नहिं देस बिराना है,
यह संसार कागद की पुड़िया, बूंद पड़े घुल जाना है।
यह संसार कांटे की बाड़ी उलझ पुलझ मरि जाना है।।
यह संसार झाड़ औ झांखर,आग लगे बरि जाना है।
कहत कबीर सुनो भाई साधो! सतगुरु नाम ठिकाना है।।"

कबीर साहब ने अपने मत में इस नश्वर संसार की चर्चा तो की है लेकिन नश्वर संसार में रहने का तरीका भी बताया है कि मनुष्य संसार में रहे लेकिन इसमें आसक्ति न रखे और निष्काम भाव से काम करता रहे तथा सांसारिक संबंधों में भी आसक्ति न रखे। क्योंकि जीव के सभी वास्तविक रिश्ता केवल प्रभु से ही है जो सनातन है। इस बारे में उन्होंने कहा कि--

"ज्यों तिरिया पीहर बसे, सुरति रहे पीय माहिं।
ऐसे जन जग में रहें,हरि को भूलत नाहिं।।"

अभिनिवेश यथा मृत्यु आदि के भय से मुक्त एक राजा का दृष्टांत प्रस्तुत है, जो राजा होते हुए भी निर्मोही है---

एक राजा अपने राज्य की जनता के सभी सुखों का ध्यान रखते हुए राग-द्वेष से रहित होकर प्रजा का पालन करता था। वह स्वयं प्रसन्न रहता और प्रजा को भी सुखी तथा प्रसन्न रखता था। लेकिन वह राजा धर्मात्मा, पुण्यात्मा के साथ-साथ निर्मोही भी था। एक दिन राजा का पुत्र वन में शिकार खेलने के लिए गया। शिकार खेलते-खेलते वह थक गया और उसे प्यास लगी। उसने पानी की तलाश में इधर-उधर नज़र मारी तो उसे एक ऋषि की कुटिया दिखाई पड़ी और वह कुटिया में गया तो देखा कि वहां एक ऋषि रहते हैं। उसने ऋषि को प्रणाम किया और उन्होंने उस बालक का परिचय पूछा और शीतल जल पिलाया। पुनः ऋषि ने राजा तथा राज्य के बारे में पूछा तो राजकुमार ने कहा कि राजा निर्मोही हैं और परिवार के सभी लोग भी उन्ही की तरह हैं। ऋषि को कुछ समझ में नहीं आया और विचार करने लगा कि संसार के लोग कहते हैं कि बिना राग-द्वेष,मोह के सांसारिक कार्य यथा राजकाज, व्यापारिक, पारिवारिक, सामाजिक कार्य सम्पन्न हो ही नहीं सकते, उनमें आसक्ति अनिवार्य बताते हैं। ऋषि ने राजकुमार से कहा तुम यहीं कुटिया में विश्राम करो और मैं राजा की वास्तविक स्थिति का पता लगाने के लिए जा रहा हूं।

ऋषि पूछते-पूछते राजमहल पहुंच गये और राजमहल में प्रवेश करते ही द्वार पर उन्हें एक दासी मिली और ऋषि ने दासी से कहा--

"तू सुन चेरी श्याम की, बात सुनावों तोहि। कुंवर विनास्यों सिंह ने, आसन परियो मोहि।।"

इस बात को सुनकर दासी ने ऋषि को उत्तर दिया--

"ना मैं चेरी श्याम की, नहिं कोई मेरा श्याम। प्रारब्ध वश मेल यह,सुनो ऋषि अभिराम।।"

दासी का उत्तर सुनकर ऋषि ने राजकुमार की पत्नी से दुःख समाचार सुनाया और कहा--

"तू सुन चातुर सुंदरी,अबला योवनवान। देवीवाहन दलमल्यो, तुम्हरो श्रीभगवान।।"

ऋषि की यह बात सुनकर राजकुमार की पत्नी ने कहा--

"तपिया पूरब जन्म की, क्या जानत हैं लोग। मिले कर्मवश आन हम,अब विधि कीन वियोग।।"

इस उत्तर को सुनकर ऋषि राजकुमार की मां महारानी के पास जाकर कहते हैं--

"रानी तुमको विपति अति,सुत खायो मृगराज। हमने भोजन ना कियो, उसी मृतक के काज।।"

इस पर महारानी कहती हैं कि हे ऋषि!

"एक वृक्ष डालें घनी, पंछी बैठे आय। जब पाटी पीरी भई, उड़ि उड़ि चहुं दिसि जाय।।"

महारानी का उत्तर सुनकर ऋषि राजा के पास पहुंच गए और उन्होंने राजा से कहा--

"राजा मुखतैं राम कहु, पल पल जात घड़ी। सुत खायो मृगराज ने, मेरे पास पड़ी।।"

ऋषि की बात सुनकर राजा ने उत्तर दिया और कहा--

"तपिया तप क्यों छांड़ियो, यहां पलक नहीं सोच। वासा जगत सराय का, सभी मुसाफिर लोग।।"

ऋषि राजा और उनके परिवार के लोगों की बात सुनकर बहुत प्रसन्न हुए कि राजा राजकाज करते हुए भी राग-द्वेष से परे है, निर्मोही है। इस दृष्टांत से हमें यह शिक्षा मिलती है कि विवेकशील मनुष्य इस अविद्या रूपी घटाटोप से बहुत ही सहज भाव से निकल कर बाहर आ सकता है और वह राग-द्वेष, अस्मिता,अभिनिवेश आदि के मकड़जाल से सदैव मुक्त रह सकता है। क्योंकि

हमारे सभी रिश्ते तो केवल भगवान के साथ ही हैं---"त्वमेव माता च पिता त्वमेव, त्वमेव बंधुश्च सखा त्वमेव। त्वमेव विद्या च द्रविणं त्वमेव, सर्वम् मम देव देव।।" मनुष्य के विवेकशील होने का अभिप्राय उपरोक्त दृष्टांत से स्पष्ट हो जाता है। अतः जब भी मनुष्य का अविद्या से छुटकारा मिल जायेगा अर्थात अविद्या के मकड़जाल से मुक्ति मिल जायेगी तो निश्चित मानिए कि उसका इहलोक और परलोक दोनों सुधर जायेंगे और उसका मनुष्य योनि में जन्म लेना सार्थक हो जायेगा, सिद्ध हो जायेगा।

......

36

माया रूप अपार

"ब्रह्म सत्यं जगन्मिथ्या जीवो नापरः।
अनेन वेद्यं सच्छास्त्र मिति वेदान्तडिण्डिमः।।"

अर्थातः ब्रह्म वास्तविक है, ब्रह्मांड मिथ्या है (इसे वास्तविक या असत्य के रूप में वर्गीकृत नहीं किया जा सकता है), जीव ही ब्रह्म है और उससे भिन्न कुछ भी नहीं है। इसे ही सद् शास्त्र के रूप में समझा जाना चाहिए। यह मत वेदांत द्वारा पोषित है।(निरालम्बो उपनिषद)

मनुष्य अज्ञान के वशीभूत होकर जो देख रहा है वह वास्तव में सत्य नहीं है, क्योंकि सत्य तो नित्य-निरंतर है, सनातन है और वह कभी नष्ट नहीं होता है। अतः सत्य ही ब्रह्म है। इसके अलावा जो भी हमें दिखाई देता है वह सब असत्य है, मिथ्या है, चूंकि ये सब नष्ट होने वाली हैं। लेकिन जीव माया के वशीभूत होकर उसी को सत्य माने बैठा है। यही उसकी सबसे बड़ी भूल है जिससे वह जीवन पर्यन्त दुःखी रहता है। इस माया के प्रभाव से बचने के लिए संत, भक्त, महापुरुष इस अज्ञानी,अहंकारी मनुष्य को समय-समय पर सावधान, सचेत करते रहते हैं, समझाते रहते हैं ताकि मनुष्य वास्तविकता को समझकर वह इस सर्वश्रेष्ठ मनुष्य योनि में जन्म पाकर इसे बर्बाद न करे और इस पर गंभीरता से विचार करे और इस श्रेष्ठ जीवन को धन्य बनाकर सुख-शांति से अपना जीवन यापन करे। लेकिन यह चतुर-चालक मनुष्य को यह बात जल्दी समझ में नहीं आती और पूरे जीवन समस्याओं में घिरा रहता है और इन व्यर्थ की बातों को सुलझाने में अपना पूरा जीवन दांव पर लगा देता है, पर अंत में खाली हाथ रह जाता है।

महान संत कबीर साहब ने माया के संबंध में कहा है कि माया जीव को तरह तरह के रिश्तों से जोड़ती है और जीव इन्हीं रिश्तों को वास्तविक मानकर फूला

नहीं समाता है अर्थात प्रसन्नता में कूदता है,मस्त हो जाता है और जब ये भ्रम के रिश्ते स्वत: ही टूटने लगते हैं तो वह रोता है,दु:खी होता है। इसलिए कबीर साहब ने माया को महाठगिनी कहा है--

"माया महाठगिनी हम जानी।
तिरगुन फांस लिए कर डोलै, बोलै मधुरी बानी।।
केसव के कमला होइ बैठी, सिव के भवन भवानी।
पंडा के मूरत होइ बैठी, तीरथ में भई पानी।।
जोगी के जोगिन होइ बैठी, राजा के घर रानी।
काहू के हीरा ह्वै बैठी, काहू के कौड़ी कानी।।
भक्तन के भक्तनि ह्वै बैठी। ब्रह्मा के ब्रह्मानी।
कहै कबीर सुनो भाई साधो,यह सब अथक कहानी।।"

इसी तरह माया के अनेकों रूप हैं। मनुष्य इस मायावी जादू को समझने की कोशिश करता रहता है जो उसे आसानी से समझ में नहीं आती। यह माया जीव को नित्य-निरंतर नये-नये मनमोहक रूप दिखाकर भ्रमजाल में फंसाती है जो वास्तव में कुछ नहीं है, केवल छाया मात्र है। हम सभी भली-भांति जानते हैं कि छाया का कोई स्तत्व नहीं होता फिर भी मनुष्य प्रलोभन वश छाया को पकड़ने के लिए अपने जीवन का अमूल्य समय गवां देता है अर्थात बर्बाद कर देता है जो ठीक नहीं है। संतों, मनीषियों ने इस मनुष्य योनि को चौरासी लाख योनियों में सर्वश्रेष्ठ योनि बताया है जो अनेकों जन्मों के पुण्यों के प्रताप से प्राप्त होती है इसलिए इसे दुर्लभ भी कहा गया है। इस संबंध में श्रीरामचरितमानस में कहा गया है--

"बड़े भाग मानुष तन पावा।
सुर दुर्लभ सद ग्रंथन्हि गावा।।
साधन धाम मोक्ष कर द्वारा।
पाई न जेन्हि परलोक संवारा।।"

माया का रूप बहुत ही मनमोहक, सुंदर लगता है जो सेंवर के फूल की तरह प्रतीत होता है। जैसे सेंवर का फूल सुंदर अवश्य लगता है लेकिन न उसमें सुगंध होती है और नहीं उस पर फल लगते हैं। इसी माया के रूप के संबंध में में भक्त शिरोमणि सूरदास जी सेंवर के फूल का दृष्टांत देकर समझा रहे हैं कि रे मनुष्य तू माया के वशीभूत होकर अपना जीवन बरबाद न कर --

"रे मन मूरख जनम गंवायो।
कर अभियान विषयसों राच्यों,नाम-सरन नहिं आयौ।।

यह संसार सुआ-सेंवर ज्यौं सुंदर देखि लुभायौ। चाखन लाग्यौ रुई गई उड़ि, हाथ कछू नहिं आयौ।। कहा भयो अबके मन सोचे,पहिले नाहिं कमायौ। सूरदास हरि नाम-भजन बिनु सिर धुनि धुनि पछितायौ।।"

अर्थात: यह माया का छाया रूप भी भ्रमवश बहुत ही लुभावना लगता है। यदि मनुष्य इस माया रूप के विभिन्न मकड़ जाल से छुटकारा चाहता है तो उसे मन,कर्म, वचन के साथ अनन्य भाव से उसे श्रीभगवान की शरण लेनी चाहिए जो स्वयं मायापति हैं और यही माया जो जीव को निरंतर अपने मोहपाश में फांसती है। वही माया श्रीभगवान के समक्ष कठपुतली की तरह नृत्य करती-फिरती है और वह श्रीभगवान के अधीन है उनकी दासी है। इसी माया के संबंध में श्रीकाकभुशण्डि पक्षीराज गरुड़ जीको बता रहे हैं-- "माया सब जगहि नचावा।

जासु चरित लखि काहुं न पावा।।
सोइ प्रभु भ्रू बिलास खगराजा।
नाच नटी इव सहित समाजा।।"

अतः माया के प्रभाव से बचने का सबसे सहज और सरल मार्ग है कि मनुष्य निःसंकोच होकर मायापति श्रीभगवान की शरण ले ले तो फिर उस पर माया का कभी भी प्रभाव नहीं पड़ेगा और वह सहज भाव से अपना जीवन यापन करेगा और इस मनुष्य जीवन को सार्थक बनायेगा।

मायामहाठगिनी

भारतीय वांग्मय में हमारे ऋषियों, मुनियों, महापुरुषों, संतों, भक्तों तथा विचारकों ने अपने अपने मतानुसार माया का निरूपण किया है और माया को महाठगिनी तक बताया गया है। माया अपने विभिन्न रूपों को दिखाकर संसार के सभी जीवों को प्रभावित करती है, भ्रमित करती है। जबकि माया का कोई रूप नहीं है फिर भी भासित होती है, बस यही माया है। संसार में आदर, मान-सम्मान, रस, जप, तप,योग आदि तो सभी माया के बंधन ही हैं। यहां तक कि माता-पिता, बंधु-बांधव, पत्नी, पुत्र-पुत्री आदि सभी सांसारिक संबंधों को तो शुद्ध रूप से माया ही कहा गया है। प्रकृति में जल, थल, आकाश आदि में भी चारों ओर माया फैली हुई है । सृष्टि में जो कुछ भी दृश्य है अथवा अदृश्य है यह सब माया ही तो है। सांख्य दर्शन के अनुसार सृष्टि उत्पन्न करने वाला पुरुष नहीं, प्रकृति है। प्रकृति ही पुरुष को आकर्षित करती है। प्रकृति सत, रज, तम तीनों गुणों से युक्त है जब ये तीनों गुण अलग होकर कार्य करते हैं तो संसार क्रियाशील होता है और जब ये तीनों समान रूप से सम्मलित हो जाते हैं तो ये साम्यावस्था को प्राप्त करते हैं और प्रलय हो जाती है। सृष्टि प्रक्रिया व्यक्त से अव्यक्त हो जाती है। वेदांती इसी प्रकृति को

माया कहते हैं। यह माया स्वतंत्र प्रतीत होती है, किन्तु यह पूर्णतः स्वतंत्र नहीं है, यह तो चेतन के अधीन है और इसी चेतन को ब्रह्म कहा गया है। ब्रह्म माया से भी व्यापक है, बड़ा है, फैला है। ब्रह्म बृंह् धातु से बना है जिसका अर्थ है - विस्तार बढ़ना। यह प्रकृति अथवा माया ब्रह्म की ही शक्ति है। इसलिए ब्रह्म ही सृष्टि का उपादान निमित्त एवं कारण है। अतः एक मात्र ब्रह्म ही सत्य है। शेष दृश्य - अदृश्य सब मिथ्या है, माया है। केवल ब्रह्म ही सबका आधार और अधिष्ठान है।

श्रीमद्भागवत महापुराण के द्वितीय स्कन्ध, नवम् अध्याय में सृष्टि की रचना और माया के संबंध में ब्रह्माजी ने श्रीभगवान से जिज्ञासा प्रकट करते हुए प्रार्थना की, वह इस प्रकार है :

ब्रह्मोवाच
"भगवन सर्वभूतानांध्यक्षोऽवस्थितो गुहाम्।
वेद ह्यप्रति रुद्धेन प्रज्ञानेन चिकीर्षितम्।।
तथापि नाथ मानस्य नाथ नाथय नाथितम्।
परावरे यथा रूपे जानीमानी तेत्वरूपिणः।।
यथाऽऽत्म माया योगेन नाना शक्यत्युपर्वृंहितम्।
विलुम्पन विसृजन गृह्णन् बिभ्रदात्मान मात्मना।।
क्रीडस्य मोघ संकल्प ऊर्णनाभिर्यथोर्णुते।
तथा तद्विषयां धेहि मनीषां महि माधव ।।
भगवच्छिक्षितमहं कर वाणि ह्यतन्द्रितः।
ने हमानः प्रजासर्गं बध्येयं यद्नुग्रहात ।।"

अर्थातः ब्रह्माजी ने कहा--भगवन् ! आप समस्त प्राणियों के अंतःकरण में साक्षी रूप में विराजमान रहते हैं। आप अपने अप्रतिहत ज्ञान से यह जानते ही हैं कि मैं क्या करना चाहता हूँ? हे नाथ ! आप कृपा करके मुझ याचक की मांग पूरी कीजिए कि मैं रूप रहित आपके सगुण और निर्गुण दोनों ही रूपों को जान सकूं। आप माया के स्वामी हैं, आपका संकल्प कभी व्यर्थ नहीं होता जैसे मकड़ी अपने मुँह से जाला निकाल कर उसमें क्रीड़ा करती है और फिर उसे अपने में लीन कर लेती है, वैसे ही आप अपनी माया का आश्रय लेकर इस विविध शक्ति सम्पन्न जगत की उत्पत्ति,पालन और संहार करने के लिए अपने आपको ही अनेकों रूपों में बना देते हैं और क्रीड़ा करते हैं। इस प्रकार आप कैसे करते हैं-- इस मर्म को मैं जान सकूँ ऐसा ज्ञान आप मुझे दीजिए। आप मुझ पर ऐसी कृपा कीजिए कि मैं सजग रह कर सावधानी से आपकी आज्ञा का पालन कर सकूं और सृष्टि कि रचना करते समय भी कर्तापन आदि के अभिमान से बंध न जाऊं।

श्रीभगवानोवाच

"ऋतेऽर्थ यत् प्रतीयेत न प्रतीयेत चात्मानि।

तद्विद्यादात्मनो मायां यथाऽऽभासो यथा तमः।।"

अर्थातः श्रीभगवान ने ब्रह्माजी की जिज्ञासा के बारे में इस प्रकार उत्तर दियाः-- वास्तव में न होने पर भी जो कुछ अनिर्वचनीय वस्तु मेरे अतिरिक्त मुझ परमात्मा में दो चंद्रमाओं की तरह मिथ्या ही प्रतीत हो रही है अथवा विद्यमान होने पर भी आकाश-मंडल के नक्षत्रों में राहु की भांति जो मेरी प्रतीति नहीं होती, इसे मेरी माया ही समझना चाहिए।

उपरोक्त से पूर्णतया स्पष्ट है कि भगवान ही मायापति हैं और यह माया भी उन्हीं के द्वारा प्रेरित है। अनेक सद्ग्रंथों में भी माया के संबंध में उल्लेख किया गया हैः

"ब्रह्म सत्यं जगन्मिथ्या जीवो नापरः।
अनेनवेद्यंसच्छास्त्रमितिवेदान्तडिण्डमः।। (निरालम्बोपनिषद)

अर्थातः ब्रह्म वास्तविक है, ब्रह्माण्ड मिथ्या है (इसे वास्तविक अथवा असत्य के रूप में भी वर्गीकृत किया जा सकता है), जीव ही ब्रह्म है और भिन्न कुछ नहीं है। इसे सही शास्त्र के रूप में समझा जाना चाहिए। यह वेदांत द्वारा घोषित है।

इसी तथ्य का प्रतिपादन परमपूज्य प्रातः स्मरणीय आदि जगद्गुरु शंकराचार्य ने भी किया है।

श्वेताम्बर उपनिषद में तीन तत्वों का उल्लेख किया गया है--अनादि, अनन्त, शाश्वत। एक ब्रह्म, एक जीव और एक माया। ब्रह्म(भगवान) और जीवात्मा के अलावा जो भी शेष है वह माया है। माया अज्ञान का प्रतीक है।

चैतन्य चरितामृत मध्य लीला में माया के संबंध में कहा गया है--"श्रीकृष्ण सूर्य सम माया होवै अंधकार, जहां सूर्य तहां नहीं माया अंधकार।" इसको एक उदाहरण से समझा जा सकता है--सूर्य की किरणें जल(तालाब) में पड़ती हैं तो ये किरणें कहां हैं?, जल में हैं। लेकिन जल में तो सूर्य नहीं है। सूर्य ऊपर है और किरणें नीचे जल में हैं। ये किरणें ऊपर नहीं जा सकती हैं क्योंकि वह नीचे हैं। लेकिन सूर्य के बिना किरणें तालाब पर नहीं पड़ सकतीं। किरणों का अपना अस्तित्व प्रथक नहीं है। उसी तरह किरणें जल में रहती हैं, सूर्य के बिना। वैसे ही माया भी रहती है, भगवान के बिना। लेकिन माया का अपना अस्तित्व अलग नहीं है।

भक्त शिरोमणि सूरदासजी भी माया के संबंध में अपना मत प्रकट कर रहे हैं--

"बिनती सुनौ दीन की चित दै, कैसे तुव गुन गावै।

माया-नटी लकुटि कर लीनहें,कोटिक नाच नचावै।।----"

अर्थातः हे प्रभु! मुझ दीन व्यक्ति द्वारा की गयी इस विनती को ध्यानपूर्वक सुनो। मैं तुम्हारा गुण-गान कैसे कर सकता हूं? यथा मैं चाहने पर भी तुम्हारा गुण-गान नहीं कर पारहा हूं क्योंकि मैं तो माया के वशीभूत हूं, ऐसी माया के जो एक नटनी के समान अपने हाथ में लोभाकर्षण की लाठी लेकर मुझे करोड़ों नाच नचाती है। यही माया का लुभावना खेल है।

एक अन्य पद में भी सूरदास कह रहे हैं कि अब मैं माया के वशीभूत हो गया हूं--

"अब हौं माया हाथ बिकानौ।

परबस भयौ पसू ज्यौं रजु-बस,भज्यौ न श्रीपति स्वामी।।-----"

अर्थातः अब तो मैं माया के हाथ बिक गया हूं, माया के वशीभूत हो गया हूं। मैं पराधीन हो गया हूं। ठीक उस पशु की तरह जो रस्सी में बंधकर उसी के अधीन हो जाता है, उसी के इर्द-गिर्द चक्कर लगाता रहता है और इसी को अपना जीवन समझता है। इसी माया जाल में फंसे जाने की वजह से मैं लक्ष्मीपति श्रीविष्णु भगवान का ध्यान-स्मरण,भजन नहीं कर पाता हूं।

संत दादूदयाल संसार में व्याप्त माया को सेंवर के फूल के समान मानते हैं, जिस फूल पर न तो फल लगते हैं और नहीं उसमें खुशबू आती है--

"कोइ नहीं तेरा सजन संगाति जिन खोवे मन मूल।

यह संसार देखिमत भूलै सबहीं सेंसर फूल।।"

परम भक्त सहजोबाई भी माया के बारे में बता रही हैं--

"साधो मन माया के संग सब जग रंग रह्यौ,

मूरख पचे खेल के अंधेरे, नाना स्वांग बनाय।

आसा धरि-धरि नाचन लागे, चोवा चाहल गाया।।"

संत गुरुनानक देव जी कह रहे हैं कि रे मन! तू भगवान का ध्यान-स्मरण कर, भगवन्नाम का जप कर इसी से ही तेरा माया से छुटकारा मिल पायेगा :

"राम सुमिर, राम सुमिर,ऐही तेरो काज है,

माया कौ संग त्याग, हरिजू की सरन लाग।

जगत सुख मान मिथ्या, झूंठौ सब साज है।।"

श्रीरामचरितमानस में भी माया के बारे में विस्तृत चर्चा की गई है। भगवान श्रीरामजी अपने प्रिय अनुज लक्ष्मण जी को सावधान करते हुए कह रहे हैं कि इस माया के रहस्य को चित लगाकर सुनो क्योंकि माया का रहस्य आसानी से समझ में नहीं आता है और वे थोड़े शब्दों में ही माया का रहस्योद्घाटन कर समझा रहे हैं--

"थोरेहि महं सब कहउं बुझाई।
सुनहु तात मति मन चित लाई।।
मैं अरु मोर तोर मैं माया।
जेहिं बस कीन्हें जीव निकाया।।
गो गोचर जहं लगि मन जाई।
सो सब माया जानेहु भाई।।
तेहि कर भेद सुनहु तुम्ह सोऊ।
बिद्या अपर अबिद्या दोऊ।।
एक दुष्ट अतिसय दुख रूपा।
जा बस जीव परा भव कूपा।।
एक रचइ जग गुन बस जाकें।
प्रभु प्रेरित नहिं निज बल ताकें।।
माया ईस न आपु कहुं जान कहिअ सो जीव।
बंध मोच्छ प्रद सर्बपर माया प्रेरक सीव।।"

श्रीरामचरितमानस के उत्तरकाण्ड में काकभुशुण्डि जी ज्ञान, भक्ति और माया के संबंध में गरुड़ जी को बता रहे हैं:

"सुनहु तात यह अकथ कहानी।
समुझत बनइ न जाइ बखानी।।
ईश्वर अंश जीव अविनाशी।
चेतन अमल सहज सुख रासी।।
सो माया बस भरी गोसाईं।
बंध्यो कीर मरकट की नाईं।।
जड़ चेतनहि ग्रंथ परि गई।खलु
जदपि मृषा छूटत कठिनाई।।
माया भगति सुनहु तुम्ह दोऊ।
नारि बर्ग जानइ सब कोऊ।।
पुनि रघुबीरहि भगति पियारी।
माया खलु नर्तकी बिचारी।।
सोउ मुनि ग्यान निधान मृगनयनी
बिधु मुख निरखि।।
बिबस होइ हरिजान नारि विष्नु माया प्रकट।।

भक्त शिरोमणि तुलसीदास दोहावली में बता रहे हैं कि माया की फौज बहुत बड़ी होती है,जो डरा धमकाकर मनुष्य को अपने वश में कर लेती है:

"ब्यापि रहेउ संसार महुं माया कटक प्रचंड।
सेनापति कामादि भट दंभ कपट पाषंड।।"

अर्थात: माया की प्रचंड सेना संसार भर में फैल रही है, कामादि (काम,क्रोध,मद,लोभ,मोह और मत्सर) वीर इस सेना के सेनापति हैं और धम्म,कपट और पाखंड उसके योद्धा हैं।

माया की प्रबलता से बचने का केवल एक मात्र उपाय है भगवान की शरण और भगवन्नाम का जप:

"सुर नर मुनि कोउ नाहिं जेहि न मोह माया प्रबल।
अस बिचारि मन माहिं भजिअ महामाया पतिहि।।"

संत शिरोमणि कबीरसाहब माया को महाठगिनी मानते हैं, अन्य ठगों से तो मनुष्य अपना बचाव कर सकता है लेकिन इस माया के प्रभाव से विरले ही बच पाते हैं। माया के संबंध में उनका मत है:

माया महाठगिनी हम जानी।
तिरगुन फांस लिये कर डोलै,बोलै भधुरी बानी।।
केसव के कमला होइ बैठी,सिव के भवन भवानी।
पंडा के मूरत होइ बैठी, तीरथ में भई पानी।।
जोगी के जोगिन होइ बैठी, राजा के घर रानी।
काहू के हीरा ह्वै बैठी, काहू के कौड़ी कानी।।
भक्तन के भक्तिन ह्वै बैठी, ब्रह्मा के ब्रह्मानी।
कहै कबीर सुनो भाई साधो,यहहै अकथ कहानी।।

भावार्थ: माया ठगनी ही नहीं,महा ठगनी है। ठगनी तो संसार के लोगों को अवश्य ठगती है और वह एकाध को ही ठग पाती है। लेकिन यह माया तो सब को ठग रही है, शायद ही इसके प्रभाव से कोई बचा हो। इसलिए इसे महाठगिनी कहा गया है। यह मधुर वाणी बोलकर सभी को फंसाती है। यह सारा संसार इस माधुरी में आसक्त है। इस माधुरी वाणी का उद्देश्य है, बांधना। यह माया तीन रस्सी लिए घूम रही है। जीव का तो एक रस्सी का बंधन काटना ही कठिन हो जाता है। यह तो सत,रज,तम रूपी तीन बंधनों से जकड़ लेती है। इन्हीं से पुत्रैषणा,वित्तैषणा और लोकैषणा रूपी बड़ी विशाल कामनाएं उत्पन्न होती हैं और इन्हीं तीनों कामनाओं से ही सारा संसार बुरी तरह बंध जाता है। इसीको ही माया कहा गया है। इनसे किसी का भी बचना मुश्किल है, जो संसार को रचने वाले, पालन करने वाले और संहार

करने वाले माने जाते हैं उन्हें भी यह माया अनेकों रूप दिखाकर ठग रही है। केशव, शिव, ब्रह्मा, योगी, पंडा, राजा-प्रजा,धनवान-गरीब, भक्त आदि को उन्हीं के घर में विराजमान लक्ष्मी, पार्वती, ब्रह्माणी आदि बनकर अधिकार रूप से कब्जा करके बैठी हुई हैं और उन्हें खूब ठग रही हैं। कबीर साहब यहां तक कह रहे हैं कि माया के संबंध में पूरी जानकारी देने की किसी में भी सामर्थ्य नहीं है। यदि किसी को इस माया की जानकारी है तो वे हैं श्रीभगवान, जिनके अधीन यह माया है।

अतः संसार के सभी जीव माया के वश में होकर उसी के घटाटोप में निरंतर अपना जीवन यापन कर रहे हैं, उन पर माया इस कदर प्रभावी हो जाती है वे सत्य को असत्य और असत्य को सत्य मान लेते हैं जैसे वर्षा ऋतु में आकाश में काली-काली घटाओं के घटाटोप से दिन में भी सूर्य के दर्शन नहीं होते और प्रकाश की जगह अंधेरा रहता है। इसी तरह रात्रि में भी बादलों के घटाटोप से चंद्रमा की शीतल किरणों का सुखद आभास नहीं होता है। जबकि दिन में सूर्य और रात्रि में चन्द्रमा रहते हुए भी उनका प्रकाश और शीतलता नहीं मिलती है, बस यही माया है।

श्रीभगवान सर्व व्यापक हैं और कण-कण में उनका वास है। लेकिन माया के वशीभूत होकर मनुष्य उनकी उपस्थिति पर तर्क-कुतर्क करता रहता है और भगवान के अस्तित्व को भी स्वीकार नहीं करता। माया का प्रभाव जीव पर उसी समय तक रहता है जब तक जीव भगवान से दूर रहता है, जो मायापति हैं और यह माया उन्हीं के द्वारा प्रेरित होती है,भासित होती है जबकि उसका कोई अस्तित्व नहीं है। यदि मनुष्य माया के प्रभाव से मुक्त रहना चाहता है तो उसे बिना समय गंवाए पूर्ण आशा और विश्वास के साथ, अनन्य भाव से भगवान,जो मायापति हैं, की शरण लेना और उनका भजन, ध्यान-स्मरण करना अपेक्षित है। तदउपरांत प्रभु की शरणागति की वजह से माया जीव को अपने प्रभाव से मुक्त कर देगी, यहां तक कि वह उसके आस पास भी नहीं भटकेगी, जिसके लिए जीव सदैव लालायित हैं, वांछा करता है।

37

भगवत-कृपा

"श्रीकृष्ण गोविन्द हरे मुरारी
हे नाथ नारायण वासुदेवा"

एक समय की बात है परम भागवत सूरदास जी,जो जन्म से ही अंधे थे, कहीं जा रहे थे तो चलते चलते रास्ते में एक गहरा गड्ढा आ गया और वे उसमें गिर गये। जैसे ही वे गड्ढे में गिरे तो उन्होंने केवल अपने कान्हा को ही पुकारा और वह किसको पुकारते क्योंकि कान्हा के अन्यत्र और उनका था ही कौन?जिसे वह पुकारते। भक्त हर परिस्थिति में केवल भगवान को ही पुकारता है चाहे वह मुशीबत का समय हो अथवा सुख है। सूरदास कहने लगे मेरे प्यारे कन्हैया आज तुमने मुझे यहां भेजा दिया है तो अब तुम यहां नहीं आओगे। क्या मुझे निर्बल,असाह जानकर अकेले ही छोड़ दोगे? जब भक्त आर्त भाव से अपने आराध्य देव भगवान को पुकारता है तो भगवान अपने भक्त की सहायता के लिए दौड़े चले आते हैं। इस मुशीबत में जैसे ही सूरदास जी ने आर्त भाव से कान्हा को पुकारा तो उसी समय भगवान श्रीकृष्ण बालगोपाल रूप में वहां प्रकट होगये। कन्हैया के पांवों की नन्हीं-नन्हीं सी पैजनिया की छम-छम धुन जब सूरदास के कानों में पड़ी तो उनको समझने में देर नहीं लगी, वे बड़े हर्षित हुए और आनन्द में डूब गये कि मेरा कान्हा आगया।

कान्हा उनके समीप आकर बोले, अरे बाबा? इस गहरे गड्ढे में नीचे क्या कर रहे हो, लो मेरा हाथ पकड़ो और जल्दी से ऊपर चले आओ। जैसे ही सूरदास ने करुणा निधान, दयानिधान, दीनदयाल भगवान श्रीकृष्ण की मधुर आवाज़ सुनी तो गद-गद होगये और बोले मेरे कन्हैया लाल आगये,मेरे कृपालु आगये, मेरे सखा आगये, मेरे सर्वस्व आगये। प्रेमवश, भाव-विभोर होकर उनके नेत्रों से अश्रुधारा

बहने लगी। इस पर बाल गोपाल कहने लगे अरे कौन कान्हा? किसका नाम लेते जा रहे हो, अगर इस गड्ढे से बाहर निकलना हो तो मेरा हाथ पकड़ो और बाहर आ जाओ, ज्यादा बात करने की आवश्यकता नहीं है। सूरदास जी यह सुनकर मुस्कुरा पड़े और कहने लगे, सच में कान्हा तुम्हारी बांसरी की मुधर ध्वनि सारे संसार को नचाती रहती है मेरी तो औकात ही क्या है?

इस पर बालरूप में भगवान श्रीकृष्ण जी कहने लगे अरे बाबा! अब बहुत हुआ पता नहीं कान्हा, कान्हा किस कहे जा रहे हो। मैं तो साधारण ग्वाला, बालक हूं। सहायता लेनी हो तो ले लो, नहीं मैं तो अपने घर चला। फिर पड़े रहना इसी गड्ढे में। जैसे ही भगवान श्रीकृष्ण जी ने इतना कहा सूरदास जी ने तुरंत कान्हा का हाथ पकड़ लिया और कहा--कान्हा! तुम्हारा इस दिव्य स्पर्श, सानिध्य और मधुर स्वर से मैं भली भांति परिचित हूं। मेरा अंतर्मन, हृदय कह रहा कि तुम्हीं मेरे श्याम हो,कान्हा हो, कन्हैया ही तुम्हीं हो। इतना सुनकर भगवान श्रीकृष्ण जी ने सूरदास को गड्ढे से तो बाहर निकाल दिया लेकिन अब उनका भेद न खुल जाय इसलिए सूरदास का हाथ छुड़ा कर भागने लगे तो भक्त शिरोमणि सूरदास जी ने भगवान से कह दिया--"हाथ छुड़ाये जात हो,निबल जानि के मोय। हृदय से जब जाओ, तो सबल जानूंगा तोय।।" अर्थात: भगवान श्रीकृष्ण जी से सूरदास कह रहे हैं कि मुझे निर्बल समझकर यहां से भाग जाओगे चलो आपकी समझ में हो सकता यह बात कहीं ठीक ही हो लेकिन मेरे हृदय से कभी नहीं निकल सकोगे। क्योंकि आप मेरे हृदय में तिरछे रूप में बसे हुए हो क्योंकि आप तो रूप तो त्रिभंगी हैं। अतः आप मेरे हृदय से कभी भी निकल नहीं पाओगे।

उपरोक्त कथन में भक्तों पर भगवान की असीम कृपा और भगवान के प्रति भक्त का प्रेम, अनन्य भाव की भक्ति का यह एक अनूठा उदाहरण है।

.....

38

प्रभु मिलन की लालसा

प्रभु से मिलने की लालसा, इच्छा, तमन्ना तथा उनकी कृपा,दया आदि को प्राप्त करने के लिए सभी मनुष्यों के अंदर कामना रहती है चाहे वह भक्त हो अथवा भक्त न हो। मनुष्य का स्वभाव है कि जहां उसे कुछ प्राप्त होता है या प्राप्त होने की आशा होती है उसके लिए प्रयासरत रहता है। इस बात को भी सभी जानते हैं सांसारिक जीव जिसमें मनुष्य भी शामिल है की शक्तियां ससीम हैं और परमपिता परमेश्वर की सभी शक्तियां,कृपा, दया आदि सब असीम हैं--

"यह सुभ संभु उमा संबादा।
सुख संपादन समन विषादा।।
भव भंजन गंजन संदेहा।
जन रंजन सज्जन प्रिय एहा।।"

अर्थातः तुलसीदास जी कह रहे हैं कि भगवान शंकरजी ने मां पार्वती जी को भगवान श्रीरामचन्द्र जी की कथा सुनाई है, उनके नाम का गुणगान किया है वह सभी जीवों के लिए सुख उत्पन्न करने वाला और शोक-कष्ट का नाश करने वाला है। जन्म-मरण का अंत करने वाला यथा मोक्षदायिनी है। संदेहों का नाश करने वाला, भक्तों को आनन्द प्रदान करने वाला और यह संतों को प्रिय है। ध्यान दें मनुष्य के अन्दर भी यही कामना रहती है। वेद,कवि,संत, पुराण आदि सभी सद् ग्रंथों में प्रभु की असीम कृपा, पौरुष, दीनदयालता और पतित पावन आदि का गुणगान किया है। अतः हे मन! अपनी कुटिलता छल-कपट को त्यागकर निर्मल मन से भक्त, दास्य,सखा आदि भावों से जो भी अच्छा लगे भगवान से संबंध जोड़कर उनका का स्मरण-ध्यान, भजन-कीर्तन कर। भक्त का समर्पण मछली की तरह होना चाहिए जैसे मछली का जीवन,सब कुछ जल है जैसे ही लोग उसे जल

से बाहर निकाल लेते हैं तो वह अपने प्राण त्याग देती है। चातक पक्षी का संकल्प भी इसी प्रकार का है वह भी केवल स्वाति नक्षत्र में होने वाली वर्षा का ही जल ग्रहण करता है और कहीं का भी जल नहीं पीता चाहे उसके प्राण ही निकल जायं। इसी तरह भक्त की कामना भी केवल भगवान से मिलने, दर्शन करने की होती है चाहे पूरा जीवन व्यतीत हो जाय पर वह भगवान के अलावा कभी भी इधर-उधर नहीं भटकता। इसके अलावा मनुष्य को भगवान से मिलने के लिए ऐसा उन्माद होना चाहिए कि उसके चिंतन में भगवान से मिलने के अलावा कोई अन्य कामना न हो। श्रीरामचरितमानस में तुलसीदास ने कहा है कि--"कामिहि नारि पिआरि जिमि, लोभिहि प्रिय जिम दाम। तिमि रघुनाथ निरंतर प्रिय लागहु मोहि राम।।" अर्थातः जैसे कामी पुरुष को स्त्री प्रिय लगती है और लोभी को जैसे धन प्यारा लगता है वैसे ही हे रघुनाथजी ! हे रामजी! आप मुझे निरंतर प्रिय लगिए। भगवान से मिलने के लिए भक्त के अंदर इस तरह का उन्माद होना बहुत आवश्यक है तभी भगवान से मिलन होगा।

भक्त शिरोमणि मीरा जी के आंखों के सामने से किसी भी पल के लिए भगवान की छवि हट जाती थी तो वह भगवान से मिलने के लिए तड़प जाती

थीं जब तक प्रभु मिलन न हो। इस तड़नपन में मीरा जी कह रही हैं--

"राम मिलण के काज सखी मेरे आरती उर में जागी री,
तडफत-तडफत कल न परत है, बिरह बाण उर लागी री।
निसदिन पंथ निहारूं पिवको,पलक न पर भरी लागी री।।
पीव-पीव मैं रटूं रात-दिन, दूजी सुध-बुध भागी री।
बिरह भुजंग मेरो डस्यो है कलेजो लहर हलाहल जागी री।।
मेरी आरति मेटि गोसाईं, आय मिलौ मोहि सागी री।
मीरा ब्याकुल अति उकलाणी,पिया की उमंग अति लागी री।।"

भावार्थः भक्त शिरोमणि मीरा जी भगवान से मिलने के लिए बहुत ही व्यथित हैं उनके मन में प्रभु से मिलने के अलावा कोई कामना नहीं है। वह भगवान के दर्शनों के लिए तड़प रही हैं और विरह रूपी बाण ने उन्हें घायल कर दिया है और वह रात-दिन केवल प्रभु की प्रतीक्षा कर रही हैं और उनका नाम रट रही हैं और उन्हें शेष किसी का भी उन्हें ध्यान नहीं है। मीरा जी को भगवान से मिलने के विरह रूपी भुजंग ने डस लिया है और उनके हृदय में, मन में केवल भगवान की स्मृति की हिलोरें ही उठ रही हैं। वह भगवान से प्रार्थना कर रही हैं कि मैं आपके दर्शनों के लिए बहुत ही लालायित हूं और ब्याकुल हूं इस कष्ट को, इस तड़पन को आप ही अपनी असीम कृपा से मुझे दर्शन देकर समाप्त कर सकते हैं। आपके सिवाय

और कोई भी इस व्यथा को समाप्त नहीं कर सकता है। यह अनन्य भाव की भक्ति का एक अनूठा उदाहरण है। अतः हमें भी मन कर्म वचन से पूर्ण आशा-विश्वास के साथ,अनन्य भाव से भगवान का स्मरण-ध्यान, भजन-कीर्तन करना चाहिए। परम कृपालु, दीनदयाल हमारे ऊपर भी अपनी असीम कृपा की वर्षा करेंगे।

39

कामना

सभी जीव अपने शरीर की वास्तविक आवश्यकताओं की पूर्ति के लिए अपेक्षित कर्म करते हैं जो अपेक्षित भी है। यह सभी जीवों में एक स्वाभाविक क्रिया है जिसमें मनुष्य अपनी बुद्धि के बल पर अधिक ही क्रियाशील रहने के लिए निरंतर तत्पर रहता है। जब इंद्रियों को पता लगता है कि मनुष्य हमारी तृप्ति के लिये निरंतर प्रयासरत है तो इसे देखकर इंद्रियां उसके मन को वश में कर लेती हैं और उसके मन में अनेकों कामनाओं को उत्पन्न करती रहती हैं। अब मनुष्य इंद्रियों की तृप्ति के लिए कामना करता है और इनकी पूर्ति करने के लिए हर समय व्यस्त रहता है ताकि इंद्रियां इन्हें भोगकर संतुष्ट हो जायं। लेकिन इस कटु सत्य को भूल जाता है कि ये इंद्रियां मनुष्य को ही भोग रहीं न कि मनुष्य इनका कोई सुख ले रहा है। एक कामना की पूर्ति हो जाती है तो तत्काल अन्य कामना जन्म ले लेती है। मनुष्य की एक कामना पूरी हुई तो दस कामनाएं तत्काल उत्पन्न हो जाती हैं यदि ये पूरी होती हैं तो अनंत कामनाओं का सागर उसके मन हिलोरें लेने लग जाता है। ध्यान दें इस शरीर रूपी रथ पर आत्मा सवार है इस रथ का सारथी मन है और दसों इंद्रियां इनके घोड़े हैं। मन रूपी सारथी ने इन इंद्रियों पर अंकुश लगाना तो दूर रहा और इनकी लगाम को और ढील दे रखी है जिसके परिणाम स्वरूप इंद्रियां मन पर हावी हो गई हैं और अपनी प्यास बुझाने के लिए मन में अनंत कामनाओं का सागर उत्पन्न करती रहती हैं अब मनुष्य इन कामनाओं की पूर्ति करने के उचित-अनुचित सभी कार्यों को बिना विचारे करने में अपनी सारी शक्ति लगा देता है फिर भी कामनाओं की पूर्ति नहीं होती है जिसकी वजह से उसकी नींद,भूख,सुख सब चले जाते हैं और तद्उपरांत वह अवसादग्रस्त(डिप्रेशन) हो जाता है, हाई ब्लड प्रेसर,हृदयरोग, लीवर, किडनी आदि के रोगों से ग्रस्त हो जाता

है। इन कामनाओं की पूर्ति के लिए जिन उचित-अनुचित कार्यों से धन कमाया था वह सब डाक्टरों, अस्पतालों में खर्च हो गया यहां तक कि मकान, दुकान आदि भी बिक गए। अब बताओ उसने करता फायदा उठाया। लेकिन मन में कामनाओं के सागर में लहरें यथावत मौजूद हैं। इन सब बातों से बचने का एक ही उपाय है कि अपनी वास्तविक आवश्यकताओं की पूर्ति के लिए अवश्य कर्म करें। अपरिग्रह से बचें अर्थात वास्तविक आवश्यकताओं से अधिक संग्रह न करें क्योंकि नीति के अनुसार यह अधिक संग्रह हिंसा है,पाप है कि क्योंकि इससे दूसरों के अधिकारों का भी हनन होता है। कबीर साहब कह रहे हैं--"कबिरा इतना दीजिए जा में कुटुंब समाए। मैं भी भूखा न रहूं साधु न भूखा जाए।।" उस कामना,कर्म से क्या फायदा जिससे हमारी शांति भंग हो जाय, हर समय चिन्ता ग्रस्त रहें तथा जीवन बर्बाद हो जाय उससे मनुष्य ने क्या प्राप्ति की? कहावत है--"चिंता चिता से बढ़कर है, चिता मुर्दे को जलाती है व चिंता जिन्दे को जलाती है।" मनुष्य को चिंता बिल्कुल नहीं करनी चाहिए क्योंकि सभी जीवों का योगक्षेम अर्थात भरण पोषण स्वयं भगवान कर रहे हैं फिर चिंता करने का कोई मतलब समझ में नहीं आता है। अतः हमें सभी कार्यों को करने से पहले चिंतन करना चाहिए, विचार करना चाहिए न कि चिंता करनी चाहिए। चिंतन करने के बाद कार्य शुरू करना चाहिए। नहीं तो यह कहावत सिद्ध हो जायेगी--"बिना विचारे जो करे सो पाछे पछिताय। काम बिगारे आपनो जग होत हंसाय।।" यह ध्यान रखिए यह शरीर केवल भोगों के लिए नहीं है, अनावश्यक कामनाओं के लिए नहीं है। यह तो जीवन मनुष्य के उद्धार के लिए है। भगवान ने हम मनुष्यों को मानव योनि में इस लिए जन्म दिया है कि इस जन्म में उचित, पुण्य कर्म करते हुए भगवान का भजन, ध्यान-स्मरण करें और इस मानव योनि में जन्म लेने को सार्थक सिद्ध करें और यह तभी होगा जब हम अपने कार्यों की रोजाना समीक्षा करेंगे जिससे स्वयं को पता चल सके कि हमारे द्वारा किये गये कार्यों का अभिप्राय सार्थक है अथवा निरर्थक है। इन सब बातों पर विचार करके ही चौरासी लाख योनियों में मानव योनि को सर्वश्रेष्ठ योनि माना गया है। श्रीरामचरितमानस में उल्लेख भी है कि "बड़े भाग मानुष तन पावा सुर दुर्लभ सद्ग्रंथिन्हिं गावा।" अतः अपने मन में व्याप्त अनंत कामनाओं के सागर को भगवान-नाम जप से सुखाएं क्योंकि इसे सुखाने के लिए भगवान ही सक्षम हैं।

"जय रघुनंदन जय सियाराम हे
संकट मोचन! तुम्हें प्रणाम"

40

अपरम्पार नाम की महिमा

भगवान नाम की महिमा अपरम्पार है जिसका शब्दों में बयान करना किसी के बस की बात नहीं है। सभी संत,भक्त और महापुरुषों ने अनेकों प्रकार से प्रभु-नाम की महिमा का गुणगान किया है। इसी राम नाम को जपकर जीव, जिसमें मनुष्य भी शामिल है को सहज भाव से भगवान की भक्ति तथा परमपिता परमेश्वर का साक्षात्कार सुलभ हो जाता और उसके जीवन में केवल आनंद ही आनंद रहता है। भगवान नाम से संसार के दैहिक, दैविक,भौतिक तीनों ताप समाप्त हो जाते हैं और साथ ही जीव के सभी शोक, भय का भी हरण हो जाता है। वह तो मंगल के अनंत सागर हैं, कृपालु हैं, दीनदयाल हैं। जहां भगवान नाम का जप,स्मरण,ध्यान होता है वहां दूर-दूर तक अमंगल का ठिकाना ही नहीं होता है। किन्तु वह भक्ति सत्संग के बिना प्राप्त नहीं होती है और मनुष्य को सत्संग भी प्रभु की अहैतुक कृपा से ही सुलभ हो पाता है।

भक्त शिरोमणि सूरदास जी स्वयं अपने मन को समझाते हुए हम सब की ओर इशारा करते हुए कह रहे हैं कि सब समस्याओं का एक ही समाधान है भगवान का ध्यान,स्मरण और नाम जप--

"जो तू रामनाम चित धरतौ।
अबको जन्म आगिलो तेरो दोऊ जन्म सुधरतौ।।
जम को त्रास सबै मिटि जातो, भक्त नाम तेरौ परतौ।
तंदुल घिरत समर्पि स्याम को संत परोसो करतौ।।

होतो नफा साधु की संगति मूल गांठ नहिं टरतौ। सूरदास बैकुंठ पैठ में कोऊ न फैंट पकरतौ।।" व्याख्या: भक्त शिरोमणि सूरदास जी कह रहे हैं कि हे मन! यदि तू अपने हृदय में मन,कर्म,वचन तथा अनन्य भाव से रामनाम को धारण कर लेता तो निश्चित रूप से तेरे मन के सभी विकार नष्ट हो जाते और मन भी निर्मल हो जाता। ध्यान दे भगवान को तो निर्मल मन ही भाता है--"निर्मल मन जन सो मोहि पावा, मोहि कपट छल छिद्र न भावा ।" और तेरे इहलोक तथा पर परलोक दोनों ही सुधर जाते अर्थात मानव योनि में जन्म लेना सार्थक हो जाता। इसके अलावा जन्म-मरण के बंधन से मुक्त हो जाता यथा बार-बार जन्म लेने मरने के झंझट से सदैव के लिए मुक्त हो जाता और तुझे सब लोग भगवान का भक्त मानते, भक्त कहते। जब तू बड़े प्रेम से तंतुल और शुद्ध देशी घी भात तैयार कर भगवान को अर्पित करके उसको संत-महात्माओं को परोस कर संतों की प्रसादी ग्रहण करता अर्थात भगवान तथा संतों की कृपा का पात्र बन जाता। साधुओं, संतों, भक्तों की संगत से तेरा भला ही भला होता और तेरी गांठ से कुछ भी नहीं जाता है यथा कोई धन तथा तेरे द्वारा किए गए पुण्यों का क्षय नहीं होता। भक्त सूरदास जी कह रहें हैं कि तेरी शत-प्रतिशत मुक्ति निश्चित हो जाती और कोई भी आसुरी शक्ति इसमें बाधक नहीं बन हो पाती। भगवान श्रीराम जी के नाम की महिमा का गुणगान करते हुए संत शिरोमणि तुलसीदास जी इसी तरह कह रहे हैं--

"राम नाम मनिदीप धरु जीह देहरीं द्वार।
तुलसी भीतर बाहेरहुं जौं चाहसि उजियार।।"

भावार्थ: यदि मनुष्य तू अपने अंतर्मन और बाह्य दोनों में लौकिक और पारमार्थिक प्रकाश चाहता है तो मुख रूपी दरवाजे की देहली पर राम नाम रूपी मणिदीप रख दे यथा जीभ द्वारा अखंड रूप से श्रीराम-नाम का जप करता रह फिर देख इस रामनाम रूपी मणिदीप से तेरे अन्तर्मन तथा बाह्यरूप में ऐसे प्रकाश पुंज की अनुपम रोशनी प्रकट होगी जिससे माया का अंधकार सदैव के लिए समाप्त हो जायेगा और यह रामनाम रूपी मणिदीप कभी भी किसी आंधी-तूफान से बुझ नहीं पायेगा और इस भगवान नाम जप से तेरा जीवन सफल हो जायेगा। अतः हे मनुष्य तू अनन्य भाव से भगवान का ध्यान,स्मरण कर,नाम जप कर तेरे सब कार्य सिद्ध हो जायेंगे जिसकी तू निरंतर कामना करता रहता है।

41

भक्त की प्रार्थना

भगवान और भक्त के इतने अगाध संबंध होते हैं कि साधारण व्यक्ति की जिह्वा भी कुछ बोल नहीं सकती। भगवान भक्तों के हैं और भक्त केवल और केवल भगवान के ही हैं जैसे आत्मा और परमात्मा को अलग नहीं किया जा सकता क्योंकि आत्मा तो परमात्मा का अंश है अतः दोनों एक ही हैं--

"ईश्वर अंश जीव अविनाशी,
चेतन, अमल, सहज सुख राशि।"

इसी संदर्भ में भगवान श्रीकृष्ण अर्जुन से कह रहे हैं कि हे कौन्तेय! मैं तो भक्तों की सेवा में सदैव तत्पर रहता हूं क्योंकि भक्त तो मुझे बहुत ही प्रिय हैं--"हम भगतन के भगत हमारे।

सुन अरजुन परतिग्या मोरी यह ब्रत टरत न टारे।। भगतन काज लाज हिय धरिकैं पांय पियादे धायौ। जहं-जहं भीर परै भगतनपै तहं-तहं होत सहायौ---।"(सूरसागर)।

इन सब के बाबजूद भी भक्त अपने प्रभु से प्रार्थना-याचना करता रहता है और वह भगवान से केवल उनकी भक्ति ही मांगता है और यह भी कहता है कि भगवान मेरी बुद्धि को विमल बना दो। ताकि मैं निर्बाध रूप से आपसे मिल सकूं।

संत-भक्त शिरोमणि श्री हनुमान प्रसाद पोद्दार भाई जी भी इसी तरह भगवान से विनती कर रहे हैं--

"बना दो विमलबुद्धि भगवान!

तर्क जाल सारा ही हर लो, हरो सुमित अभिमान। हरो मोह, माया, ममता,मद,मत्सर मिथ्या मान।।

कलुष काम-मति कुमति हरो, हे हरे! हरो अज्ञान। दम्भ,दोष, दुर्नीति हरण कर करो सरलता दान।।

भोग-योग अपवर्ग-स्वर्ग की हरो स्पृहा बलवान। चाकर करो चारु चरणों का नित ही निज जन जान।।

भर दो हृदय भक्ति-श्रृद्धा से,करो प्रेम का दान। कभी न करो दूर निज पद से मेटो भव का भान।।"(पद रत्नाकर)।

व्याख्या: हे भगवान मेरी बुद्धि को विमल बना दो क्योंकि मेरी यह कुबुद्धि आपसे मिलने में बहुत बड़ी बाधा, रुकावट बन रही है। जब तक मेरी यह बुद्धि निर्मल नहीं होगी तब तक मैं आपसे कैसे मिल पाऊंगा? श्रीरामचरितमानस में भगवान स्वयं कह रहे हैं कि--"निर्मल मन जन सो मोहि पावा, मोहि कपट छल छिद्र न भावा।" अर्थात भगवान को जीव का निर्मल स्वभाव ही पसंद है उन्हें जीव का छल-कपट बिल्कुल भी अच्छा नहीं लगता है। प्रभु मेरी बुद्धि उस समय ही विमल हो पायेगी जब आप मेरा तर्क-कुतर्क को बिल्कुल नष्ट कर दोगे और यहां तक कि मेरा सुमित होने का अहं को भी समाप्त कर दोगे। मेरे मन में बसे हुए मोह, माया, ममता, घमंड,मत्सर(द्वेष, विद्वेष,ईर्ष्या), झूंठे मान-सम्मान को भी हर लो। मेरी अपवित्र काम-बुद्धि,बुरे विचार और अज्ञान को भी नष्ट कर दो जिसकी वजह से मैं इधर-उधर भटक जाता हूं। मेरे घमंड, दोष,बुरे विचारों को हर लो और मुझे सरल-सहज बना दो। इन इंद्रियों के भोग-योगों को भी समाप्त कर दो और स्वर्ग-मोक्ष की कामना जो मेरे अंदर बैठी हुई है उसको भी समाप्त कर दो। आप मुझे अपना जानकर अपने कमल रूपी सुंदर चरणों का दास,सेवक बना लो और मेरे हृदय में प्रेम का संचार करके भक्ति-श्रृद्धा भर दो। आपसे मेरी विनम्र प्रार्थना है कि आप इस संसार रूपी भवसागर में मेरी झूंठी मान-प्रतिष्ठा की कामना को समाप्त कर चौबीसों घंटे अपने चरणों में स्थान देकर मुझ पर अपनी अहैतु की कृपा बनाए रखें और मेरे मन में जो विकार अपना घर कर बैठे हुए हैं उन्हें मुझ से दूर रखें ताकि निसंकोच होकर निर्बाध रूप से आपकी भक्ति कर सकूं।

42

क्षमावाणी पर्व

हमारे देश भारत में जितने पर्व-त्यौहार, धार्मिक उत्सव मनाये जाते हैं जिनमें सभी धर्म,सम्प्रदाय शामिल हैं इनका मुख्य उद्देश्य है मनुष्य जीवन शुद्ध-पवित्र बनाया जा सके ताकि संसार में सभी जीव स्वस्थ एवं प्रसन्न रहें, धन-धान्य, सुख-समृद्धि से सम्पन्न रहें। लेकिन हम इन पर्वस त्यौहार, धार्मिक उत्सव मनाने के उपरांत भी अनेकों कष्ट झेलते रहते हैं इसका मुख्य कारण यही समझ में आता है कि हम मन,कर्म, वचन से धर्म की मर्यादाओं का पालन करने में कहीं न कहीं विफल रह जाते हैं। जैन धर्म में मनुष्य को श्रेष्ठ मानव बनाने के लिए धर्म के दस लक्षणों का उल्लेख किया गया है यथा उत्तम क्षमा, उत्तम मार्दव, उत्तम आर्जव, उत्तम शौच, उत्तम सत्य, उत्तम संयम, उत्तम त्याग, उत्तम आकिंचन्य, उत्तम ब्रह्मचर्य और उत्तम तप। मनुष्य को इन सभी नियमों का पालन करते हुए अपरिग्रह को भी अपने जीवन अपनाना नितांत आवश्यक है जैसा कि भगवान महावीर स्वामी जी ने कहा है। इसी प्रकार पतंजलि योग दर्शन में मनुष्य को पंच क्लेशों यथा अज्ञान,राग,द्वेष, अस्मिता और अभिनिवेश से बहुत दूर रहने की बात कही है। इनको जीवन में न अपनाने से मनुष्य का जीवन कष्टमय हो जाता है।

उपरोक्त को अपनाते हुए असावधानीवश जाने-अनजाने में मनुष्य से कोई भूल हो जाती है जिसकी वजह से जीवन में कभी कोई अपराधबोध बन जाता है तो वह हमारे जीवन की शांति में बाधक बन जाता है। इस अपराधबोध को समाप्त करने के लिए तीर्थंकर भगवान महावीर ने बहुत ही सुन्दर आध्यात्मिक समाधान बताया--पडिक्कमणं(प्रतिक्रमण) अर्थात यदि मनुष्य द्वारा पूर्व में मर्यादा का अतिक्रमण किया गया है तो इसके निराकरण के लिए वह उसकी स्वयं आलोचना करे जिसे वह अपने निज स्वभाव में आजाये। प्रतिक्रमण से मनुष्य स्वयं ही

अपनी गलतियों को सहज भाव से सुधार सकता है और वह संकल्प करे कि ऐसी भूलों कभी भी पुनरावृत्ति नहीं होगी, यदि मनुष्य ऐसा करता है वह 'पचक्खाण' अर्थात प्रत्याख्यान हो जायेगा। प्रत्याख्यान का अर्थ है ज्ञान पूर्वक त्याग। भगवान महावीर ने प्रयाश्चित करने को आत्मशुद्धि का सबसे बड़ा और सरल उपाय बताया है। इसीलिए प्रत्येक वर्ष क्षमावाणी पर्व मनाया जाता है। अब हमें स्वयं ही हर समय अपनी वाणी तथा कार्यों के प्रति सतर्कता बरतनी होगी जिससे हम अपने जीवन में इस तरह की भूल, गलती न करें जिसकी वजह से हमें क्षमा मांगनी पड़े या हमें किसी को क्षमा करने की आवश्यकता हो। यदि हम सब अपने-अपने जीवन में मर्यादा और नीतियों को अपनाएंगे तो निश्चित मानिए कि हम सभी स्वस्थ, प्रसन्न रहेंगे और सुख, शांति, समृद्धि से सम्पन्न होंगे।

43

भगवान से संबंध

मनुष्य जब किसी भी रूप में किसी से कोई संबंध जोड़ लेता है तो उसे अनायास ही उसका स्मरण होता रहता है। इसका मुख्य कारण है कि हमें अपनों की तथा संबंधियों की निरंतर याद आती रहती है यह एक जीव की स्वाभाविक क्रिया है। यदि किसी कारणवश हमारे संबंधी अथवा परिवार जनों का अकस्मात कोई टेलीफोन या संदेश नहीं मिलता तो हम बिना किसी कारण के विचलित हो जाते हैं यहां तक कि बिना किसी प्रयोजन के ही अश्रुधारा बहने लगती है चाहे वह व्यक्ति उस समय बिल्कुल स्वस्थ एवं प्रसन्न रह रहा हो। बस इसी तरह जब हम भगवान के साथ स्वाभाविक रूप से कोई भी संबंध या रिश्ता जोड़ लेंगे तो निश्चित रूप से मानिए हमें भगवान का हर समय स्मरण रहेगा और यहां तक भुलाने की कोशिश करेंगे तो उनका स्मरण और अधिक होगा जो मनुष्य का सहज स्वभाव होता है इस प्रकार हमें कभी भी भगवान की विस्मृति नहीं हो पायेगी। संतों , भक्तों, महापुरुषों ने भगवान से अनेकों तरह के संबंध स्थापित किए हैं उदाहरण के तौर पर ब्रज की गोपियों ने उन्हें पति रूप में माना इसीलिए महारास के समय भगवान श्रीकृष्ण ने अनेकों रूप धारण किए और प्रत्येक गोपी के साथ महारास किया और सभी गोपियों को ऐसा लग रहा था कि श्रीकृष्ण केवल मेरे ही साथ रासलीला कर रहे हैं ,नृत्य कर रहे हैं। ग्वालबालों ने सखा के रूप में देखा तो उनके साथ बाल स्वभाव की अनेकों क्रीड़ाएं कर उनको आनंदित किया। नन्दबाबा और मां यशोदा ने श्रीकृष्ण को पुत्र रूप में माना तो उनके साथ पुत्र के रूप में बालस्वभाव की अनेकों लीलाएं कीं। गोपियां उन्हें माखन चोर के रूप में देखना चाहती थीं तो उन्होंने अपने बाल सखाओं के साथ माखन चोरी की लीलाएं करके गोपियों को आनंदित किया।

भक्त शिरोमणि मीरा जी ने उन्हें अपना पति माना और सहर्ष कहती थीं--

"मेरे तो गिरधर गोपाल दूसरो न कोई,जाके सिर मोर मुकुट मेरो पति सोई।"

भक्त नरसी मेहता ने सांवारा सेठ माना तो उनकी हुंडी भुनाई और नरसीजी की पुत्री ने अपना भाई माना तो भगवान श्रीकृष्ण ने भाई बनकर ऐसा भात भरा कि दुनिया आश्चर्य चकित रह गयी और आज भी सब मिलकर याद करते हैं तथा "नानीबाई का मायरा" गाते हैं जो जग प्रसिद्ध है। परम भक्त कबीरदास, तुलसीदास, सूरदास जैसे अनेकों भक्तों ने भगवान को अपना स्वामी मानकर दास्यभाव की भक्ति की तो उन्हें स्वामी के रूप में दर्शन दिए यहां तक कि सूफ़ी संतों ने भगवान को अपनी सहचर्या माना है। भगवान तो केवल भाव के भूखे हैं उन्हें भक्त जिस भाव से भजेगा,स्मरण करेगा प्रभु उसी रूप में उसको दर्शन देकर कृपा करेंगे। केवल भक्त को भाव-विभोर होकर जो नाम,रिश्ता भावे उसी से पुकारो बस आनन्द ही आनन्द आयेगा और उनके संयोग-वियोग दोनों में अश्रुधारा अनायास ही झरने लगेगी फिर यही कड़ी रुकने का नाम नहीं लेगी। जैसे गोपियों की स्थिति थी --निसदिन बरसत नयन हमारे--" और हम भी गोपियों की भांति प्रभु मिलन का आनंद उठायें। कृपया इस बारे में चिंतन करें और अपने जीवन में उतारने का प्रयास करें।

44

माया का प्रभाव

संत, भक्त, महापुरुषों ने इस प्रबल माया से बचने का सहज उपाय बताया है कि जीव तू मन,कर्म, वचन तथा पूर्ण आशा-विश्वास के साथ अनन्य भाव से मायापति की शरण में चला जा, जो मायापति होते हुए भी मायातीत हैं अर्थात माया के प्रभाव से मुक्त हैं। यहां ध्यान देने की आवश्यकता है कि जिस के पास जो वस्तु है वह उसी पर निर्भर करता है कि वह अपनी वस्तु किसको दे अथवा नहीं दे। अतः भगवान की शरण लेने के उपरांत जीव को कभी भी माया उसे प्रभावित नहीं कर पायेगी। क्योंकि प्रभु तो परम दयालु, कृपालु जो हर समय भक्त और शरणागत की रक्षा करते हैं। उदाहरण के तौर पर यदि किसी व्यक्ति का राष्ट्रपति, प्रधानमंत्री तथा अन्य उच्च अधिकारी से परिचय अथवा संबंध है तो जब भी वह उसने मिलने जायेगा तो उसके सिक्यूरिटी गार्ड उसको परेशान न करके सम्मान सहित उनसे मिलने देंगे। इसी तरह इस माया के प्रभाव से बचने का एक ही उपाय है भगवान की शरण लेना जिसका पहले उल्लेख किया गया है इसलिए मनुष्य तू बिना महूर्त पूछे तत्काल प्रभाव से भगवान के ध्यान, साधना, भजन-कीर्तन में तन,मन,धन से लग जा तेरे सभी कार्य अनायास ही प्रभु कृपा से सिद्ध हो जायेंगे और माया भी भ्रमित नहीं करेगी जिसकी मनुष्य निरंतर कामना करता है।

45

प्रभु की शरण

"अस कहि कीन्हेसि चरन प्रहारा।
अनुज गहे पद बारहिं बारा।।
तुम्ह पितु सरिस भलेहिं मोहि मारा।
रामु भजें हित नाथ तुम्हारा।।"

जब लंका में विभीषण ने अपने बड़े भ्राता राक्षसराज रावण को समझाया कि तुमने मां सीताजी को चुराकर उनको यहां लाने का जो भीषण कुकृत्य किया है ऐसे अपराध को केवल प्रभु श्रीरामजी ही छमा कर सकते हैं, उनके अलावा इस संसार में कोई ऐसा व्यक्ति नहीं जो इस पाप से मुक्त करा सके। अतः इस घोर पाप से मुक्ति पाने के लिए प्रायश्चित करो और भगवान श्रीरामजी की शरण में तत्काल चले जाओ और उनसे इस अपराध के लिए छमा मांग लो और मां सीताजी को ससम्मान उन्हें लौटा दो तो वे निश्चित रूप से तुम्हारे इस अपराध को छमा कर देंगे क्योंकि उनका नाम ही करुणानिधान, दयानिधान है। वह तो इतने परम दयालु हैं कि सभी जीवों पर निरंतर अपनी दया-कृपा बरसाते रहते हैं तथा जीव के अपराधों पर ध्यान दिए बिना ही उनको तत्काल छमा कर देते हैं। यह उनका स्वभाव है--"ऐसो को उदार जग माहीं। बिनु सेवा जो द्रवै दीनपर राम सरिस कोउ नाहीं।।"

इस संबंध में भगवान श्रीरामजी स्वयं कह रहे हैं कि मेरी शरण में आते ही जीव के करोड़ों जन्मों के पाप नष्ट हो जाते हैं--'कोटि बिप्र बध लागहिं जाहू। आएं सरन तजउं नहिं ताहू।।सनमुख होइ जीव मोहि जबहीं। जन्म कोटि अघ नासहिं तबहीं।।'

विभीषण की इस बात को सुनकर रावण क्रोध में पागल होगया और उसने अपने अनुज एवं

भगवान श्रीरामजी के भक्त विभीषण पर पद-प्रहार किया। इसके उपरांत भी विभीषण ने रावण को समझाया है कि तुम्हारा हित ही नहीं, सभी जीवों का हित भगवान की शरण में जाने से सिद्ध होता है, इसी को संत-स्वभाव कहते हैं और विभीषण यह कहकर तत्काल भगवान श्रीरामजी के शरण में चले गए। विभीषण तो प्रभु श्रीरामजी की शरण में चले गए लेकिन हम अपने परिवार में, समाज में नित्य ही अपने लोगों के दुर्व्यवहार से पीड़ित होते हैं, अपमानित होते हैं फिर भी भगवान की शरण में नहीं जाते बल्कि जहां नित्य अपमान होता है वहीं रहते हैं और उसी को सुख मानते हैं जैसे सूकर गंदगी,विष्ठा खाकर अपने जीवन को सुखी मानता है तथा प्रसन्न रहता है। इसी तरह यह मनुष्य भी संसार की दुत्कार सहन कर अपने को सुखी मानता है। यह उसकी बहुत बड़ी भूल है। वास्तविक आनन्द की प्राप्ति तो केवल प्रभु की शरण में ही है, प्रभु के भजन में ही है। अतः इस पर विचार करना चाहिए कि हमें यह मानव योनि पिछले अनेकों जन्मों में किये गये सत्कर्मों, पुण्यों के फलस्वरूप प्राप्त हुई है। वेद, शास्त्रों में इस मानव योनि को चौरासी लाख योनियों में सबसे श्रेष्ठ योनि माना गया है। इस संबंध में श्रीरामचरितमानस में उल्लेख है:

"बड़े भाग मानुष तन पावा।
सुर दुर्लभ सद् ग्रंथन्हि गावा।।
साधन धाम मोक्ष कर द्वारा।
पाइ न जेहिं परलोक संवारा।।"

और हम चौरासी लाख योनियों में सर्वश्रेष्ठ मानव यौनि में जन्म लेकर क्या कर रहे हैं?, यह चिंतन का विषय है।

...... -

रामनाम

"मधुर मधुर नाम सीताराम सीताराम, सीताराम सीताराम , हरि बोल! हरि बोल! मधुर मधुर नाम सीताराम सीताराम सीताराम सीताराम"

सभी सद्ग्रथों,संत, भक्त, ऋषियों, मनीषियों का केवल एक ही मत है कि, हांलांकि कहने के तरीके भिन्न भिन्न हो सकते हैं, बस प्रभु नाम में सम्पूर्ण ब्रह्माण्ड समाया हुआ है। जब मनुष्य जब पूर्ण श्रद्धा, आशा, विश्वास के साथ अनन्य भाव से निष्काम होकर प्रभु नाम का स्मरण-ध्यान करता है, भजन-कीर्तन करता है तो उसकी सभी जरूरी सांसारिक आवश्यकताओं तथा

आध्यात्मिक जगत की प्राप्ति अर्थात प्रभु प्राप्ति सहज ही प्राप्त हो जाती है--

"साधो सहज समाधि भली।" हम अपने तथा परिवार के भरण-पोषण के संबंध हर समय अनावश्यक रूप से चिंतित रहकर अपने इस अमूल्य मनुष्य जन्म को नष्ट न होने दें। विश्वास कीजिए प्रभु हर समय सभी जीवों का योगक्षेम वहन करते रहते हैं हम अनावश्यक ही चिंता करते रहते हैं जिससे कुछ प्राप्त नहीं होता। ध्यान रखें यह मनुष्य योनि बहुत ही दुर्लभ है बार-बार नहीं मिलती है। अनेकों जन्मों के पुण्य प्रतापों के फलस्वरूप यह प्राप्त होती है इस योनि में जन्म लेने के लिए लिए देवता भी तरसते हैं।

46

झूठे सब व्यवहार

"हरि बिन झूठे सब ब्यौहार, केते कोऊ करौ गंवार,

झूठा जप तप झूठा ग्यांन,राम नाम बिन झूठा ध्यान।

बिधि नखेद पूजा आचार, सब दरिया में वार न पार।।

इंद्री स्वारथ मन के स्वाद,जहाँ साच तहाँ माँडै बाद। दास कबीर रह्या ल्यौ लाइ,धर्म कर्म सब दिये बहाइ।।"

भावार्थ: बिना भगवान के सारे व्यवहार झूठे हैं। और कोई कितना भी क्यों न करे? सब गंवारपन है। राम के बिना जप, तप,ज्ञान, ध्यान सब झूठे हैं। विधि-निषेध,पूजा, आचार इन सब के द्‌वारा संसार सागर पार नहीं किया जा सकता है। सभी इंद्रियों और मन के स्वाद में लीन हैं। सत्य के लिए विवाद बने हैं अर्थात ये सब श्रीभगवान के मार्ग में बाधा उत्पन्न करते हैं। कबीर साहब सदैव प्रभु का ध्यान करते हैं और उन्होंने भ्रम,कर्म सब को बहा दिया है। अतः हमारे सच्चे संबंधी केवल प्रभु ही हैं शेष सब निर्थक है।

....

47

प्रभु मिलन

"भज मन चरण कँवल अबिनासी,

जेताइ दीसे धरण गगन बिच,तेताइ सब उठ जासी। कहा भयो तीरथ ब्रत कीन्हें,कहा लिए करवत कासी।।

इण देहीका गरब न करणा,माटी में मिल जासी।

यो संसार चहरकी बाजी, सांझ पड्यां उठ जासी।।

कहा भयो है भगवा पहर्यां घर तज,भये संन्यासी। जोगी होय जुगत नहिं जाणी,उलट जनम फिर आसी।।

अरज करूँ अबला कर जोड़े,स्याम तुम्हारी दासी। मीरा के प्रभु गिरधर नागर,काटो जम की फांसी।।" व्याख्या: मीराबाई मन को समझा रही हैं। रे मन! तू केवल अबिनासी कृष्ण के चरण- कमलों का स्मरण कर। इस धरती और आकाश के बीच जो कुछ भी दिखाई दे रहा है यह सब नष्ट होगा, जिसे तू सत्य समझे बैठा है उस बात पर ध्यान दे ।तीर्थ करना, व्रत रखना या ज्ञान की बातें करना,काशी में करवट लेना आदि सब व्यर्थ ही है यदि प्रभु का मिलन नहीं हुआ।इस शरीर का घमंड मत कर यह भी सब नष्ट होगा। रोजाना तू इन शरीरों को नष्ट होते देखता है, लेकिन समझ में नहीं आता। यह संसार तो चिड़ियों का खेल है जो सांझ होते ही समाप्त हो जाता है। इस भगवे कपड़े को पहने से क्या लाभ और घर छोड़कर सन्यास लेने से क्या फायदा? यदि योगी होकर भी मुक्ति को नहीं जाना। इसी तरह कबीर साहब भी कह रहे हैं--"मन न रंगाये, रंगाये जोगी कपड़ा" इस प्रकार केवल दिखावा करने से चौरासी लाख योनियों के आवागमन से मुक्ति नहीं मिल सकती। हे श्याम,हे कृष्ण दासी मीरा हाथ जोड़कर विनती कर रही है कि हे गिरधर नागर! मेरे सांसारिक बंधनों को समाप्त करो। इस जीवन को जीने का केवल सार है कि

असत्य को त्याग कर सत्य को अपनाओ और प्रभु का स्मरण करो, गुणगान करो। केवल प्रभु ही सत्य है। बाकी सब निरर्थक है ।

48

अंत समय में पछताना

" रे मन मूरख जनम गँवायो।

करि अभिमान विषय-रस गीध्यौ, स्याम-सरन नहिँ आयौ।।

यह संसार सुवा-सेमर ज्यौं, सुन्दर देखि लुभायौ। चाखन लाग्यौ रुई गई उड़ि,हाथ कछू नहिँ आयौ।। कहा होत अब के पछिताऐ, पहिले पाप कमायौ। कहत सूर भगवंत-भजन बिनु, सिर धुनि-धुनि पछतायौ।।"

भावार्थ: रे मूर्ख मन, तूने व्यर्थ ही अपना यह जन्म गवाँ दिया। अपने अहंकार के नशे में चूर होकर विषय-वासना में लीन होगया और भगवान श्रीकृष्ण की शरण में नहीं आया। ध्यान दे यह(सार शून्य)संसार सुवा(तोता)द्वारा सेवित सेमल के फूल के समान है,जिसके सुन्दर फूलों को देखकर वह तोता आकृषित होता है। किन्तु जब वह उसके फल का आस्वादन करने लगा तो रुई उड़ने लगी और कुछ भी उसके हाथ न लगा। अब पश्चाताप करने से क्या लाभ? अब तक तू पाप ही करता रहा। सूरदास कहते हैं कि भगवान के भजन बिना केवल सिर पीटना यथा पछिताने के अलावा कुछ भी नहीं है, जो है सब व्यर्थ है। भाव यह है कि मनुष्य इस भ्रम में पड़ा हुआ कि वह इंद्रियों(विषयों) को भोग रहा है। लेकिन वास्तविकता यह कि ये इंद्रियां जीव को ही भोग रहीं हैं। ध्यान दें हमारे शास्त्र, ऋषि, मुनि, महापुरुषों ने स्पष्ट किया है कि मनुष्य योनि में जन्म लेने का अर्थ केवल है निष्काम भाव से सत्य के मार्ग पर चलकर सांसारिक कार्यों, रिश्तों को निभाते हुए,भगवान का भजन करते हुए शतायु प्राप्त कर,मोक्ष की प्राप्त हो।यही हमारे जीवन का उद्देश्य है।

.....

49

करुणानिधान प्रभु का स्वभाव

"प्रभु कौ देखौ एक सुभाई।

अति गंभीर उदार-उदधि हरि,जान सिरोमनि राई।। तिनका सौं अपने जन कौ गुन मानत मेरु समान। सकुचि गनत अपराध-समुद्रहि बूंद तुल्य भगवान।। बदन प्रसन्न कमल सनमुख ह्वै देखत हौं हरि जैसे। विमुख भरा अकृपा न निमिषहु फिरि चितयौ तौ तैसे।।

भक्त-बिरह-कातर करुनामय,डोलत पाछै लागे। सूरदास ऐसे स्वामिहि कत दीजै पीठि अभागे।।"

व्याख्या:--भक्त शिरोमणि सूरदासजी कह रहे हैं-- मैंने अपने प्रभु का एक ही स्वभाव देखा है। वे समुद्र के समान गंभीर एवं उदार हैं। वे सर्वश्रेष्ठ तथा सर्वज्ञ हैं। वे (श्रीकृष्ण) अपने भक्तों के तिनके समान गुणों को भी सुमेर पर्वत के बराबर मानते हैं। प्रभु अपने भक्तों के समुद्र के समान अपराधों को भी, बड़े संकोच से बूंद के समान गिनते हैं। मैं जैसे-जैसे हरि को देखता हूँ मेरे सामने उनका कमल के समान सुन्दर मुख सदैव हँसता ही रहता है। प्रभु बहुत ही उदार हैं वे भक्त के विमुख हो जाने पर भी एक पल के लिए भी भक्त का अहित नहीं सोचते। संसार का चक्कर खाकर जब भक्त पुनः उनकी शरण में आता है, तो उसे वे बिना भेदभाव के पहले की भांति मिलते हैं। अत्यंत करुणामय भगवान इतने महान हैं कि भक्त को विरह से व्याकुल देखकर उसके पीछे-पीछे हो लेते हैं। यहां तक श्रीभगवान अपने भक्त के बिना रहना उन्हें पसंद नहीं है। इस संबंध में कबीर साहब कह रहे हैं--

"पाछे-पाछे हरि फिरहिं कहत कबीर कबीर।"

रे मूर्ख मन! तू ऐसे स्वामी अर्थात प्रभु

को पीठ दिखाकर(प्रभु को छोड़कर) उनसे विमुख होकर तू वास्तव में अभागा है। भाव यह है कि प्रभु ही जीव का एक मात्र सहारा है। जीव तू संसार के बहुरूपियों (मन न रंगाये, रंगाये जोगी कपड़ा)के जाल में फंसकर अपना जीवन बरबाद मतकर। यह सर्वश्रेष्ठ मानव योनि फिर प्राप्त होगी या नहीं इसका क्या भरोसा? अतः मनुष्य तू सत्य के मार्ग पर चलकर, पुण्य कार्य करते हुए भगवान का भजन कर और अपने इस जीवन को सार्थक बना। संसार के बंधनों को त्याग कर मोक्ष को प्राप्त कर यही तेरे जीवन का उद्देश्य है।

50

अनन्य भाव की भक्ति

" उमा जे राम चरन रत बिगत काम मद क्रोध। निज प्रभुमय देखहिं जगत केहि सन करहिं बिरोध।।"

भावार्थ: जगत जननी माता पार्वती जी को भगवान शिव जी बता रहे हैं--हे उमा! जो श्रीराम जी के चरणों के प्रेमी हैं और काम,क्रोध,लोभ और अभिमान यथा अहंकार से रहित हैं,वे इस जगत के सभी जीवों को, चराचर को प्रभुमय ही देखते हैं और इस सृष्टि को प्रभु का बगीचा मानते और जानते हैं जिसमें भांति-भांति के रंग-बिरंगे फूलों की सुगंध आ रही है। भक्त सदैव उस अनुपम सुगंध को पाने के लिए सदैव लालायित रहता है। जब सब प्रभुमय हैं तथा सभी में प्रभु का वास है। प्रभु हमारे हैं, कोई पराया नहीं है तो यह वैर,द्वेष किससे किसका होगा और कौन करेगा? लेकिन जब हम अनन्य भाव से भगवान की भक्ति करेंगे तो स्वत: ही हमारा मन निर्मल हो जायेगा क्योंकि भगवान का नाम लेने से उनकी उपासना करने से हमारे सब दोष यथा पाप नष्ट हो जाते हैं--

"सनमुख होय जीव मोहि जबहीं।
जन्म कोटि अघ नासहिं तबहीं।।"

"सिया राम सब जग जानी।
करहुं प्रणाम जोरि जुग पानी।।"

यही चिंतन प्रभु तथा उसकी सभी रचनाओं से प्रेम,प्रीति करने का तरीका और इसी से आनंद की प्राप्ति होगी।

51

प्रभु की शरण

"श्रीकृष्ण गोविन्द हरे मुरारी
हे नाथ नारायण वासुदेवा।"
"सर्वधर्मान्परित्यज्य मामेकं शरणं व्रज।
अहंत्वा सर्वपापेभ्यो मोक्षयिष्यामि मा शुचः।।

भावार्थः भगवान श्रीकृष्ण महाबाहो अर्जुन से कह रहे हैं--हे पार्थ! सम्पूर्ण धर्मों अर्थात सभी कर्त्तव्यकर्मों को मुझ में त्यागकर यथा अपने सभी कर्मों को मुझे अर्पित कर तू केवल एक मुझ सर्वशक्तिमान,सर्वाधार परमेश्वर की ही शरण में आ जा अर्थात तू लज्जा,भय,मान, बड़ाई और आसक्ति को त्यागकर एवं शरीर और संसार में अहंता, ममता से रहित होकर केवल एक परमात्मा को ही परम आश्रय,परमगति और सर्वस्व समझकर तथा अनन्य भाव से अतिशय श्रृद्धा, भक्ति और प्रेम पूर्वक निरंतर भगवान के नाम का भजन,स्मरण रखते हुए ही उनके आज्ञानुसार कर्त्तव्यकर्मों का निःस्वार्थ भाव से केवल परमेश्वर के लिए आचरण कर यही परमात्मा के प्रति शरणागति है। जब तू सभी तरह मन,कर्म, वचन से मेरी शरण में आ जायेगा तो मैं तुझे सम्पूर्ण पापों से मुक्त कर दूंगा। अतः तू शोक मत कर --

"जिहि जिहि जोनि जन्म धारयौ,बहु जोरिऔ अघ कौ बार।
यहि काटन कौ समरथ हरि हैं,तीक्षन नाम कुठार।।"

अतः जब जीव, जिसमें मनुष्य भी शामिल है अपने सभी कर्मों को निःस्वार्थ भाव से भगवान श्रीकृष्ण को अर्पित कर देता है तथा अनन्य भाव से प्रभु का भजन,ध्यान,स्मरण करता है तो उसके इहलोक और परलोक दोनों सुधर जाते हैं और उसके सभी कार्य अनायास ही पूरे हो जाते हैं अर्थात सिद्ध हो जाते हैं और

इस मानव योनि में जन्म लेना सार्थक हो जाता है। यदि अनन्य भाव की भक्ति सीखनी है तो परमभक्त शिरोमणि मीरा जी से सीखिए--'मेरो तो गिरधर गोपाल दूसरो न कोई।'

52

विविध उपयोगी विचार

जीवनमेंसंतोष

"गौधन गजधन बाजधन, और रतन धन ख़ान। जब आवै संतोष धन, सब धन धूरि समान।।"

अब प्रश्न उठता है कि मनुष्य के जीवन में संतोष किस प्रकार आये? इस संबंध में महर्षि पतंजलि ने योग दर्शन में पंच क्लेशों का उल्लेख किया है--

"अविद्याऽस्मिता राग-द्वेषभिनिवेशाः पंचक्लेशाः--

अर्थात अविद्या, राग-द्वेष, अस्मिता और अभिनिवेश ने मनुष्य को भली-भांति जकड़ रखा है और इसके मूल में है अविद्या। इस अविद्या के वशीभूत होकर जीव सत्य, जो नित्य है उसको भुलाकर असत्य को ही सत्य मान बैठा है। इसी असत्य को प्राप्त करने हेतु जीव अनेकों कामनाओं की इच्छा पूर्ति के लिए अपना पूरा जीवन में दांव पर लगा देता है। लेकिन कुछ भी प्राप्त नहीं हो पता और स्वप्न की भांति दिन-रात रेत का महल बनाता है और उसका यह महल रोज बनता है और रोज ढह जाता है। इन पुत्रैषणा,वित्तैषणा, लोकैषणा की प्राप्ति में ही अपना पूरा जीवन व्यतीत कर देता है और खाली हाथ ही रह जाता है। अंत में कुछ भी प्राप्त नहीं होता। संत, भक्त, महापुरुषों ने इस अविद्या से छुटकारा पाने का केवल एक ही उपाय बताया है --वह है मन,कर्म, वचन और निष्काम भाव से भगवान की शरण में चला जा और उन्हीं का भजन,ध्यान,संकीर्तन कर श्रीभगवान ही इस अविद्या से छुटकारा दिला सकते हैं। संसार के जितने भी रिश्ते नाते हैं वे तो अविद्या की वजह से बने हैं फिर ये संबंध मनुष्य को किस प्रकार अविद्या से छुटकारा दिलायेंगे जिनसे वह उम्मीद लगाकर बैठा हुआ है। जब तक मनुष्य के जीवन में अविद्या का खेल रहेगा, उसे संतोष की प्राप्ति नहीं हो सकती। अतः

श्रीभगवान का पल्ला पकड़ ले तो बिना किसी प्रयास के ही अविद्यासे छुटकारा मिल जायेगा और निश्चित रूप से संतोष की प्राप्ति हो सकेगी।

समस्याओंकासमाधान

मनुष्य को जब कभी भी अपने जीवन में किसी विषय,समस्या का समाधान-हल नहीं मिल रहा हो तो उसे तत्काल अपने अहंकार और कर्ता भाव को त्यागकर उस विषय, समस्या को मन,कर्म, वचन से भगवान के श्रीचरणों में समर्पित करदे अर्थात: सब कुछ प्रभु पर छोड़ दें और नि:स्वार्थ भाव से भगवान का ध्यान,स्मरण, भजन-कीर्तन करे तो निश्चित रूप से जीव की सारी समस्याओं का समाधान-हल स्वत: ही, अनायास ही मिल जायेगा। एक बार कोशिश करके तो देख क्योंकि प्रभु ही असीम हैं, सर्वशक्तिमान तथा दया-कृपा के महा सागर हैं। फिर जीव तो ऐसे करुणामय प्रभु को छोड़कर कहां भटक रहा है। किस-किस की झूंठन खाने के लिए निरंतर लालायित रहता फिरता है --"साहब से सब होत है बंदे ते कछु नाहिं।

राई ते पर्वत करें पर्वत राई माहिं।।",

"सब तजि भजिए नंदकुमार।

और भजें ते काम सरे नहीं मिटे न सब जंभार--।।", "ऐसो को उदार जग माहीं बिन सेवा जो द्रवै दीन पर राम सरिस कोउ नाहिं----।" कृपया चिंतन करें कि हम कहां खड़े हैं।

"जय रघुनंदन जय सियाराम। हे सर्वेश्वर! हे परमेश्वर!,हे जगदीश्वर! हे अखिलेश्वर! तुम्हें प्रणाम। हे दु:ख भंजन तुम्हें प्रणाम।"

अपरिग्रह

यदि मनुष्य सत्य, सदाचार, अपरिग्रह को अपने जीवन में अपना कर,अथक परिश्रम करके अपने जीवन का निर्माण करता है तो ऐसा व्यक्ति किसी कुर्सी,पद पर बैठने की लालसा नहीं करता। बल्कि यदि वह किसी कुर्सी, पद पर आसीन किया जाता है तो वह कुर्सी तथा पद धन्य, गौरान्वित तथा सुशोभित होते हैं। वह कुर्सी पर रहे, न रहे कोई फर्क नहीं पड़ता। उसका समाज, देश, विदेश में सदैव सम्मान रहता है और वह सबका प्रिय होता है, सबके दिलों में सदैव उसके प्रति आदर-सम्मान बना रहता है। इसके विपरीत यदि व्यक्ति कुर्सी पर बैठने से प्रतिष्ठित होता है तो यह उस कुर्सी का कमाल है, उसमें व्यक्ति का कोई महत्व नहीं है। कुर्सी हथियाने के हथकंडों को लोग समझ जाते हैं और कुर्सी से हटने के बाद समाज में अपमानित होता है और जीवन भर दुखी रहता है। यही चिंतनीय विषय है।

सत्संग

तात स्वर्ग अपबर्ग सुख धरिअ तुला एक अंग। तूल न ताहि सकल मिलि जो सुख लव सतसंग।। अर्थात--हे तात! स्वर्ग और मोक्ष के सब सुखों को तराजू के पलड़े में रखा जाय, तो भी सब मिलकर (दूसरे पलड़े पर रखे हुए) उस सुख के बराबर नहीं हो सकते, जो लव(क्षण)-मात्र के सत्संग से होता है।

सभी महापुरुषों, संतों, भक्तों तथा शास्त्रों ने सत्संग की महिमा गाई है। निसंदेह सत्संग सभी को अच्छा लगता है, पसंद करते हैं और सत्संग में जाते हैं। लेकिन सत्संग क्या है? इस बारे में अधिकांश लोगों का कोई चिंतन नहीं है।बस सत्संग में जाना -आना, भव्य आयोजन का इंद्रियों को सुख देना ही प्रायः लोग सत्संग की इतिश्री मान लेते हैं। महानपुरुषों, संतों और भक्तों ने कहा कि सत्संग का भाव है सत्य का संग अर्थात परमात्मा का संग। केवल परमात्मा ही सत्य है बाकी सब असत्य है।अतः मनुष्य का परमात्मा, ईश्वर, भगवान,जिस नाम से भी संबंध जोड़ो चौबीसों घंटे, सदैव संग रहे तो निश्चित तौर पर आप सत्संग में रहते हैं। फिर आपको कहीं भटकना नहीं पड़ेगा। एकै साधै सब सधै। सत्संग का आनन्द आने के बाद यह लोक तथा परलोक दोनों ही सुधर जायेंगे। यहां तक कि सांसारिक कार्य भी भलीभाँति समपन्न होंगे। लेकिन कबीर साहब के कथन को जीवन में अपनाना पड़ेगा। " ज्यों तिरिया पीहर बसे ,श्रुति रहे पीय मायं। ऐसे जन जग में रहें, हरि को भूलत नाहिं।।

निर्मल मन

प्रभु श्रीराम का कथन है कि" निर्मल मन जन सो मोहि पावा,मोहि कपट छल छिद्र न भावा।" भगवान से भक्त की प्रार्थना है कि प्रभु जब आपको निर्मल मन का जीव ही पा सकता है तो आप मेरे मन को निर्मल कर दीजिए, मेरी बुद्धि को विमल बना दीजिए। यह कार्य आप ही कर सकते हैं। केवल आप ही सक्षम हैं ।इस संसार से आशा लगाता हूँ तो यह संसार निर्मल,विमल करने का ठेका तो लेता है।लेकिन यह उल्टा ही करता है और मेरे मन, बुद्धि को तत्काल मलीन कर देता है। संसार से उम्मीद करने से जीवन ही समाप्त हो जायेगा तथा चौरासी लाख योनियों में भ्रमण करता रहूँगा और आपको कभी नहीं पा सकूंगा। अतः प्रभु मेरी मन,बुद्धि को निर्मल, विमल बना दीजिए। ताकि आपको मैं पा सकूँ। " बना दो विमल बुद्धि भगवान।

तर्क जाल सारा ही हर लो,हरो सुमित-अभिमान। हरो मोह,माया, ममता, मद,मत्सर मिथ्या मान।।

कलुष काम-मति कुमति हरो,हे हरे! हरो अज्ञान। दम्भ,दोष,दुर्नीति हरण कर करो सरलता दान।।

भोग-योग अपवर्ग-स्वर्ग की हरो स्पृहा बलवान। चाकर करो चारु चरणों का नित ही निज जन जान।।

भर दो हृदय भक्ति-श्रद्धा से,करो प्रेम का दान। कभी न करो दूर निज पद से मेटो भव का मान।।

प्रभुकीअसीमकृपा

"अबकी राखि लेहु भगवान।

हम अनाथ बैठे द्रुम-डरियां,पारधि साध्यो बान।।

ताके डर निकसन चाहत हैं,ऊपर रह्यो सचान। दुहूं भांति दुख भयो कृपानिधि, कौन उबारै प्रान।।

सुमिरत ही अहि डस्यो पारधी, लाग्यो तीर सचान। सूरदास गुन कहँ लग बरनौ,जै जै कृपानिधि।।" संसार में जीव को इंद्रियों ने अपने सुखों की प्राप्ति के लिए बुरी तरह जकड़ा हुआ है।जीव समझ रहा है कि मैं इन इंद्रियों के भोग से सुख प्राप्त कर रहा हूँ। लेकिन सत्य इसके उलट है। इंद्रियां जीव को भोग रही हैं। केवल परमपिता परमेश्वर ही जीव को इस अज्ञान से बाहर निकाल सकता है। इसके लिए प्रभु की शरण में ही जाना एक समाधान है।

योगक्षेम

"अनन्याश्चिन्तयन्तो मां ये जनाः पर्युपासते।

तेषां नित्याभियुक्तानां योगक्षेमं वहाम्यहम्।।

भावार्थः प्रथम बात यह है कि योगक्षेम किसे कहते हैं? अप्राप्त वस्तु की प्राप्ति का नाम योग है और प्राप्त वस्तु की रक्षा का नाम क्षेम है। श्रीभगवान किस का योगक्षेम वहन करते हैं। इस बारे में श्रीमद्भगवद्गीता में भगवान श्रीकृष्ण अपने प्रिय सखा एवं भक्त पार्थ को को कह रहे हैं कि जो निष्कामी, पूर्ण ज्ञानी है, जो संन्यासी अनन्य भाव से युक्त होकर परमदेव मुझ नारायण को आत्मा रुप से जानते हुए मेरा निरंतर चिंतन करते हुए मेरी श्रेष्ठ निष्काम उपासना करते हैं, निरंतर मुझ में ही स्थित उन परमार्थ ज्ञानियों का योगक्षेम मैं वहन करता हूं। जो भक्त स्वयं ही अपने लिए योगक्षेम की चेष्टा करता है उसकी अपनी इच्छा। लेकिन जो अनन्यदर्शी भक्त अपने लिए योगक्षेम की चेष्टा नहीं करते हैं उनका योगक्षेम वहन करने के लिए सदैव तत्पर रहता हूं।

प्रभु सभी जीवों का योगक्षेम स्वयं वहन करते हैं। इसलिए वे कृपानिधान हैं, करुणासागर हैं, दीनदयाल हैं, दीनानाथ हैं, अनाथों के नाथ और अमंगल हारी हैं। केवल प्रभु ही जानते हैं कि जीव का हित किस बात में? और वह भी इसी कृपा के संबंध में संत शिरोमणि मलूकदास जी कह रहे हैं:

"हरि समान दाता कोउ नाहीं।
सदा बिराजैं संतनमाहीं।।
नाम बिसंभर बिस्व जिआवैं।
सांझ बिहान रिजिक पहुंचावैं।।
देइ अनेकन मुखपर ऐने।
औगुन करै सो गुन करि मानैं।।
काहू भांति अजार न देई।
जाही को अपना कर लेई।।
घरी घरी देता दीदार।
जन अपने का खिजमतगार।।
तीन लोक जाके औसाफ।
जनका गुनह करै सब माफ।।
गरुवा ठाकुर है रघुराई।
कहैं मलूक क्या करूं बड़ाई।।"

लेकिन यह अज्ञानी पुरुष जो ज्ञानी होने का दंभ भरता है तथा कहता है कि मेरे लिए भगवान ने क्या किया है? वह जो संसार के सारे भौतिक सुखों को भोग रहा है उन सब की व्यवस्था तो प्रभु की असीम कृपा से हमें हमें सहज ही सुलभ हो रही हैं। इन सभी भौतिक सुखों को वह भोग भी रहा है और स्वीकार भी नहीं कर रहा है। बल्कि अहसान मानना तो बहुत दूर वह कहता फिरता है कि मुझ पर तो भगवान की कृपा हो ही नहीं रही, पता नहीं भगवान मुझसे क्यों रुष्ट हैं। यह केवल यह मनुष्य की अज्ञानता, मूढ़ता का परिचय है। यदि हम निरंतर भगवान की असीम कृपा का चिंतन-मनन करें और निष्काम भाव से, अनन्य भाव से प्रभु का स्मरण, ध्यान, भजन-कीर्तन करें तो निश्चित रूप से यह अज्ञानता का घटाघोप स्वतः ही हट जायेगा और सांसारिक सुख तथा आध्यात्मिक आनंद सहज ही प्राप्त हो जायेगा । .....

परमभागवतठाकुरविल्वमंगल

भगवान श्रीकृष्णजी के परमभक्त ठाकुर विल्वमंगल का जन्म आठवीं शताब्दी में केरल में दक्षिणात्य ब्राह्मण परिवार में हुआ था। विल्वमंगल "लीला शुक" नाम से प्रसिद्ध हुए। ये संस्कृत के प्रकांड विद्वान थे। बचपन से ही उनका मन भगवान श्रीकृष्ण की लीलाओं को सुनने में लगता था। ग्रंथों में ऐसा उल्लेख मिलता है कि जब उन्होंने भगवान श्रीकृष्णजी के दर्शन हेतु केरल से वृन्दावनधाम के लिए प्रस्थान किया तो मार्ग में भिक्षा करते हुए हुए अपनी मंजिल पर बढ़ते-

बढ़ते एक दिन भिक्षा मांगते समय एक वणिक युवती पर आसक्त होगये और काम वासना के वशीभूत होकर पागलों की तरह व्यवहार करने लगे और काम वासना के अलावा उन्हें कुछ भी नहीं सूझ रहा था। इस घटना के तत्काल बाद प्रभु कृपा से उनका विवेक जागृत हुआ और उन्हें अपनी इस हरकत पर इतनी ग्लानि हुई कि उसी युवती से उन्होंने सुई मांगी और अपनी दोनों आंखें फोड़ डाली। भक्तमाल के अनुसार भगवान श्रीकृष्ण ने उन्हें पुनः आंखें प्रदान कीं और युगल रूप में दर्शन दिए। वे इन्हें गोपवेश में नित्य भोजन कराते।

ठाकुर विल्वमंगल ने अनेकों रचनाएं की हैं जिनमें 'कृष्ण कृष्णामृत', 'कृष्ण बालचरित', 'कृष्णाह्निक', 'गोविन्द स्तोत्र', 'बालकृष्ण क्रीड़ा काव्य', 'विल्वमंगल स्तोत्र', 'गोविन्द दामोदर स्तवन' आदि संस्कृत स्तोत्र एवं काव्य ग्रंथों के प्रेणता हैं।

श्रीराधाजीकाप्राकट्यमहोत्सव

"जय हो अलबेली सरकार,हमारी राधारानी।
श्रीवृन्दावन महारानी सर्वोपरि सब सुखदानी।
जय जय प्यारी परम उदार,हमारी राधारानी।।"

"आज बरसाने बजति बधाई।
भाग बड़े रानी कीरति के जिन यह कन्या जाई।।

दुंदुभि ढोल भेरि सहनाई बाजे बाजत द्वारें। श्रीवृषभानु रायजु की पौरी धूम मची अति भारें।।

दान देत वृषभान भाव तें जिन जाच्यौं तिहिं काल। कृष्णदास सब देत असीसन चिरजीवौ यह बाल।।"

श्रीराधाजी के इस परम पावन अवसर पर यह भी उल्लेखनीय कि -- "नित्यसंयोग एवास्ति तस्याः साम्मुख्ययोगतः। स एव सा स सैवास्ति वंशी तत्प्रेमरूपिका।। (स्कंदपुराण) अर्थातः भगवान श्रीकृष्ण और श्रीराधाजी सदैव एक-दूसरे के साथ रहते हैं,उनका परस्पर नित्य संयोग है, कोई किसी से अलग नहीं है। इसलिए राधा के स्वरूप में अंशतः विद्यमान श्रीकृष्ण की अन्य रानियों को भी भगवान का संयोग प्राप्त है। लेकिन इस बात को वे जानती नहीं हैं। श्रीकृष्ण ही राधा हैं और राधा ही श्रीकृष्ण हैं। श्रीराधाजी भगवान श्रीकृष्णजी की आत्मा हैं और श्रीकृष्ण राधाजी की आत्मा हैं। इसीलिए भगवान श्रीकृष्ण कहते हैं कि "मैं राधा के ह्रदय में आत्मारूप से स्थिति हूं--अहं राधाया ह्रदये आत्मरूपेण संस्थितः।"

इस धराधाम पर अपनी लीलाएं प्रकट करने हेतु श्रीकृष्ण और श्रीराधा जी का प्राकट्य हुआ। लेकिन दो रूप होते हुए भी दोनों एक ही हैं।

सुखमयजीवन

यदि आप सुखमय जीवन जीने की अभिलाषा रखते हैं तो केवल अपने अवगुणों को देखें। यदि आपने अपने गुणों को ही देखना शुरू कर दिया तो उससे आपके अंदर श्रेष्ठ व्यक्ति होने का अहंकार उत्पन्न हो जायेगा जो मनुष्य के पतन का एक कारण है। अहंकार आने के बाद निश्चित मानिए कि आपका पतन शुरू हो गया है क्योंकि अहंकार बड़े-बड़े महापुरुषों को पतन के गर्त में ढकेल देता है। अतः अपने अवगुणों को मन से निकाल कर दूर फेंक दो और दूसरे मनुष्यों के गुणों को देखो और अपनाओ जिनमें पशु,पक्षी,कीट, पतंगों के गुण भी शामिल हैं। सुखमय जीवन जीने का यही एक मात्र उपाय है।

साधू ऐसा चाहिए जैसा सूप सुभाय।
सार सार को गहि लगे थोथा देहि उड़ाय।।

संगकाप्रभाव

सामान्यतः मनुष्य जैसे लोगों की संगति में बैठता है उसके दिलो-दिमाग पर उसी तरह का प्रभाव होता है और उसी के अनुसार वह अच्छे बुरे कार्य करता है। संगत के प्रभाव को रोकना बहुत ही कठिन कार्य है, केवल महान आत्मा ही इससे बच पाती हैं:

"जैसी सौगात बैठिए तैसौ ही फल लीन।
कदली सीप भुजंग मुख एक बूंद गुण तीन।।"

लेकिन गुलाब एक असाधारण उदाहरण है जिसे फूलों का राजा कहा जाता है। लेकिन यह श्रेष्ठ मनुष्य अपनी श्रेष्ठता को त्यागकर निम्न तरीके के कार्य करता है और वह अपने से श्रेष्ठ लोगों का भी अनुकरण नहीं करता। अब हम गुलाब के फूल की बात करते हैं। गुलाब का फूल कांटों के बीच खिलता है फिर भी वह अपनी सुंदरता तथा सुगंध से सब को प्रसन्नता प्रदान करता रहता है और अपनी सुगंधि से सब के मन को मोहित कर देता है। गुलाब में एक और विशेषता होती है कि वह कांटों में उत्पन्न होने के बावजूद भी उस पर कांटों का कोई असर नहीं होता है। अर्थात वह बुराइयों से दूर रहता है और अपनी खुशबू अनायास ही सब को बिखेरता रहता है। इसी तरह चंदन के वृक्षों पर भी भुजंग यथा विषधर सर्प लटके रहते हैं पर चंदन भी अपनी शीतलता और मन मोहक सुगंध को नहीं त्यागता बल्कि सबको अपनी मीठी सुगंध से प्रसन्न रखता है। इसी संबंध में रहीमदास कह रहे हैं--

"जो रहीम उत्तम प्रकृति का करि सकत कुसंग। चंदन विष व्यापत नहीं लिपटे रहत भुजंग।।"

अतः हमें भी सभी श्रेष्ठ मनुष्यों,पशु, पक्षी, कीट, पतंगों, पौधों, वृक्षों आदि से उत्तम शिक्षा अवश्य ग्रहण करनी चाहिए जो अच्छे आचरण के लिए परम आवश्यक है:

"उत्तम विद्या लीजिए जदपि नीच पै होइ।

पड़ौ अपवान कंच जो कंचन न तजिए कोइ।।"

चिरंजीवीमहापुरुष

अश्वत्थामा बलिर्व्यासो हनूमांश्च विभीषणः। कृपः परशुरामश्च सप्एतै चिरजीविनः।।

सप्तैतान संस्मरेन्नित्यं मार्कण्डेयमथाष्टम्। जीवेद्वर्षशतः सोपि सर्वव्याधिविवर्जित।।

विद्याकामहत्व

"विद्या ददाति विनयं, विनयाद् याति पात्रताम्। पात्रत्वात् धनमाप्नोति, धनात् धर्मं ततः सुखम्।।" अर्थातः विद्या मनुष्य को विनम्रता प्रदान करती है (विनम्रता मानवीय गुणों का प्रथम सोपान है जिससे उसके हृदय में श्रेष्ठ मनुष्य बनने की शुरुआत होती है), विनम्रता से योग्यता आती है और योग्यता के आधार पर वह श्रेष्ठ कार्य करके धन अर्जित करता है और उस धन को पुण्य कार्यों में लगाने के साथ-साथ प्रभु का ध्यान-स्मरण, भजन-कीर्तन कर धार्मिक व्यक्ति बनता है, इससे वह सुखी जीवन जीता है और मानव योनि में जन्म लेने के उद्देश्य को सार्थक करता है।

मनकीबातहै

1.सदाचारी मनुष्य-- स्वाभिमानी होता है।

2.दुराचारी मनुष्य--अभिमानी होता है।

3.सद् ग्रंथों के अध्ययन तथा उनका अनुकरण करने से मनुष्य भय मुक्त होता है और वह मोक्ष को प्राप्त होता है।

4. अमान्य और बे शिर-पैर की बात कहने वाले ग्रंथों के अध्ययन से मनुष्य के मन में प्रलोभन तथा भय उत्पन्न होता है, साथ ही अमूल्य समय और जीवन नष्ट होता है।

सद्विचार

"कागा काकौ धन हरै, कोयल काकौ देत।

मीठे बोल सुनाय के,जग अपनौ कर लेय।।"

1.विनम्रता से सभी कार्य सहजता से सम्पन्न हो जाते हैं।

2.विनम्रता से सभी को सुख-शांति मिलती है।

3. विनम्रता से पराये भी अपने हो जाते हैं
4.अभद्रता से बने हुए कार्य बिगड़ जाते हैं।
5.अभद्रता कलह को निमंत्रण देती है।
6. अभद्रता से अपने भी पराये हो जाते हैं।

FCW - #0067 - 061026 - C0 - 216/140/11 - PB - 9798886849905 - Gloss Lamination